闇祓

Mizuki Tsujimura

Yami-hara

辻村深月

闔
祓

目次

【黑騷】「黑暗騷擾」的簡稱。

【黑暗騷擾】將個人因精神與心理處於黑暗狀態而產生的樣態、想法等一廂情願地加諸於對方，使其感到不快的言行舉止。無論本人是否有意為之，只要對方感到不舒服、自尊受到傷害、感覺受到威脅，即相當於「黑暗騷擾」。亦簡稱「黑騷」。

第一章　轉學生

現在來介紹轉學生——

聽到這句話，澪抬頭望去，瞬間四眼相對了。

這瞬間的對望實在過於突兀，澪心中怦然一跳。

站在級任導師南野旁邊的，是個穿立領制服的男生。手腳修長，整個人乾乾瘦瘦，看起來弱不禁風。雖然稱不上俊美，但鼻梁高挺，也不到醜的程度。眼皮有點腫，看起來昏昏欲睡，眼神似乎也有些惴惴不安，但他是轉學生，第一次踏進這間教室，這樣的態度或許理所當然。

個子算是高的。站在體型肥短的南野老師旁邊，看上去就像一對剛出道的搞笑搭檔。一頭亂糟糟的頭髮看了有些礙眼。今天是轉學第一天，卻不打理一下外表，也許是那種不修邊幅的類型。

制服應該是來不及買。他那身立領制服在這所學校顯得十分新鮮。這所高中的制服男女都是卡其色西裝，男生打領帶，女生打蝴蝶結。

對望的那一眼令人尷尬，澪以不會顯得不自然的動作別開視線。南野老師轉向轉學生說：

「那白石，你自我介紹一下。」

「是。」

被老師催促自介，他以幾乎快聽不見的細微聲音開口：

「我因為父親的工作關係，轉學到這裡來。請多指教。」

「名字。」

「咦？」

「你的名字。你不介紹你叫什麼嗎？」

被老師調侃地催促，轉學生短促地「啊」了一聲。接著又以沙啞的模糊聲音說：「白石、要。」沒頭沒尾，就只有名字。

一旁的南野在黑板寫下「白石要」三個字。

「白石同學好像有點迷糊，大家要多多照顧他。」

老師開朗地說道，就像要緩和氣氛，但沒有人笑。

澪望著這一幕，忽然發現一件怪事。

他還在看澪。是剛才不小心對望了，所以也沒什麼特別的用意，就只是看著這裡而已嗎？或者這只是澪的心理作用，其實他在看她背後的東西……？

「你的座位在第二排後面。」

教室後方不知道什麼時候搬來了新的桌椅。轉學生應了聲「好」。這段期間，他的目光依然看著完全不相干的這裡，而不是老師指示的座位。

轉學生白石拎著自己的書包，飄飄搖搖地走向座位。直到這時，他才總算把目光從澪身上移開了。

澪覺得是自己想太多，但注意到轉學生奇妙的視線的，不只她一個人而已。

這天，三個固定班底一打開便當盒，好友澤田花果立刻壓低了聲音「欸欸欸」，把頭朝澪湊過來，就像準備說什麼祕密。她的一頭長髮在澪的臉旁邊晃動著。

「那個看起來很陰沉的轉學生一直看妳耶，對吧？」

「咦？沒有吧？真的嗎？」

三個好姊妹的午休時光。三人總是坐在教室窗邊，澪背對窗戶，其他兩人對著窗戶，面對面一起吃便當。

聽到花果打趣地這麼說，另一個好友今井沙穗反射性地就要回頭看轉學生的座位，花果連忙制止：「欸！不可以看！」

「會被他發現我們在說他啊。不可以回頭啦。」
「咦～可是他一直看澪，應該是對澪有意思吧？」
「……只是剛好在看這個方向而已吧。」
澪應道，對兩人的話報以苦笑。那男生只是稍微看了她一下而已。
「我們連一句話都沒有說過，哪裡談得上什麼喜不喜歡？」
「不不不不不！」
花果和沙穗齊聲反駁，動作誇張地在臉前擺著手。
「搞不好是一見鍾情喔？可是有點可怕耶。這要是漫畫還是電影，一見鍾情超讓人心動的，但連一句話都沒說過卻被喜歡上，真的很倒彈呢。簡直就像跟蹤狂。」
「欸，這樣說太過分了啦。」
澪認識沙穗很久了，知道她原本就特別熱衷戀愛話題，有時會玩笑開過頭。不過轉學生才剛來而已，就這樣拿人家起鬨，是不是有點缺德？看到澪板起臉來，花果總算道歉：
「對不起啦，別生氣。可是白石同學一定很聰明。聽說我們學校的轉學考滿難的耶。去年轉學進來的學長也是個秀才，一來就搶走了學年第一名的寶座。」
澪就讀的三峰學園是一間私立高中，在千葉縣內歷史頗為悠久，是所謂的升學高中。也許因為是私校，轉學生相當罕見，但有時還是會有學生轉進來。轉學考比入學考還要難，這樣的傳聞也確有其事。

「既然接受轉學，校方也想挑選可以貢獻大學榜單的學生吧？白石同學應該也是個高材生吧？」

三峰學園因為是私立升學高中，在成績方面要求相當嚴格。學校宣傳和校舍公告欄都會張貼前年度的大學榜單，儼然大型補習班。

「就是啊。可是人家剛轉進來，就給他貼一堆標籤，未免太可憐了。說他可能成績好也就罷了，妳剛才還說人家很陰沉。」

「咦～可是……」

沙穗把中長髮勾到耳後，似乎還有話想說。這時有人出聲叫澪：「原野。」南野老師不曉得什麼時候來的，就站在旁邊。花果和沙穗尷尬地閉上嘴巴，澪則泰然自若地回應：「是。」南野老師說：「不好意思，白石就請妳多費心了。可以的話，放學後找幾個同學帶他認識校園好嗎？老師本來想拜託宮井，可是宮井今天請假。」

宮井是副班長。聽到南野老師的話，花果和沙穗別有深意地互使眼色，但澪裝做沒看見。

「沒問題。」

「太好了。學校有什麼社團跟活動，老師大概都跟他說過了。妳帶他了解一下位置就行了。」

「好。」

導師離開後，花果和沙穗賊笑個不停。花果小小聲地對澪說：「不愧是班長。」沙穗則打趣說：「對人家好一點，搞不好人家會更喜歡妳喔。」

「不要亂說啦。好了，快點吃便當，要不然午休沒時間去廁所了。」

澪有些傻眼地笑著提醒。花果笑說「澪真是個模範生」，沙穗還在說「澪很有男生緣嘛」。反正她們也不是說認真的——澪沒當一回事，不經意地往前一看，心中嚇了一跳。

白石要在看她。

他一個人穿著與眾不同的立領制服，看起來異樣地突出。感覺目光似乎又要對上，澪反射性地垂下視線，裝作沒發現他在看這裡。

「啊，下午的課好懶喔，真想回家。」

「啊～都叫我媽不要在便當裡放小番茄了！」

話題已經轉移到別處的兩人，似乎沒注意到白石的視線和澪的反應。澪就這樣佯裝平靜，看向母親準備的便當，盡量裝出若無其事的樣子。

總覺得他還在看這裡。感覺一抬頭就會和他對望，這麼一想，就沒辦法正常抬頭了。

視野一隅，深藍色立領制服的身影從剛才就文風不動。

心跳聲愈來愈大了。與其說是害怕，更接近發窘。搞不好轉學生聽到她們剛才的話了。南野老師也是，白石就在同一間教室裡，犯不著當著人家的面那樣拜託澪吧？

接著，一個疑問忽然冒了出來。

開學第一天，班上男生多少都會鬧一下新同學，但基本上男生多半都還滿老實友善的，然而卻沒有半個人邀請第一天轉學進來的白石加入他們的圈子嗎？居然丟他一個人吃便當嗎？

立領制服的人影孤孤單單，也沒有和其他人在一起的樣子，在澪的視野中固定不動。

為何午休時間白石要會自己一個人獨處，理由在後來揭曉了。

放學前澪問了交情好的男生，對方說班上幾個男生當然邀白石一起吃便當了。然而白石的反應卻很奇怪。「咦？」白石側著頭，彷彿聽見了某種陌生的語言，接著看到同學手中的便當盒或超商買來的麵包，慢吞吞地深深吐出一口氣：「哦……」接著他回答：「我沒帶。」

難不成，今天他本來打算半天就回家？或是以前讀的學校有營養午餐？但國中姑且不論，這一帶很少聽說有高中供應營養午餐，不過或許其他地區是有的。幾個同學這麼想而問白石，但對於這些問題，白石的答案也都是簡短的「不是」——態度有些厭煩。

看到他那種反應，就算是好脾氣的男生們也覺得有點自討沒趣了。他們沒再繼續邀他，告訴他可以買麵包的福利社地點，但白石只是漫不經心地微微點頭，也沒有要去買的樣子。接下來他就一個人孤伶伶地坐在教室座位上。

因為已經聽說了這些事，現在澪走在白石的旁邊，內心相當不知所措。因為南野老師拜託，所以她邀了幾個男生，請他們跟她一起帶白石認識校園，但都被拒絕了。可能是午休的事造成的影響。花果和沙穗也是，一個說社團有重要會議，一個說已經跟男友約好了，沒人陪她。「對不起喔，澪！」「加油！」她們道著歉，嘴邊卻又浮現打趣的笑。澪儘管難以釋然，卻也只好一個人帶著寡言的轉學生參觀校園。

沒錯——白石要的沉默寡言超乎想像。

「白石同學，我來帶你參觀校園。南野老師有跟你說了吧？」

放學後，澪去白石的座位找他時就這樣了。白石微微抬頭，看了澪一眼，默默點頭，連一聲也沒吭。澪覺得有種一拳揮空的感覺，接著自我介紹，說她是班長，但白石的反應依舊，只是用幾乎看不出來的點頭動作回應。

實際面對面，白石對澪卻正眼也不瞧她一眼，彷彿今天澪覺得被他看了兩次只是幻覺。搞不好白石這個人極端怕生。

「三樓有音樂教室、美術教室、特別教室那些。所以換教室的時候，幾乎都是去三樓。」

澪邊走邊說明，但轉學生的表情幾乎沒有變化。一開始還會點頭，但後來頻率也愈來愈少。

「你會不會餓？」

澪實在很想得到一點反應，笑著這麼問。雖然只有一點點，但白石的臉似乎稍微轉過來了。

「我聽男生說了，你忘記帶便當了對吧？你中午什麼都沒吃，大家都很擔心你會不會餓。」

後半是她瞎掰的。其實男生都覺得很傻眼，只說白石這人「毛毛的」。澪探頭看白石的臉，白石點了點頭——若有似無地。

總算看到稍微像樣的反應，澪接著問：「你以前的學校也是帶便當？」但這次又沒反應了。白石別開臉，一語不發。澪的話等於是懸在半空中，無人搭理。

臉頰猛地燒了起來。

如果有人在看，剛才那一幕應該就像她被無視了。澪覺得羞恥極了，但她振作起來，勉強說「那下一站是音樂教室，在最後一間」，繼續往前走。白石默默地跟上來。

雖然跟在澪的後面，但白石那完全不理人的態度，開始讓澪覺得自己被瞧不起了。

各間教室裡，似乎已經開始進行社團活動了。

音樂教室傳來吹奏樂社的分部練習聲。澪是田徑隊的，她請隊上的朋友轉達她今天會晚到，但有點擔心學長姊會不會以為她偷懶。

別人都說澪是個模範生。

她自己也覺得應該是。儘管她完全不認為模範生是一種稱讚。

自小開始，不知不覺間她就是熱心助人的那一個。身為姊姊或許也有一點影響，但小學低年級的時候，老師和大人就常說她「很懂事」。在班上或小組、社團裡，看到被孤立的學生，她就忍不住要上前關心。看到感冒而缺課多日的同學久違地回到學校，手足無措，明明感情也不是特別好，她卻會走過去邀約：「早，要不要一起玩？」

所以老師和大人都說：

「不愧是小澪。」

受到稱讚令人開心，但澪也不是為了被人誇獎而這麼做。

她不是想要當好人，只是覺得就是應該這麼做。實際上，「心機女」這樣的壞話她都已經聽到膩了。跟她不好的女生說過，就連同一個圈子的女生們也會這麼說她。所以花果那句「澪真是個模範生」絕對不是稱讚。有時候她會覺得那句話背後，有另一道聲音在說：「有夠會裝的」。

可是她就是忍不住要關心、就是要伸出援手。不自覺地會去幫助別人。她會想：孤單一個人一定很寂寞吧，就算本人不覺得寂寞，但想到在別人眼中，自己看起來就好像沒朋友一樣，心中一定五味雜陳吧。

學校這種地方真的很奇妙。小學、國中、高中，不管進入任何階段、屬於哪一個班級，教室裡總是階級分明。聽到「校園種姓制度」這個詞時，澪禁不住恍然：形容得太貼切了。班級裡有高等集團和低等集團之分。澪不喜歡高低這種分別。她認為只是感興趣的領域各有不同而已，絕非孰優孰劣。但還是看得出高低有別。積極與內向、酷炫和樸素、吵鬧與安靜。

被歸為高等的小圈子，確實都偏向積極、酷炫和吵鬧的一群，所以擁有強大的發言權。但澪也覺得反過來說，那是因為這類人沒神經。沒神經的人自稱比內向的人「高等」，這實在教人難以接受。

國中的時候，澪和較不起眼的小圈子的女生說話，被對方說：「小澪明明是那邊的人，可是人很好呢。」

澪一時不解其意，愣在那裡，那個女生繼續說：

「有時候會有這種人呢，不屬於任何圈子、也不算高等或低等，處在中間，跟哪一邊的人都可以說上話。」

那個女生居然滿不在乎地稱自己「低等」，澪感到心痛，另一方面卻也覺得或許確實如此。「高等圈子」的同學會滿不在乎地和「低等圈子」的同學說話，但「低等」的同學幾乎不會和「高等」的同學攀談。他們不敢。

聽到自己屬於中間，她有種莫名的信服。實際上，和她比較好的女生裡面，或許多半也都是這樣的定位。現在她的好友花果和沙穗也是如此。奇妙的是，即使是在校規嚴格、循規蹈矩的升學高中裡面，依然會有不少熱愛美妝八卦的女生，或是愛玩的不良少女。這些「高等」女生整天都跟其他學校男生聯誼。花果和沙穗參加運動社團，沙穗也有男朋友，看在真正低調內向的女生眼裡，或許算是有些招搖。但花果和沙穗都是很好的女生，雖然有時候愛亂開玩笑，但絕對不是粗暴沒神經的類型。

她們懂得體貼他人。

然後和這些身邊的女生相比，澪連自己都覺得她算是特別體貼的。就像她剛才對白石那樣，她總是忍不住對每一個人體貼。

別人都說她是模範生，但其實她有自知之明。

我很膽小。

她從以前就經常擔任班上的班長或幹部這類「高等」職務。明明她也不是特別想要指揮別人，或渴望權力、想出鋒頭，但她就是覺得擔任這些職務似乎比較好，也經常毛遂自薦。

現在她就讀的二年三班也是這樣。她不是毛遂自薦，但有人推薦，她就接下來了。只因為一年級的時候她也是班長。

所以，班長帶轉學生認識校園，應該也是天經地義的事。

就算對別人好，也不保證總是能得到回報。更多時候是白做工，對方甚至沒發現她的用心，一點都不划算。

澪和白石一起走在校舍三樓漫長的走道上，內心悄悄嘆氣。要是被別人看到，他們會怎麼想？萬一遇到認識的人，就理直氣壯地說「我在帶轉學生參觀校園」吧——澪盯著自己的鞋尖，對白石說：

「平常放學以後，音樂室都是吹奏社在使用。你在之前的學校參加什麼社團？」

或許又是石沉大海——澪懷著這樣的心理準備提問，不出所料，白石一聲不吭。既然如此，那我也豁出去了——澪想，繼續追問：

「你這麼高，有沒有在玩什麼運動？你看起來運動神經很好。」

其實她根本不這麼認為，卻老是忍不住說出討好對方的話。這次應該也不會有什麼反應吧——澪正這麼想，卻突然聽到聲音。

「原野同學。」

澪嚇了一跳。她一時沒發現那是走在旁邊的白石的聲音。這幾乎是澪第一次聽到他的聲音。抬頭一望，這次在咫尺之處四目相對了。

什麼？澪想要反問。想要擠出笑容。

然而她的笑容卻因為對方的下一句話而僵住了。白石說：

「今天，我可以去妳家嗎？」

他的臉——他的嘴巴，笑了。左右嘴角緩慢地勾起，唇間露出齒列不太整齊、而且其中幾顆還特別尖銳的參差牙齒。那張笑容看起來實在是凶惡到家。

澪逃之夭夭地衝進社辦，好不容易才喘過一口氣。

她是怎麼跟那個轉學生道別的，根本不記得了。

喉嚨發不出聲音。應該是我聽錯了吧？他是在開玩笑吧？澪回視白石的臉，想要露出笑容打圓場，但想到兩人根本不是可以開這種玩笑的交情，頓時笑不出來了。

咦？澪出聲，等待對方開口。她想確定剛才那話是她聽錯了。

然而轉學生卻不發一語，他只是用那張貼上去般的微笑盯著澪看。澪的下一個念頭是：快逃。

這個人有病。

但澪應該還是敷衍了兩三句。不是客氣，而是出於類似本能的感覺。要是露骨地拒絕或是疾言厲色，可能會很不妙。澪覺得她好像說了「不好意思，我得走了」之類的話。

心臟怦怦亂跳。來到能夠安心的場所後，澪清楚地自覺到自己先前有多驚慌。接著晚了一拍，才感受到自己真的嚇壞了。

湧上心頭的情緒，是窩囊。

澪想起午休時間花果和沙穗的聲音：「澪很有男生緣嘛。」

跟蹤狂、感覺很陰沉、一見鍾情、對人家好一點，搞不好人家會更喜歡妳喔……

雖然很不甘心，但是從以前開始，她就時常遇到這種狀況。她對根本不是喜歡類型的男生——那種在班上被排擠、不受歡迎的男生——像平常那樣付出關心，結果就被喜歡上了。

所以她完全理解沙穗為什麼會說「澪很有男生緣嘛」。不過這話也絕對不是稱讚，而是傻眼——對連那種男生都要關心的澪傻眼。

更讓她覺得窩囊的是，聽到別人說「澪很有男生緣嘛」，即使明知道那不是稱讚，內心依然很受用。每次被不喜歡的男生糾纏，她總是後悔不已：都是我太不知分寸，才會又自討苦吃。

白石要這個人不正常。沒頭沒腦說那種話，他根本瘋了。

但是都怪自己讓那種怪人有機可趁。

參觀校園這種事，改天再做就行了。明明交給男生的副班長就行了，但自己是不是反射性地有了這樣的念頭？想要對無法融入班上的轉學生好、讓他覺得我是個「好人」。

澪並不求對方愛上自己。她存的不是這種心思。但澪老是這樣，老是變成這樣。

「咦？原野？」

有人叫她，澪陡地挺直了上身。

她以為社辦只有她一個人，沒想到社辦角落突然爬起一個人影。田徑隊男女都有更衣室，這裡是用來開會等等的社辦，男女生都可以使用。澪還以為現在這時間大家都去操場了，但是看到起身的那個人，她鬆了一口氣。

「神原學長……」

「啊～我睡死了。不好意思，昨天沒怎麼睡到。我跟隊長他們說練習前讓我睡五分鐘就好，難道我被拋棄了？」

那人用拖泥帶水的聲音說著，大大地甩動雙手，伸了個懶腰。

神原一太是田徑隊裡大澪一年級的學長。項目和澪一樣是跳遠，兩人經常一起練習，在隊上也是跟她特別要好的學長。神原撩起運動服袖子，看了一下手錶，誇張地嘆氣：「完了，我這樣算蹺掉練習了吧。會被田仔罵死。」

神原輕佻地用綽號稱呼田徑隊的顧問老師。那開朗的口氣撫慰了澪的心。

「妳怎麼了嗎？」

神原忽然問。澪忍不住「咦」了一聲，神原探頭過來問：

「妳這個模範生居然會遲到，太難得了。我這個劣等生也就罷了。」

「我哪裡是——」

什麼模範生——澪原想反駁這個抬舉，卻感到胸口一緊。總覺得好想哭。她忍不住回想起剛才和轉學生的對話。

神原見狀，神情突然變了。剛睡醒的慵懶消失，他一臉嚴肅地看著澪。

「說認真的，到底怎麼了？」

神原個子雖然不高，但相貌英俊，被他從正面盯著看，澪不合時宜地想：學長真的好帥。一雙大眼雙眼皮分明，雖然曬得很黑，皮膚卻很光滑，沒半顆痘子。被那雙清澈又真摯的雙眸盯著看，澪不知不覺間道出了一切。

她說出今天剛來的轉學生的事。

兩度感覺他在看她，還有被他冷不防問「可以去妳家嗎？」的事。

說出口後，澪感到背後一陣發冷。聽她訴說的學長，眼神變得更加嚴肅了。他探出上身，喃喃道：「太恐怖了吧？」

「——真的很恐怖。」

澪也附和。不過告訴別人，緊張感便減輕了幾分，嘴唇露出微弱的笑。明明覺得困擾極了，為什麼還笑得出來？

「我覺得可能是我自己做了某些讓人誤會的舉動……」

意識到時，她已經這麼補充說。

因為她覺得不太妙。

不是指轉學生白石要。雖然白石要也很不妙，但這樣下去，自己的思考方向會很不妙。告訴別人，這件事本身變得就像是一種「談資」——就好像在炫耀自己很受歡迎一樣。不敢斬釘截鐵地說自己沒有半點炫耀的心態，讓她自覺心虛。

然而神原明確地搖頭說：

「錯不在妳。」

這果斷的否定讓澪非常開心。神原以爽朗的聲音自言自語說：「該怎麼處置那傢伙才好？」他沒教養地在社辦桌上盤腿重新坐好。

「總覺得他思路有問題呢。怎麼說，好像沒辦法正常溝通。」神原說。

「……就算這樣想也很正常對吧？」

「就是啊。倒不如說，除了這樣想以外，還能怎麼解釋？」

聽到第三者如此肯定，澪鬆了一口氣。神原學長說：

「或許他喜歡妳，可是哪有人突然那樣說的？」

「是喜不喜歡的問題嗎？」

「他應該就是喜歡妳吧？我懂，因為妳真的很棒。妳既善良又可愛。」

咦──澪再度語塞。不過這次的理由和白石要那時候不一樣，這是她這輩子第一次有男生當面像這樣說她「可愛」。

而且稱讚她的人還是學長。

她心儀的神原學長。

「總之──」

也不曉得是否發現他一句話就讓澪心慌意亂，學長輕鬆地說著，站了起來。

「如果再發生什麼事，隨時都跟我說。還有，妳一定要跟班上的朋友講一聲，盡量不要落單。」

「是啊……」

澪壓抑著仍震盪不已的情緒，點了點頭，神原應道：「因為我很擔心妳。」也許他這話並沒有特別的意思，但又讓澪內心怦然一跳。

◆

隔天上學讓澪心情沉重。

光是想到轉學生也在同一間教室，坦白說，她實在不願意踏進裡面。

結束田徑隊晨練前往教室，白石要還沒有到校。

「早！」

花果晚了澪一些結束排球隊晨練進來，澪迫不及待想聊昨天的事，但沙穗還沒有來。

轉學生古怪的言行當然要說，但她也想告訴好姊妹們她和神原學長的對話。

其實從去年第一次見到學長那天開始，澪就經常向好姊妹們談起神原學長。可以說她一直在關注學長。

總是在遲到邊緣到校的沙穗，今天也帶著惺忪睡眼，睏倦地跟著上課鐘走進教室。結果早上沒空跟兩人說話。

白石要的座位空著。

瞬間澪期待或許他今天缺課，但鈴聲響完後，白石就現身了。

今天新制服好像還是沒有準備好，仍是深藍色的立領制服。白石也沒有怕遲到而焦急的樣子，踩著慢吞吞、有些搖晃的步伐走進教室，默默地在自己的座位坐下來。附近同學向他打招呼：「早啊，白石同學。」但沒聽見他回應的聲音。也許他稍微頷首回應了，但至少澪什麼聲音都沒聽見。

可能是因為個子高，走起路來有些搖晃，看起來就像活屍一樣。昨天中午他什麼也沒吃，這也讓人覺得像活屍，澪再次感到內心發毛。

她覺得這樣不好。

因為昨天那件事，原本完全不以為意的體型和步態等等，全都讓她心生排斥起來了。澪克制想要轉頭看白石要的座位的衝動，若無其事地面向前方。雖然感覺到白石那裡傳來看著她的視線，但她告訴自己只是心理作用，視而不見。

一直到這天的午休，可以向花果和沙穗訴苦之前，被人注視的感覺持續了半天。視線也能造成物理壓力嗎？靠近白石所在位置的右側脖子發痛，就好像抽筋一樣。因為身體太緊繃了。

到了午休時間，白石要不知不覺間消失了。他今天也不吃便當嗎？

現在他不在。

真的、確定不在。

澪再三確認之後，向兩名好友說出昨天的事。

「其實——」

聽到白石那句「今天，我可以去妳家嗎？」兩人都呆掉了。本來兩人還調侃地笑說「什麼？他喜歡上妳了？」「我就說嘛！」這時臉上突然沒了表情。

花果回頭看後面，確定白石的座位沒有人，接著轉頭看澪：

「很恐怖耶。」

每個人都不約而同地如此形容，但澪也完全同意。除了這麼說以外，她想不到還能怎麼說。

花果和沙穗放低了音量。之前她們也留意不要太大聲，但現在更像交頭接耳竊竊私語了。

「怎麼說，這表示白石同學不只是陰沉而已了對吧？有病耶，很恐怖。」

「嗯……」

澪也點點頭，不知該如何是好。她說出今早也感覺到白石在看她，花果和沙穗都蹙起了眉頭。

「昨天妳沒事吧？他有沒有跟蹤妳回家？」

「應該是沒有這麼誇張……我在社辦跟學長說了，結果學長送我回家。」

從不久前開始，三人聚在一起，只要澪說「學長」，不必特地說出名字，大家都知道是指神原學長。聽到這話，花果和沙穗原本僵硬的表情一下子放鬆下來。

「咦咦！」沙穗驚呼。「送妳回家？咦，這不是件大事嗎？澪啊，妳什麼時候進展這麼快了！」

「只是剛好啦。我去社辦的時候，剛好學長一個人在那裡。我因為害怕得要命，就把發生的事告訴他，結果他非常為我擔心。」

雖然澪還不認為白石真的會跟蹤她回家，但社團活動結束，神原一副理所當然的態度在校門等她時，她真的感動極了。

「咦，我沒事啦。學長不用啦。」雖然感謝，但澪還是客氣地婉拒，結果神原不耐地皺起眉頭說：「都聽到情況了，我怎麼可能讓妳一個人回家？」接著一把拎起澪的書包。

澪既緊張又開心，心臟都快休克了。

她忍不住想：要是我有個像學長的男友就好了。

「天啊！」

兩人的口中迸出尖叫般的聲音，幾乎是嬌喊了。沙穗探出上身，激動萬分地撫摩澪的肩膀：

「太好了，澪！如果是沒感覺的對象，就算是學妹，學長也不會這麼親切。轉學生的事雖然很誇張，不過這種情況叫什麼去了？塞翁失馬？因禍得福？總之，因為有競爭對手出現，所以學長也焦急起來了吧？搞不好學長早就對妳有意思了！」

「不是啦，學長只是擔心我……」

對於澪以外的學弟妹還有隊友，神原也都很溫柔。就算今天遇到這種事的不是澪，神原也會採取一樣的行動吧。這種紳士風範，也是澪受他吸引的理由之一。

「白石的離譜行為是很讓人介意……可是，明明沒講過什麼話，難道他真的是對妳一見鍾情？」

「就是因為沒跟女生講過什麼話，才會變得這麼扭曲吧？只是人家對他好一點，就自作多情。」

花果和沙穗悄聲說著。沙穗接著說：

「可是啊，或許也可以從這裡知道一件事。」

「咦？什麼事？」

「人墜入愛河，就會盲目暴走。」

澪大感意外。明明沙穗感覺是最厭惡白石那種型的男生、會說他壞話的人。澪沒有應話，沙穗慌忙接著說：

「當然，澪真的很可憐！可是像我，就沒辦法相信戀愛中的自己。就算是絕對不可以傳訊息的時候，也會因為不安，忍不住不停地傳訊息過去。明明別人可能都不想聽了，卻忍不住要單方面地一直放閃。去年我跟前任那時候，也給妳們造成一堆麻煩。」

澪和花果驚訝地看沙穗。沙穗平常就是個不能沒有愛情的女孩，最喜歡聊戀愛話題。她們沒想到沙穗居然有這樣的自覺。

「——沙穗，白石同學跟妳完全不一樣啊。」

澪說，於是沙穗立刻恢復如常，搞笑地微笑說：

「是不一樣啦。可是，我是想要表達，就算是現在感覺很冷靜的我，戀愛的時候也會很瘋。」

「妳現在的男友好像是個超級好的人。」

「對啊，他很愛妳嘛！」

花果這麼說，沙穗聞言，臉上浮現融化般的笑容。就在這時——

「小澪。」

聽到聲音回頭一看，同班的矢內站在旁邊。矢內紮著辮子，戴著眼鏡，是文學社團屬於認真型的女生。她的座位就在澪旁邊。

澪丟下仍興奮不已的花果和沙穗，回應：

「怎麼了？矢內，妳已經吃完飯了嗎？」

這時她才注意到矢內有些不對勁。矢內看起來坐立難安、不知所措。

「剛才在走廊，白石同學跟我說話。」

聽到這名字，澪的視線僵掉了。矢內眼鏡底下渾圓的眼睛顯得更加困惑——或者該說是混亂——她慢慢地眨著眼睛，就像要掩飾一般。

「他問我可不可以跟他換座位，說他想坐在小澪旁邊。」

一陣雞皮疙瘩竄過全身。雖然不敢置信，但真的一瞬間遍體生寒。

不知不覺間，坐在對面的花果和沙穗也倒抽了一口氣，默默地瞪大了眼睛。矢內看起來非常困惑。

「我覺得他應該是在開玩笑……對不起，只是跟妳說一聲。」

矢內匆匆丟下這句話，逃之夭夭地離開教室了。

澪整個人啞然，接著湧上心頭的是——憤怒。

為什麼？為什麼？問號充斥著整顆腦袋。她不明白她做了什麼，讓對方這麼喜歡。明明昨天才剛見面，她跟轉學生完全不是那種關係，怎麼會？

「不敢相信！」

在一旁聽到的沙穗和花果也異口同聲地說。她們擔心地伸手搭住澪的肩膀。

「妳還好嗎，澪？」

「就算他再怎麼喜歡你，這也太誇張了。」

——喜歡。

沙穗這話讓澪的背脊凍結了。對方或許是這樣吧，但澪根本不喜歡對方。然而卻一廂情願地把愛意加諸於人，這根本就是暴力。

「分明是性騷擾嘛！」

花果說。那強烈的措詞讓澪屏住了呼吸。性騷擾。或許是吧——她茫茫然地差點就要同意，卻強烈地感覺到有哪裡怪怪的。

「應該不是性騷擾吧？這跟性別什麼的又沒有關係……」

「是嗎？可是我覺得這好像算是某種騷擾。我不太清楚啦，不過可以給它一個名字。這種不會拿捏距離、自不量力的感覺。」

花果說的這種感覺，確實也有符合之處。單方面地強加於人，完全不認為對方會覺得突兀——在普通的關係當中，確實不可能會遇上這種感受。

「直接去跟他說啦。」花果說。

澪懷著想哭的心情抬頭看花果，花果以強硬的口吻接著說：

「直接去跟轉學生說啦。問他到底想怎樣？說『或許你喜歡我，可是我很困擾』這樣。」

「這有點不好吧……」澪反射性地說。

「為什麼？」花果瞇起一邊眼睛，瞪著澪說。「如果妳不敢直接跟他說，我們去替妳說。」

「謝謝，可是……」

澪最強烈的想法是：不想刺激他。明確地告訴他，表示要面對他。澪覺得如果可以不理他就算了，這樣是最好的。

「總覺得就算好好跟他說，他反而會做出什麼事來，很可怕。」

「我好像可以理解。」

沙穗同意澪的話，就像要安撫義憤填膺的花果。

「如果理他，感覺他的確會開始得意忘形。對於這種人，不理他或許才是讓他最難受的。」

「咦！可是如果忍氣吞聲，讓他變本加厲，不是很討厭嗎？噁心！」

「喂，花果，小聲點。」

沙穗把臉湊近花果說。注意到沙穗的目光看著教室門口，澪也閉上了嘴巴。

白石回來教室了。今天午休他吃了什麼嗎？他獨自一人回到自己的座位。澪立刻別開視線，如果白石的眼睛又在看她，搞不好她這次真的會尖叫起來。

沙穗和花果兩人應該比澪看了白石更久。但她們什麼也沒說，表示白石並沒有看這裡吧。心臟劇烈跳動。白石沒有看這裡，讓澪鬆了一口氣，但如果幾分鐘前他才那樣要求矢內，卻又裝作沒事人的樣子，也讓人有種被耍了的感覺。

「……不曉得矢內有沒有幫忙嚴正拒絕……」沙穗出聲說。

「咦？」澪轉頭看沙穗，沙穗發窘地接著說：

「就白石同學要求換座位的事啊。矢內跟妳說了這件事，可是她是怎麼回答白石同學的？她一定明確拒絕了吧？」

聽到這裡，澪才想起矢內沒有提到這件事。

「……我去跟矢內確定一下。」澪說。

沒事的，應該沒問題的。儘管這麼想，內心卻躁動不安。

已經沒有食欲吃完剩下的便當了。澪匆匆收拾吃到一半的便當，出去走廊尋找矢內。

◆

「那傢伙今天沒作怪吧？」

放學後的社團活動。跳遠練習前，澪正在勻平沙子，有人從背後出聲說。澪因為想要獨處，正默默低頭移動耙子。

回頭望去，看到是換上運動服的神原，澪頓時鬆了口氣。學長用運動鞋的鞋尖左右輕敲了地面兩下，轉動著一隻手，正在做暖身操。光是看到學長一如平常的模樣，澪的內心便篤定了不少。

「神原學長……」

「昨天送妳回家後，我一直很擔心。」

澪知道，神原這話引得正在和一年級說話的三年級學姊瞄了這裡一眼。神原長得帥、成績好，運動神經也出類拔萃，是同年級女生心目中的白馬王子。待在田徑隊裡，便可以清楚地感受到每個人都很欣賞他。

澪連忙搖頭：

「——我沒事。昨天謝謝學長送我。」

「如果有什麼狀況，隨時都跟我說。我好歹算是學長，對方應該也會顧忌三分吧。」

神原的每一句話聽起來都像甜美的誘惑。好想把今天發生的事也全部告訴學長——儘管有股這樣的衝動，但三年級的其他學長姊都在注意兩人。

「我沒事。」澪重複相同的說法。

後來澪向矢內確定，矢內說她拒絕換座位的要求了。但她的拒絕說詞很一般，只說：

「座位不是學生自己可以決定的……」並沒有斥責白石的要求太不尋常、莫名其妙。這樣想或許很自私，但澪對矢內的回答有些失望。

沒有人願意幫忙當面嗆他：你太奇怪了。澪也因為不想和白石扯上關係，請花果她們什麼都不要說。

「這樣嗎？那就好。」

神原學長仍有些擔心地說。看到他的表情，澪忍不住想要依賴他的好意，但還是克制自己。

社團活動結束後，在更衣室裡，澪聽到三年級的學姊們在她背後窸窸窣窣說些什麼。

「……說什麼……送她回去……」

聽到片段內容，澪匆匆換好衣服，裝作遲鈍沒聽見，招呼一聲「我先走了」，離開更衣室。雖然感覺到學姊們有話想說的視線，但她直接離開了。

結果——

「啊，太好了，原野妳還沒走。」

走廊前面，神原正靠在牆上等她。澪還在猶豫要不要叫「學長」，神原就先掏出手機說：「我們加ＬＩＮＥ好友吧。」接著按出加好友的ＱＲ　ＣＯＤＥ，出示給她。

「啊，好。」

澪也掏出自己的手機，為了加好友而探頭看彼此的手機螢幕，臉靠得好近。

內心一陣小鹿亂撞。

「有事就連絡我。拜。」

神原簡短地說，轉身準備離開。「謝謝學長！」澪的聲音引得他突然回頭，露出笑容：

「原野，妳很適合短頭髮呢。」

「咦？」

「還有打招呼的聲音也很有朝氣。」

聽到神原若無其事地這麼說，澪感到一陣飄飄然。臉頰火燙起來。學長馬上又轉回去了。

「謝、謝謝學長……」

因為太開心了，這次的聲音有點哽住，學長背對她揮了揮手，一下子就走掉了。

居然可以跟學長加ＬＩＮＥ好友，簡直就像做夢一樣——澪緊握住手中的手機想。

幸好是其他學姊不在場的時候。

澪從學校搭乘公車，在第七站下車。

接下來步行約十分鐘，便抵達後方是一片竹林的二層樓透天厝自家。這裡原本是父親的老家，一家人和祖父母同住，但現在祖父已經過世，家中成員只剩下祖母、父母、澪和弟弟五個人。

因為可以搭公車直達，澪基於通學方便而選擇了就讀三峰學園，但是學校到自家的距離絕對不算近。這一帶就讀三峰學園的學生也只有澪一個人，平常甚至看不到同校的學生。

因為是社團結束後的時間，秋季的向晚天空已經掛上了一輪淡月。夏季離去，秋季到來，澪喜歡這個感覺有些滄涼的季節。最近新落成的公寓愈來愈多，但這一帶仍保留了不少農田，看著這幅悠閒的景致，便覺得可以把在學校的時間暫時歸零。這是自幼便熟悉的景色。

——所以昨天和神原學長一起走在這條路上，格外讓人怦然心動。澪客氣地說送到公車站就好，學長卻說：「為什麼？不送到家門口就沒有意義啦。」

自己喜歡的人，走進自己生長的熟悉風景當中。一起並肩漫步。

喜歡的人——變換成語言放在心裡，昨日以來的感受便漸漸清晰起來。她忍不住期待會有人看到她和學長走在一起。要是被附近的阿姨嬸嬸看到，被她們以為是我男朋友的話——一想到這裡，她便感到自豪，又有些難為情。被家人看到還會覺得害羞，尤其要是被父親看到，真不知道要擺出什麼樣的表情才好，但如果是弟弟雫看到的話——雫問：「那是姊的男朋友嗎？」自己回答：「要替我保密喔。」——光是想像，澪就害羞到好想拔腿狂奔，同時又覺得雀躍不已。

沙穗、花果、澪。一如往常的三人。

沙穗視戀愛為生命，花果也說她國中的時候交過男朋友，只有澪還沒有跟男生交往的經驗，所以她毫無頭緒。交往的開始，就是像這樣發生的嗎？

對方說她可愛，送她回家，兩人成為ＬＩＮＥ好友。她真實感受到與學長的距離拉近了。如果用戀愛遊戲來比喻，現在就是觸發事件的狀態嗎？我可以一頭熱地這麼期待嗎？

天空幽淡的色澤，就彷彿黃昏與夜黑混合在一起。澪望著浮在天上的月亮，像這樣浮想聯翩，不知不覺間走到了家門前。結果這時有人從屋後的竹林走了出來。她想：好高的男生。

想到之後她才驚覺——

男生。

這一帶不會看到同校的學生。

在暮色中走來的那個男生穿著制服，是她看過的立領制服。在我們班上只有一個人穿著與眾不同的制服。

是轉學生——白石要。

「啊。」

白石注意到澪。那道短促的聲音聽在澪的耳裡，不知為何聽起來像「不妙」。

在學校那樣努力躲避的白石，居然從自家後面冒了出來。

萬一他再做出什麼，就放聲尖叫——明明應該已經如此立下決心了，然而奇妙的是，澪卻叫不出聲音。她只是瞪大了眼睛，嘴巴半張。她想要說話——非說些什麼不可，卻說不出話來。這狀況太離譜了，讓她張口結舌。

白石的表情依然不變。

你說話啊！澪心想，對方卻一語不發。白石沒有尷尬地別開目光，或是焦急的樣子，完全沒有。就彷彿毫無感情。

「——你在、做什麼？」

自己的聲音在發抖。結果只能由澪發問。

「你在這裡、做什麼？」

這裡是我家耶。

澪用力克制想要這麼質問的衝動。她的本能在警告：不能把任何與自己有關的資訊透露給他。然而腦中亂成一團。他怎麼會知道我家？學校沒有分發有學生住址的名冊，他是怎麼查到這裡的？或者他是跟蹤我回來的？昨天學長送我回家，在我開心得意得不得了的那個當下，難不成他就尾隨在後——

白石的眼中露出妖異的目光。明明是他自己跑來這種地方——錯的是他自己，他卻用有些厭煩的緩慢動作側了側頭，再次俯視澪：

「我想說妳住在什麼樣的地方——」

瞬間——尖叫衝口而出，只是聲音比想像中的更小。澪只發出了短促的一道細聲，就像從喉嚨深處吹出了一聲高音哨子。

那是一種和昨天沒頭沒腦被問「今天，我可以去妳家嗎？」完全相同的恐懼、不明究理、毛骨悚然。

可是狀況比昨天糟糕多了。

因為這裡是我家，就在我家門口。

白石看著澪。那張臉上，嘴唇緩慢地扭曲了，唇間露出先前看過的那排參差不齊的利牙。

他要笑了——一想到這裡，身體總算能夠活動了。

澪衝進屋子大門，朝著玄關頭也不回地狂奔。

「媽！媽！」

澪連滾帶爬地衝進玄關，火速鎖上門。她拚命呼喊母親的名字到處找人，一時半刻卻等不到回應。「媽——」她拉長聲音呼喊，讀國一的弟弟雫終於露臉：

「鬼叫什麼啦？媽去買東西了啦。」

「雫……」

雫手裡拿著漫畫，臭著臉，但一看到澪，頓時一臉驚嚇。他顫著聲音接著問：

「怎麼了？姊，妳一臉蒼白耶。」

澪也有自覺。手臂上爬滿了一顆顆雞皮疙瘩。她嚇死了，真的嚇破膽了。她絕望地發現，自己似乎被莫名其妙的東西給纏上了。

昨天才剛碰面，對方卻執著於她，這太沒道理了。

「……有奇怪的人在追我。」

澪只能擠出這些話。雫驚呼：「咦？」下一秒便拔腿跑了出去，根本來不及阻止。

「雫，不要去！」

不想刺激對方——不想被白石發現自己有弟弟，不想被他看到自己的家人……儘管這麼想，卻無法追上去。她害怕離開屋子，再次面對白石。

雫跑出屋外，很快就回來了。

「外面沒人啊？」

聽到這話，澪無力地回答：「沒有就好。」雫擔心地探頭看姊姊的臉：

「姊，妳還好吧？」

「……我很好。」

不好。一點都不好。

可是，為什麼我會回答說很好？澪偷偷擦掉嚇出來的淚水，免得被雫發現。

回到自己的房間後，恐懼再次湧上心頭，但同時她也感到強烈的安心：幸好我平安回到家了、幸好我順利逃掉了。

她小心翼翼、躡手躡腳地靠近窗邊。撥開窗簾，偷看底下。屋子前面的馬路——在看得到的範圍內，沒看到白石的人影。即使如此，她還是怕得不敢打開房間的燈。

如果沒有和神原學長互加ＬＩＮＥ好友，或許澪會向雫或父母哭訴。

她搜索學長的名字，輸入：「我是原野澪，學長現在方便嗎？」

她緊緊地握住手機，低著頭，迫不及待學長回應。等著等著，淚水幾乎又快奪眶而出。她有種厭惡起所有的一切、想要像個小孩般放聲大哭的衝動。

陰暗的房間裡冒出一團光線。手機震動了。不是訊息，而是通話。澪打從心底大大地、深深地舒了一口氣。

『原野，怎麼了？』

「學長……」

澪應該正在尋思該從何說起，然而一聽到學長的聲音，呼吸便一下子亂了套。淚水泉湧而出。

「幫我，」她說。「學長，請幫幫我。」

『當然沒問題，怎麼了？』

學長在試著安撫澪。即使聽到她迫切哭泣的聲音，學長的聲音也沒有驚慌的樣子，聽起來可靠極了。

◆

雖然完全沒想過會這樣開始——

神原學長說他會每天陪她一起回家，說會送她回家。澪這次不再推辭了，這樣的餘裕早已煙消霧散了。

結束社團活動後，澪回到更衣室換衣服，學長則理所當然地在走廊等她。學姊們驚訝地問：「怎麼回事？」澪還沒有解釋，學長便搶先輕鬆地回應：

「什麼啦，問這種問題很不知趣耶。當然是因為我們在交往啊。」

咦！聲音堵在澪的喉嚨裡，她以為連呼吸都要停掉了。聽到這話，學姊們也嚇了一大跳。神原就這樣逕自往前走去，澪連忙追上去——辯解似地向啞然的其他學姊頷首。
尷尬死了，也覺得對學姊們過意不去——可是坦白說，她也爽快極了。澪追上神原，想要詢問他剛才那句話的意思，神原卻彷彿沒發生過任何特別的事，問她：「要去吃點什麼再回家嗎？」
兩人一起在學校附近的速食店吃了飯。好希望這段時光永遠持續下去。即使學長那句話的目的只是為了防範跟蹤狂，但是在這短暫的時光裡，她喜上眉梢，忍不住祈禱可以就這樣糊里糊塗地假戲真作。
至於白石，她決定在學校徹底把他當空氣。其實待在同一間教室——別說同一間教室了，就連待在同一棟校舍都讓她覺得厭惡，但之前白石當面和澪說話，都是在澪一個人的時候。如果有其他人在場，就算是他，也不敢來攀談吧？
不過偶爾還是會感覺到他的眼神。
他在看。不過澪已經立下決心，這種時候絕對再也不看回去了。要是看了他，就會扯上關係。所以不管再怎麼好奇，都無法確定。
白石好像還沒有收到新制服，這件事也讓澪覺得氣憤。雖然絕對不會去看，但是視野一隅，總是幽幽地飄著一團立領制服模糊的存在感。不管她再怎麼努力不去在意，那種討厭的感覺就是對她糾纏不休。

可是，他一定什麼都不敢做。花果和沙穗也都隨時陪著澪，絕對不讓她落單，可以不用理他。

——澪還天真地這麼以為。

她是在數學課的時候發現的。

忽然間，她感覺視野範圍內有什麼東西怪怪的。她訝異地望向桌面，發現了異狀。

課本底下隱隱約約有她沒印象的文字。

眾人都說很像大型補習班的私立升學高中三峰學園，課桌相當乾淨。因為學生很少會在上課的時候搞怪。雖然並非完全沒有前任主人製造的傷痕或小塗鴉，但非常少見。

『　　　　　　一起嗎？』

澪先是看到這幾個字。

字跡非常秀麗，雖然是鉛筆字，但勾勒撇捺那些筆畫，簡直就像毛筆字一樣漂亮。不過彷彿機械寫出來般的端正文字，也確實讓澪覺得不太舒服。最重要的是，那些字不是出現在別的地方，而是在自己的桌面上。明明昨天根本沒有這種東西。

澪推開課本，接著——倒抽了一口氣。桌面上這麼寫著：

『妳可以不要跟神原一太在一起嗎？』

澪掩住了嘴巴。

否則喉嚨又要發出哨子般的尖叫聲了。她彎起身體，趴到桌上。幸好沒叫出聲音。她差點要反射性地抬頭，轉向決定絕對不去看的白石那裡。然而卻能懸崖勒馬，硬是把額頭抵在桌上，她真想稱讚自己。

她用發抖的手，從筆盒裡取出橡皮擦。擦掉，全部擦掉。

這秀麗、端正到幾乎噁心的字跡，是白石的字嗎？到底要怎麼教育才會養出這種距離感古怪的小孩？一想到這種莫名其妙的人也有家、家人和父母，澪就感到難以置信。

——分明是性騷擾嘛。

花果以前說過的話浮現腦海。

還有自己回答「不是性騷擾」的聲音。可是她現在又再次想到了。確實，這或許不算性騷擾，可是的確是某種騷擾，或許只是我不知道名稱而已。比方說，像這樣限制一個人不許和別人往來，在夫妻或情人之間，記得是不是叫做精神騷擾？

澪懷著欲哭的心情，用橡皮擦在桌上使勁擦著。一次又一次。即使文字都擦掉了，仍然一次又一次、用力擦個不停。

這段期間，白石在看她的濃厚氣息也一直陰魂不散，怎麼也甩不開。

「妳已經擦掉了？」

放學後。

其他學生——包括白石——全都離開以後，澪把桌上塗鴉的事告訴花果和沙穗。被花果這麼一問，澪才驚覺糟糕。花果和沙穗直盯著澪已經一片潔淨的桌面。

「要是還留著，就可以給老師看了。」

「是啊……」

澪這才想到應該保留下來，當成證據給老師和其他人看，讓他們了解狀況。但當時她完全沒想到這些。她只覺得噁心到不行，滿腦子只想拚命擦掉，一直擦到桌面都發熱了。

「……妳們願意相信我嗎？」

「我們當然是相信啦……」

花果和沙穗為難地對望。花果說：

「可是他都做出這麼過分的事了，報告老師或校方比較好。下次要是他再做出什麼，記得把證據全部保留下來喔。」

「……嗯，對不起。」

「花果，妳這樣有點嗆耶。澪太可憐了。」

沙穗打圓場地說。她的話安慰了澪。她以為花果也會立刻柔聲安撫她，像是：對不起，可是我是因為擔心……

然而這天花果卻十分冷酷。

「因為澪看起來沒什麼緊張感啊。」

花果的聲音明顯地不耐煩。

「嘴上說著好可怕、好討厭，可是也完全沒有要向老師求助的樣子——妳順利跟學長交往，現在有了男朋友，根本是覺得這樣就好了吧？」

「我才沒有！」

澪反射性地大喊。她沒想到花果居然這麼看她，一股和對白石截然不同的迫切焦慮與不安壓迫了胸口——我會被花果討厭。

「對不起，如果花果妳這麼覺得，我向妳道歉。可是我跟學長並不是正式在交往，而且花果和沙穗才是我的依靠，我不是那個意思……」

澪說著說著，連自己都覺得這話太假惺惺而越發焦急了。花果人很好，富有正義感，但性情也很剛烈。一想到自己惹花果生氣了，她只覺得非道歉不可，語氣拚命極了。

花果依然沉默不語。夾在中間的沙穗驚慌失措，左右為難。

澪覺得還不夠，正在尋思該怎麼說，花果忽然從澪身上別開了目光。

「抱歉。」花果道歉了。「我今天好像也有點在遷怒。對不起。沙穗跟澪都有男朋友了，卻只有我沒有對象，可能是覺得寂寞吧。」

花果自言自語地說，接著拎起書包。她沒看澪也不看沙穗，說：「對不起，我先回去了。」然後逕自離開教室了。

「花果，對不起。」

澪再次小聲道歉，但花果沒有回應這句話。澪祈禱花果是沒聽見她的聲音。心臟揪緊發痛。

沙穗顯得很為難。希望她不會說離開的花果壞話——澪正提心吊膽，結果沙穗說：

「花果那麼可愛，很快就可以交到男朋友了啊。」

即使對方不在，溫柔的沙穗仍然這麼說，讓澪感到很安慰，也點點頭說：「嗯。」

澪前往社團活動，發現今天神原沒來。

她大失所望，但因為害怕其他學長姊的觀感，所以不敢問任何人神原為什麼今天沒來練習。

不只是跳遠，感覺其他項目的隊友對她的態度都變得有點生疏。神原很受歡迎，所以這或許是沒辦法的事，但承受著這氛圍，讓她感到如坐針氈。

花果不在，神原也不在。

我會落得孤單一人嗎？澪想著，走出校門，聽見一道招呼聲：「嗨。」

轉頭一看，神原在那裡。得知他今天也在等自己，澪的胸口充滿了沸騰的喜悅。

「學長！今天你怎麼沒來練習？」

「啊，今天我被叫去職員室做畢業出路指導，其他三年級的沒跟妳說嗎？」

是我不敢問——澪這麼想著，點了點頭。學長說：

「澪，我在這裡等妳的時候，看到那個女生經過，就是跟妳很要好的那個長頭髮的女生。」

聽到「澪」這聲呼喚，耳底一點一滴暖了起來。這是學長第一次叫她的名字。

「我們吵架了。」

「咦？不會吧？」

神原擔心地看澪。

「是誰不對？」

「應該是我。」

「是喔？」

學長大大地嘆了口氣，點了點頭，接著以一貫的輕鬆語氣說：

「沒事的，妳們很快就會和好的。因為每次我看到妳們，妳們三個都很融洽啊。一看就是三個好姊妹。」

「還好啦……」

澪應聲的時候，學長一把拎起澪手上的書包，接著往前走去。澪晚了一步追上他的背影，感覺到雙頰燒了起來。

她想：原來學長都在觀察我。

原來學長過去也一直關心著我，連誰是我的好朋友都知道。

如同學長說的，隔天早上，花果的心情已經好轉了。

「昨天對不起，我真的不曉得是怎麼了。」花果以刻意明朗的聲音說，她的用心讓澪感覺到友誼，道歉說：「我也對不起。」沙穗似乎也放下心來。

「昨天後來白石還有做什麼嗎？沒事吧？」

「……沒事。」

澪不敢說因為有學長陪她一起回家。花果說：「沒事就好。如果又發生什麼事，隨時都跟我們說喔。」

花果今天把一頭長髮紮在後腦，露出後頸，顯得成熟許多。雖然同齡，但花果這種可靠的大姊氣質，讓澪深深感到欣賞。

「可是啊，那個轉學生要是自以為比得過神原學長，那就真的太可笑了。明明他們的共同點就只有都是人類而已。」

「花果。」

「明明就是嘛。澪，或許妳最好不要讓他看到妳跟學長太恩愛的樣子喔。神原學長真的好帥，感覺又很專情，好好喔，真羨慕妳。」

雖然把白石說得很難聽，但花果的聲音很開朗，讓澪鬆了一口氣。

有了同仇敵愾的對象，就能如此安心，到底是為什麼呢？沙穗也跟著花果一起笑。看到兩人都在笑，澪覺得開心，也附和地說：「會嗎？」花果忽然無聲地冷笑了一下。看到她笑，澪還是覺得很高興。

如果遇到真正可怕的事，就會馬上連笑的餘裕都沒有了。

在笑鬧的時候，可以忘了討厭的事。

沒有遇到的時候就可以忘懷的、只是這種程度的討厭與嫌惡。然而很快地，澪便後悔把它拿來當成朋友間的娛樂話題。

下課時間，花果和沙穗說要去職員室處理負責的事務時，她應該跟著一起去的。然而她卻覺得只是十分鐘下課時間而已，放鬆警戒，和她們分開行動了。

她一個人去廁所，事情就發生在她出來的時候。

「原野同學。」

聽到那聲音，腳頓時僵住了。澪定在原地，動彈不得。

廁所正面、階梯上方——白石要就站在那裡。

這次四周圍有許多其他學生。所以她也輕忽大意了。

白石開口：

「這是最後通牒。」

澪一時不解其意。

她花了好幾拍，才把那幾個音變換成「最後通牒」四個字。

白石對著混亂的澪，繼續說了下去。這次臉上沒有露出那凶惡的笑容，他以嚴肅到滑稽的表情接著這麼說：

「不要跟神原一太在一起。」

◆

澪逃跑似地——不，她如同字面，真正是落荒而逃。除了小時候玩捉迷藏以外，這大概是她這輩子第一次像這樣真心逃離什麼人。

衝上樓梯，回過神時，人已經來到三年三班前面了。是神原學長的教室。

「請問神原學長在嗎？」

不小心跑來了，澪雖然猶豫，但還是這麼詢問教室門口附近的學長。那個學長有點嚇了一跳，「咦？」了一聲。也許是很少有學弟妹跑來教室找人。但他立刻朝著教室後方呼喚：「喂，神原！」

學長正睏倦地趴在桌上。他懶洋洋地抬頭，一看到澪，那張臉頓時燦然生輝。

「澪！」

澪感覺得出來，那道聲音驀地改變了教室裡的空氣。學姊們喧嘩起來，都盯著澪看，學長們也跟著不自覺地注意到他們兩人。

這是學長第一次在眾人面前喊她的名字。

一定是因為她是「女朋友」。

滿懷驚嚇地逃到這裡來，被學長陽光溫柔的聲音迎接，澪幾乎要潸然落淚。她好怕，真的害怕極了。

「怎麼了嗎？」

神原走到門口看著澪。

「學長，白石同學他……」

澪不敢回去教室。聽到澪的話，學長表情一沉，簡短地「咦」了一聲。澪接著說：

「剛才他突然跟我說話。下課的時候我一個人，他就跟我說什麼最後通牒，叫我不要跟學長在一起……」

「意思是妳落單了？」

澪點點頭：

「我只是趁下課十分鐘去洗手間而已。」

神原的表情變了。他望向黑板上的時鐘，低聲說：「要上課了。」他眼神依舊嚴肅，說：

「放學後再說，妳再好好告訴我是怎麼回事。」

「好。」

澪實在不敢回去白石也在裡面的教室——原本她這麼想，但是看到神原的臉，和他說上幾句話，心情便平靜下來了。剛才是她疏忽大意了，但絕對不能再落單了。

回到教室，剛好趕上下一堂課老師進來前。回到自己的座位時，又感覺到視線了。是花果和沙穗關心的視線，以及另一道視線。感覺白石要正在看這裡。雖然澪絕對不會回頭看他，但她感覺得出來。

澪跑去學長的教室這件事，白石大概已經知道了，她這麼覺得。雖然很恐怖，但既然白石知道，應該也可以牽制一下他的行為。

學長知道你說了什麼鬼話、幹了什麼好事。所以你識相點——澪懷著這樣的心情，極力無視白石的存在。

放學後，澪離開教室，匆匆趕往社辦。她只想快點見到神原。

結果她發現神原站在社辦前面的走廊上。他沒有進去社辦，就像正在等澪過來。

得知學長在為她擔心，澪臉上漾出笑容。

「神原學長——」

「走吧。」

「咦？可是練習……」

神原離開憑靠的牆壁，拉起澪的手。他朝著社辦的反方向走，因此澪慌張詢問，結果神原回頭說：

「現在是練習的時候嗎？好好告訴我是怎麼一回事吧。」

「啊，那要跟老師還是其他同學說一聲——」

神原的聲音聽起來很尖銳。是擔心澪、氣憤白石的舉動嗎？萬一他說要去找白石痛罵他一頓，那該怎麼辦……？澪正惴惴不安，結果學長轉頭看她——神情責怪地。

澪還不習慣手牽在一起的觸感，會忍不住害羞。

「請等一下。」

讓學長等她很不好意思，但無故缺席隊上練習也不好。澪委婉地掙脫被神原牽住的手，進入社辦，對剛好在裡面的一年級學妹說：「我身體不太舒服，今天要請假。」請她幫忙轉達老師和學長姊。

「喔，知道了……」

她知道點點頭的學妹，眼睛正盯著站在她後面的神原看。學長有確實告知他練習要缺席的事了嗎？對於被人以為她們一起蹺掉練習——雖然事實上就是如此——她還是感到抗拒。如果要搞社團戀愛，她想要更努力投入田徑訓練，成為獲得眾人祝福的一對。

澪滿懷心虛地離開社辦，在樓梯口換上戶外鞋。必須經過田徑隊正在練習的操場前才能走出校門，教人芒刺在背。澪彎腰駝背，低頭祈禱不會被發現，低調地通過。

然而神原卻正大光明。他似乎一點都不覺得蹺掉練習有什麼不對，走到一半，三年級學長姊叫住他：「咦？一太？」但他笑吟吟地舉手回應：「噢！」雖然沒有多說什麼，但這樣一個動作就可以混過蹺掉的事，顯見他平時就很有人緣。雖然向神原打招呼的人，都用別有深意的眼神看著旁邊的澪，讓她介意得不得了。

白石要也在某處觀察著他們嗎？這幾天她和神原急速親近起來的事，他也不知怎地得知了。萬一白石攻擊神原，或是做出什麼事來，那該怎麼辦？

走在澪的旁邊——稍前方處的神原沉默了好半晌。澪道歉說：

「學長——對不起喔，讓你練習請假。」

神原沒有立刻回應。是我的口氣太沒分寸了嗎？的確，這要是不久前，我一定會更有距離感地禮貌說「抱歉」。

「我說啊。」

走出校門後，學長才終於開口。他盯著澪看。

「到底是怎樣？」

「咦？」

「我不是交代妳不要落單嗎？上次在電話裡。」

澪一時不明白神原在說什麼，因為他的說法太突兀了。

「很抱歉。」

澪反射性地賠罪。她總算發現學長似乎是在生氣。

「我也請朋友陪我，讓我在早上、午休還有放學以後，絕對不會落單，可是當時是十分鐘的下課時間，而且周圍也有許多人，所以我以為不會有事……」

「結果不就出事了？」

「是的。真的……很對不起。」

澪大受打擊，仍不停地道歉。花果和沙穗不久前也才警告過她，但沒想到連神原也這樣說她。

「妳知道自己哪裡做錯了嗎？」

澪點點頭：

「知道。」

「那妳說說看。」

「……學長這樣為我擔心，我卻一個人落單。」

神原吐出又長又重的嘆息，那道「呼……」的嘆氣聲，讓澪的心凍結了。她不想被學長覺得自己不可救藥。

「妳根本不想認真保護自己吧？」

神原說。

「其實從之前開始，每次聽妳說，我都這樣覺得。如果妳真的很困擾，就應該要更徹底地拒絕對方、完全無視他才對，可是妳幹嘛跟他說話啊？」

「可是那是……」

我沒跟他說話，澪心想。

「是他單方面跟我說話，我並沒有回應……」

「那妳幹嘛讓他說？正常來說，應該會不理他，當場跑走吧？我上次不就叫妳這麼做了？」

有嗎？澪回想，拚命回想。

每次遇到白石，澪總是立刻就跑去向學長傾訴。她很害怕，聽到學長說「沒事了」、「我很擔心妳」，就放下心中大石。確實，學長或許給了她忠告，但有那麼嚴厲地警告過她嗎？澪試著回想。

神原再次長長地嘆了一口氣：

「所以妳才會被人趁虛而入。」

「咦……」

「妳不是人很好嗎？從來不會明說妳討厭什麼，也不會對別人嚴厲。因為是班長，所以覺得自己有責任，努力維持模範生的形象，不是嗎？」

神原的口吻中有著關心。這確實是澪一直以來對自己的看法，然而神原的表情變了。

他瞇起眼睛，盯著澪說：

「老實說，這根本不是優點。」

聲音冷若冰霜。

「拚命不想讓自己被討厭，是因為軟弱，軟弱就會被人利用。妳要改變才行。」

心跳加速了。

是一種和昨天以前待在神原身邊時的怦然心動截然不同的、來自焦急與不安的心跳加速。得快點道歉，澪想。學長生氣了。

那是她最不想聽到別人說她的話。

因為澪比任何人都更有自知之明。性情軟弱、不敢清楚地表達討厭，她知道這是自己的缺點。有種被一把推開的感覺。

她羞恥到了極點。

神原走在澪前方一步，不斷地往前走去，朝平時搭車的公車站走去。澪懷著想要鑽進洞裡的心情說：

「那個，學長，今天不用送我了，沒關係。」

神原看向澪，澪低著頭接著說：

「對不起，我一個人真的沒問題了。」

「就是有問題才會變成這樣。」

啊，澪心頭一驚。

抬頭一看，迎面就是冷冰冰地看著她的神原。

「妳幹嘛任意決定？只是話說得重了一點，就因為尷尬，想要拒絕別人，這是妳的壞習慣。」

「我沒有這個意思……」

聲音帶著懇求。什麼「拒絕別人」，她完全沒有這種念頭。

「只是，我給學長添了麻煩……」

「要說麻煩，萬一妳落了單，又被那個轉學生騷擾，我才更覺得麻煩。妳真的是短視近利，滿腦子只想要自己輕鬆、不想當壞人。說話前先經過大腦好嗎？」

澪沉默了。

因為學長說的一點都沒錯。如果落單，會被白石糾纏。所以她才會向學長求助，然而卻又拒絕他的協助，根本是本末倒置。

「我陪妳回家。」

神原斬釘截鐵地說。總覺得這已經和澪的意願無關了。「我擔心妳。」學長又接著補了一句。

上了公車，坐在旁邊，澪仍半晌無語。因為完全被神原說中，她陷入自我嫌惡。如果又落單了，她不可能沒事。萬一白石又對她做什麼，她會不知該如何是好，而且她害怕極了。

可是，每次遇到可怕的事，她就會向花果和沙穗還有神原傾訴——一起為她的遭遇熱烈討論。

連她自己都覺得，這樣簡直就像樂在其中似的。根本不想認真保護自己——學長這句話刺進她的心胸。

坐在旁邊的神原出聲叫她：「澪。」轉頭望去，學長正在看自己的手機。他滑動手指，像在搜尋什麼，一會兒後，把螢幕轉向澪：「妳看。」

是她和神原的ＬＩＮＥ對話。

『絕對不要落單。畢竟不曉得對方會做出什麼事來。』

『對啊。學長，謝謝你為我擔心。』

是昨天的對話。澪不解為何神原要拿這個給她看，神原說：

「妳根本沒當一回事吧？」

學長看著澪——用幾乎可以說是瞪的眼神。

「我覺得像這樣打出來，就等同於在契約上簽名。都好好交代妳不要落單了，妳卻當成耳邊風，是要叫我怎麼辦才好？都給妳忠告了，妳卻不鳥，那我也幫不上忙了嘛。這就形同毀約吧？妳懂嗎？」

「……懂。」

澪在公車座椅上搖晃著，感到一陣愕然。她很驚訝：這件事還沒完？甚至還亮出ＬＩＮ

E的對話證明。

畫面上『學長，謝謝你為我擔心』這幾個字看起來好遙遠。可是在進行這段對話的昨天，她完全沒料想到會發生今天這樣的事。就算神原抓住這句話說她「沒當一回事」，她也無從辯解。

「對不起。」

自己到底在為什麼道歉，澪連自己都開始搞不懂了。結果彷彿看透了她的心思，神原又問了：

「妳真的知道妳哪裡做錯了嗎？我也不想講這些啊。我是擔心妳，怕妳萬一遇到危險就不得了了，才會這樣說。」

澪口中重複著「對不起」、「我很抱歉」，一面祈禱公車快點到站。到站之後，就說「送到公車站就行了」——想到這裡，她赫然驚覺：不行。因為白石知道她家在哪裡，她甚至在家門前遇到過他。她醒悟到神原說的完全沒錯，自己根本狀況外。所以才會惹學長生氣

——她開始覺得傷心。

在公車站下了車，理所當然地和神原肩並肩，一如往常地走到家門前。神原還在生氣，雖然並沒有大小聲，卻不斷地責怪澪。

然而走到家門前，神原卻突然把話吞了回去。他停下腳步，直盯著澪的家的另一邊。

盯著竹林的方向。

「學長？」

「轉學生的事很讓人擔心，最好也跟妳家裡的人說一下。」

「咦！」

「這有什麼好吃驚的？」

神原又有點不高興了。

「這不是理所當然嗎？他都跑到妳家附近了。妳家裡的人——妳爸媽、奶奶，還有妳弟弟雫對吧？妳應該好好跟家人說明，這樣遇到緊急狀況時，他們才能幫妳。」

「跟我爸媽說？可是他還沒有……」

白石還沒有做出任何具體的危害行為。

「還沒有什麼？」

神原問。澪語塞了。

「妳說還沒有，表示妳預期他會變本加厲做出什麼事對吧？會說這種話的人，就是在袖手旁觀，等待發生某些更可怕的狀況。如果說妳不想把事情鬧大、不想驚動別人——那妳一開始何必找我商量？找我商量，根本沒有意義嗎？」

「這……」

「妳是要說，妳沒想到這麼多嗎？我剛才也說過了。說話前先經過大腦好嗎？」

神原的話冠冕堂皇，無可反駁。

「還有啊……」

神原厭煩地說。還有什麼嗎？——澪正一籌莫展，只見他突然用下巴朝屋子的方向點了點。

「那片竹林是怎麼回事？」

「咦……？」

他在說什麼？澪一陣錯愕，一時反應不過來，神原接著說：

「感覺超恐怖的。」

「恐怖……？」

一陣風嘩嘩吹拂而過，竹林隨之沙沙搖擺。據說從曾祖父那一代就有的竹林，是澪自小就熟悉的。

神原沒道理突然這樣批評，澪的內心第一次湧出不對勁的感覺。但是在她回話之前，神原便低聲道：

「唔，算了。今天我就先回去了。我都送妳回家了，接下來妳絕對不可以再落單了，千萬不可以走出家門啊。他不曉得會做出什麼事來。」

「我知道了。」

「——妳真的知道了嗎？」

簡直就像媽媽還是老師——澪心想。

而且是對幼童訓話的口氣。是覺得「小孩子什麼都做不好」，目瞪口呆、酸言酸語的口氣。

「還有，妳頭髮剪掉比較好，澪。」

「……是嗎？」

「嗯，我覺得妳之前短頭髮的時候很漂亮，可是現在都快蓋過脖子，看不到後頸了，我不喜歡這樣。去剪短一點比較好吧？」

話題又突然跳躍，澪困惑極了。學長是會管這麼多的人嗎？她感到震驚，含糊地點點頭，勉強擠出道謝。

「謝謝學長送我回來。」

「沒什麼啦，不用這麼鄭重其事地謝我。」

神原說完，轉過身去。雖然喜歡神原，但唯有今天，澪覺得終於獲得解放了，她正準備鬆一口氣，沒想到神原窮追猛打地接著說：

「反正妳的感謝都只是表面。」

澪的腳——全身，當場凍結了。

學長看也不看動彈不得的澪，揚長而去。澪站在那裡目送著，直到他的背影消失不見。她彎身鞠躬，機器般不停地重複：「謝謝學長。」不是因為依依不捨，而是出於害怕。因為如果學長再次回頭，發現她沒有站在這裡目送，感覺一定又會發飆。要是被他看見自己逃之夭夭地衝進家門，感覺又有話要說。

學長的身影消失，再也看不見以後，澪仍在原地等了好半晌。等著等著，淚水似乎就要奪眶而出，她在內心倒數了幾秒，才轉身面對家門，衝進玄關裡。

——反正妳的感謝都只是表面。

最後的聲音在耳底迴響著。

一衝進客廳，澪立刻把臉埋進座墊裡，雫見狀跑來關心。

「哇！妳怎麼了，姊？」

「不要管我。」

澪應著，重新思考。她思考，然後陷入混亂。她想到一件怪事。

——還有妳弟弟雫對吧？

我有告訴神原學長我有弟弟的事嗎？我有告訴他我弟弟叫雫嗎？

◆

「澪，妳的臉色好差喔。」

隔天在學校，沙穗關心地問她。

現在是午休時間。澪打開便當，卻沒有食欲，手中的筷子遲遲沒有移動。兩人探頭看她的臉。花果也說：

「嗯，感覺好沒精神喔。」

「又是為了那個轉學生？」

「嗯……」

昨晚幾乎一夜未眠。但澪無法把真正的理由告訴兩人。

昨天和神原道別後，睡前她看了一下手機——結果整個人嚇呆了。

神原傳LINE來了。一整串訊息。

『今天我最後說的話，妳聽到了吧？為什麼不否定？』

『為什麼妳不馬上反駁說「我的感謝才不是只有表面」？換句話說，說穿了，妳對我的感謝就只有那種程度，是吧？』

『我是無所謂啦，可是之前我一直聽妳訴苦轉學生的事，所以覺得我有責任，送妳回家，原來造成妳的麻煩了，是嗎？』

『我覺得身為男友，擔心女友是天經地義，可是如果因為這樣，就把人家的好意當成理所當然，實在讓人很心寒。』

『妳說害我社團練習請假，很抱歉，但如果這樣說是基於「我已經道歉了，請不要追究」的心理，那我也只好原諒了。明知道道歉是一種對他人的壓迫和暴力，卻選擇這樣的說法，這不是善良，而是狡猾。』

『對於剛轉進來的轉學生來說，妳溫柔的態度或許很有吸引力，但站在從以前就認識妳的人的角度來看，我覺得妳那種無法拒絕的溫柔，是不公平的溫柔，最好改掉。或許妳會覺得受傷，但這是必須改過的事，所以我還是要告訴妳。』

『如果因為我說得嚴厲了些，讓妳想要跑去向朋友哭訴，這也是妳的壞毛病。妳就是這種地方糟糕，妳自己明白吧？』

澪不知道該怎麼回覆才好。她用顫抖的手拿著手機思考內容，這時突然又接到ＬＩＮＥ的訊息。

又是神原傳來的？澪差點尖叫，結果不是。是同一個田徑隊的二年級生，涼香。

『澪，辛苦了。

妳今天沒來練習，是怎麼了？老師跟學長姊都超生氣的耶。妳真的在跟神原學長交往嗎？妳最近有點怪怪的。這樣下去，大家的觀感會不好，最好向大家道個歉喔。大家都在擔心妳。』

讀完之後，強烈的疲倦籠罩上來。

上面寫著「擔心」，但澪知道涼香其實想要表達什麼。大家都很生氣，大家對她的觀感早就「不好」了。

要在這樣的氛圍中，參加明天的隊上練習嗎？頭暈目眩。

她也不知道該怎麼回覆學長的ＬＩＮＥ。但如果已讀不回的話——又會被責備她不對，雖然的確是我不對。

澪迫切地想要向花果和沙穗求救，可是神原指出的「妳就是這種地方糟糕」的字句在腦中閃爍。

為了轉學生的一舉一動大驚小怪，向別人訴苦求救，結果或許澪失了分寸。神原學長現在的態度，完全就是澪個性中不好的部分招來的惡果。

『對不起。』她回覆神原。她只能勉強如此回覆。

『對不起，不好的地方我會改進。』

「還有……我跟學長有點……」

面對花果和沙穗，澪忍不住脫口說道。兩人驚訝地「咦」了一聲。澪赫然驚覺，立刻搖頭：

「可是沒事的。我們很快就和好了。學長糾正我說都是我不小心落單，太沒警覺性了。」

澪也沒有把白石昨天的「最後通牒」告訴花果和沙穗。沙穗輕聲「啊～」了一聲。

「這是出於愛啊，學長一定是在擔心妳啦。」

「嗯……」

三個人的時候，說到「學長」，就一定是指神原學長。學長剛加入田徑隊的時候，澪幾乎天天提起一樣是跳遠選手的學長的事。他好帥、很溫柔、很爽朗——天真無邪地這麼討論、樂在其中的日子，現在只令她懷念不已。

「是喔……」

花果輕摸不久前開始天天綁馬尾的頭髮點點頭。

沙穗開心地附和學長的話題，但花果的那種態度，也讓澪忍不住介意。不久前才為了有沒有男朋友的事吵架，她不想過度放閃。

澪望向教室裡白石的座位。已經感覺不到視線了，他不知不覺間離開教室了。

明明宣布什麼最後通牒，不過這麼說來，今天一次都沒有感覺到他那沉重的視線。

「對了，轉學生每次到了中午就會不見呢。他都吃什麼啊？昆蟲嗎？在操場抓蟲子吃？」

花果毒舌地說，澪勸阻道：「不要這樣說啦。」白石確實讓人覺得恐怖，但如果演變成每個人都可以嘲笑他的氛圍，真的會形成全班聯手排擠他的環境。若是因此真的發生霸凌情事，澪還是很不樂見。

花果笑了：

「澪人太好了啦。他不是把妳嚇個半死嗎？妳那種博愛主義到底是打哪來的啊？」

這番玩笑的話，澪現在卻笑不出來。花果的話重重地擊中了心胸，讓她無法一笑置之。

放學後去到社辦，神原就像昨天那樣，站在走廊牆壁前等她。目睹這一幕，澪瞬間無意識地倒抽了一口氣。神原注意到澪，「噢」了一聲，從牆壁直起身來。

「我們回去吧。」聽到神原這話，雞皮疙瘩頓時爬滿了手臂。

她想到的是：自己要被孤立了。

在社團裡會更加格格不入。

「那個，學長……」
「什麼？」
「今天我要參加練習，昨天也蹺掉練習了，我不能再繼續給大家造成麻煩。」
「咦？」
神原皺起了眉頭。他誇張地皺眉，就彷彿聽到了什麼難以置信的話。
澪很害怕。但她仍鼓起勇氣，拚命接著說下去：
「都是我不好。因為學長願意聽我說轉學生的事，我才會依賴學長的好意……可是練習還是要好好參加。」
「我說妳啊。」
神原受不了地搔頭。接著他搖頭看著澪，就像在說：妳怎麼這麼不受教？
「妳知道嗎？妳最糟糕的就是這種地方。說什麼『是我不好』、『是我不對，所以沒辦法』，擺出一副自責的樣子，先舉白旗表示自己知道錯了，所以不要罵我。看起來好像很有責任感，其實是在放棄負責任。妳差不多也該醒悟了吧？」
「啊……」
「我說的不對嗎？」
澪無法回應。

「走吧。」學長說。

澪彷彿被看不見的絲線牽引般，點了點頭，跟他一起走了出去。如果連自責都不行，那到底要怪誰才好？她整個迷糊了。

「今天啊。」

乘上公車過了一會兒後，神原開口說。澪默默地看著神原，他便說：

「我要去妳家，可以吧？得跟妳爸媽還有弟弟說那個轉學生的事才行。」

澪默默地睜大了眼睛。

母親——應該在家吧。弟弟也是，社團活動結束後就會回家。可是，她還沒做好說出這件事的心理準備。自己遭人跟蹤騷擾這種事，她還沒有準備好要告訴家人。

「等到出事就太遲了。」

神原斬釘截鐵地說。不管澪說什麼，他都不會當一回事吧。不管澪想要說什麼，她的話都已經全被封鎖了。

「喂，澪。」

「是。」

澪戒慎恐懼地回應。神原說：

「竹林燒掉了沒？」

「嗄……？」

她發出不合時宜的呆傻應聲。有個知名的迴文「竹林燒掉了」，澪以為神原是在用這個哏說笑。

然而神原的表情卻嚴肅到家，他正經八百地看著澪：

「沒燒嗎？我不是叫妳燒掉嗎？」

「哪有……？」

神原沒說那種話，絕對沒有。要是神原提出如此異常的要求，她絕對會記得。神原只說他覺得我們家的竹林很恐怖而已。

澪覺得神原絕對沒有說過，卻把來到喉邊的話又嚥了回去，只道歉說：「對不起。」

「哎……」

學長看著車窗唉聲嘆氣。

「妳就是這樣。什麼事都隨便聽聽。」

「對不起。」

澪繼續道歉，學長便喃喃回應「是無所謂啦」，然而語氣完全不是這樣。

要怎麼拒絕他來家裡？

彎下身體說我不舒服嗎？不行，那樣反而會鞏固他送我回家的的理由。

澪握緊口袋裡的手機。說接到電話，通知母親突然生病嗎？不行，學長一定會擔心，說一定要陪我回家。他會擔心。

公車來到離家最近的公車站，兩人下了公車。

終於到了。

「走吧，澪。」

神原一副熟門熟路的態度，搶在澪的前面走了出去。因為讓他送過好幾次，他完全掌握去她家的路了。

來到家門前，神原忽然說：

「那個轉學生啊。」

「是。」

「明明才剛轉來，對妳完全不了解，實在不知天高地厚，真是有夠噁的。我從以前就認識妳，站在我的角度，他完全誤會了妳的溫柔——」

「可是……學長也是，轉學生吧？」

澪硬著頭皮說了出來。不知為何，她覺得現在她敢說出口。

一陣風吹過，學長把臉轉向澪。屋子背後的竹林猛烈地從右往左撓彎。

她說了學長最討厭的「可是」。

澪再也克制不住了，其實她一直覺得很不對勁。

我從以前就知道了，澪就是這種人——被學長這樣說，雖然是有可以同意的地方、也自責是自己不好，可是她忍不住要反駁。

「學長自己也是去年才轉學進來，今年才加入田徑隊的。並不是從多久以前、就知道我的一切……」

鼓起勇氣。只要說出第一句，接下來的話便能順勢好好地說出口。

學長抿緊了嘴唇。他沒有笑——而是變得面無表情。

澪看著那張臉心想。

這麼說來，剛才幾乎是神原第一次用責備的口吻談論轉學生——白石。神原責備的對象總是受害者的澪，而不是跟蹤狂本人。學長不停地對澪說「妳很糟糕」，他的怒氣只針對澪一個人，對於始作俑者白石，卻似乎完全不在乎。

就彷彿錯全在澪的身上。

「妳說什麼？」

學長說。暴躁地搔著頭。

澪呆呆地看著他那副模樣。

神原學長是會做出這種神經質動作的人嗎？是會滿不在乎地擅自蹺掉社團練習的人

嗎？

澪尋思著，這才醒悟到她什麼都不了解。

白石轉學進來的第一天，她和花果還有沙穗聊到——聊到學長。在說三峰學園的轉學考好像很難那時候。

——可是白石同學一定很聰明。聽說我們學校的轉學考滿難的耶。去年轉學進來的學長也是個秀才，一來就搶走了學年第一名的寶座。

神原學長成績很好，澪一直很崇拜他，為他著迷，一直討論他，甚至三人之間只要提到「學長」，就一定是指神原學長。

可是，神原一太究竟是個怎樣的人？雖然崇拜，但是對於神原——對於眼前這個人，澪其實也一無所知。她沒想到他是個會像這樣一口咬定「我都知道」、「我都了解」的人。

神原慢慢地把手從頭上放下來。他以慵懶的動作轉動頭部，彷彿肩膀嚴重痠痛似的。接著倏地瞇起了眼睛。

他的眼睛在看澪後面的房屋，看著屋後的竹林。

「是這裡的——的關係嗎？」

澪倒抽了一口氣。他是在說什麼？澪啞然失聲，這時身後傳來一道聲音：

「放棄吧，神原一太。」

澪嚇了一跳，挺直身體回過頭去。

一名穿著立領制服的男生從屋子後面走了過來。之前的記憶和眼前的景象重疊在一起，這是澪第二次在自家附近遇到他了。

「白石同學……」

白石要站在那裡。但是他的眼睛並未看著澪，而是定定地注視著神原。

澪不感到恐懼。不久前覺得那麼恐怖的白石，現在卻不知為何甚至讓她覺得像救星。

雖然連自己都覺得太自私了，但她真的這麼感覺。

她清楚地意識到，有外人闖入並打斷了神原和她那種只是不斷道歉的關係裡面。

白石往前跨出一步。

神原不悅地瞥了白石一眼，喃喃道：「這就是轉學生？」

「你就是澪的跟蹤狂？噁心死了。澪，我們快走吧，快點進去妳家——」

他語氣不屑地說：

「滅門。」

咦——驚呼卡在喉嚨深處。這個可怕的字眼是來自白石的口中。澪的腳僵住了，仔細一看，神原也停住了動作。他瞪大了眼睛注視著白石。

「先對家庭中的其中一人下手，籠絡對方，不知不覺間滲透到整個家裡面。用你那套理論洗腦，讓對方相信自己是錯的，把你口中的正確套在對方頭上。滲透到家庭當中，不知不覺間支配所有的成員。這次你應該也打算故技重施——」

白石靜靜地笑了。

露出尖銳如獠牙般的牙齒。他面露凶惡的笑容，從身後取出了某樣東西——看起來像銀色的鈴鐺。

鈴……鈴鐺發出聲響。

神原的眼睛張大——張得更大了。

「我來驅邪除煞了，我不會讓你殺死這家人。」

「你……」

鈴……鈴聲再度響起。一陣風吹來，屋子後面的竹林嘩嘩作響，其中似乎摻雜著相同的鈴聲。

好清涼的聲音，澪心想。然而此時卻爆出一道慘叫：「哇啊啊啊啊！」那道哀嚎彷彿要劈裂空氣，令人不敢相信自己聽到了什麼。

神原整個人頹倒在地上，抱著頭，痛苦地滿地打滾。目睹那駭人的景象，澪摀住了嘴巴。「學長！」她反射性地跑過去，抓住他的手，卻「噫！」地尖叫，放開了那隻手。

神原的手腕——整個身體滾燙極了。不是發燒那種程度，那熱度就像碰到了加熱後的金屬。

「最好別碰他。」

白石高舉著鈴鐺說，聲音從容平靜。

他的眼睛第一次瞥了澪一眼，用不感興趣的聲音說：

「就跟妳說過是最後通牒了。」

聽到白石這話，澪完全說不出話來了。神原的神情痛苦萬分，那張英俊的臉孔扭曲，雙手痛苦地刨抓著臉孔、喉嚨和頭部。

學長——澪就要再次上前，腳和手卻都停住了。因為神原用力刨抓的臉變得鮮血淋漓，那模樣太駭人了，澪不敢靠近。神原的腦袋猛地向後仰去。

「都忠告過那麼多次了。」

白石接著說，彷彿對眼前痛苦萬狀的神原毫不在意。他繼續用那雙看不出在想什麼的空洞眼神看著澪。

「都叫妳不要接近神原一太了，幸虧妳家後面有竹林。」

神原說「很恐怖」的那片竹林。

又一陣風拂過，這次明確地聽見竹葉嘩嘩聲中夾帶的某種鈴聲。每一回鈴聲響起，神原翻滾的動作和痙攣就更劇烈。

「白石同學……你是……」

澪混亂無比，但有一件事她看得出來。

也就是這個人應該——大概是來救她的。

白石沒有答話，澪追問不捨——一邊看著痛苦的神原：

「學長他是怎麼了？白石同學為什麼——」

澪直接說出疑問，白石卻不耐煩地咂了一下舌頭。雖然覺得他這種態度太過分了，但至少看得到感情，讓人安心。比起完全不知道他在想什麼而毛骨悚然那時候好太多了。

「第一眼看到妳，我就發現了——妳被盯上了。」

澪回想起白石轉學第一天就對澪直盯著看的沉重視線。白石語速飛快地繼續說下去——一邊看著在腳邊呻吟的神原：

「就是覺得妳會遭殃，我才會叫妳讓我來妳家。」

竹林騷動不安。

——我可以去妳家嗎？

突然這麼問的那聲音，和靜謐的竹林清香重疊在一起。澪睜圓了眼睛。雖然一頭霧水，但她想到了一件事。

白石從屋子後面走出來的那天。白石是不是跑來澪的家，在竹林裡動了某些手腳？

——我想說妳住在什麼樣的地方——
那個時候應該就布下機關了。
「可是、可是……」
嘴唇顫抖。澪回想起當時的恐懼，繼續說道：
「突然有人說要去你家，一般也……」
「會嗎？我做的事，跟神原一太做的事，有什麼不一樣？只是有沒有花時間、步驟不同而已，這傢伙比我更積極地試圖闖進原野同學妳家吧？他都跑來妳家好幾次了。」
白石的口吻十分淡漠。澪以前都覺得不曉得他在想什麼，這時他卻突然明確地叫她「原野同學」，讓她愣住了。
「他們會把自己的黑暗加諸在別人身上。」
白石說。眼神依然牢牢地盯著神原。
「他們在各地遷徙，散播黑暗，把他人拖進黑暗當中。而我們負責斬斷被他們牽扯進去的關係，祓除黑暗——」
雙腿哆嗦起來。由於先前聽到「滅門」如此可怕的字眼，更是駭懼不已。儘管覺得荒唐、難以置信，但白石的話說服力十足，十分奇妙。
神原說要來她家，這個要求明明普通怎麼想都很奇怪，澪卻無法拒絕。

只是有沒有花時間、步驟不同而已，她卻無法像拒絕白石那樣拒絕神原。

——可是一般來說，步驟才是最重要的，事情就是要照階段來啊。

無法用常理反駁，教人不甘心，但澪知道白石救了她。儘管難以釋然，但她很清楚這件事。

「快說。」

鈴——白石搖著鈴鐺，對神原宣告、命令。他的眼中浮現神祕的光輝。並非冰冷，也並非生氣，而是無法看出任何感情的神祕眼神。

「你家——你的父親——」

就在這時——

「……可惡！」

神原站了起來。他掩著臉，飛快地起身。

動作之迅速，讓人詫異明明直到上一刻還那樣痛苦翻滾，他到底哪來的力氣？神原粗魯而神經質地再三用手臂抹臉，手臂底下露出鮮血淋漓的臉。他默默地瞪了白石一眼——下一秒拔腿狂奔。

神原發出一道野獸般的咆哮，那吼叫聲銳利地震動空氣。彷彿被那聲音壓倒般，竹子沙沙晃動的聲音，還有鈴聲都消失了。聽不見了。

神原跑了，以令人驚愕的敏捷速度。他用彷彿電影特效般毫無現實感的迅捷奔回馬路上。

白石要屏住了呼吸。雖然沒有發出「站住」等斥喝，但他作勢要追上神原。

「等一下！」

澪叫住白石。她的腦袋亂成了一團，無意識地拉住先前覺得那樣恐怖、可怕的白石的手。

白石板起臉孔：

「做什麼？」

「……如果你沒有轉學進來，根本就不會演變成這樣。」

澪之所以突然和學長親近起來，是因為澪為了白石的事向他求助。如果是這樣的話，白石才是始作俑者吧？

難不成學長會變得反常，也是——

學長是不是也有可能變回溫柔的他……？

「跟我無關。」

白石斬釘截鐵地否定，就像要斬斷澪的一絲期待。

「不管我有沒有來，都會演變成這樣。只是早晚的問題。」

「可是……」

澪覺得自己真的飽受驚嚇。

不是因為白石——而是因為神原，現在她可以明確地坦承這一點。一回想起深夜大量的LINE訊息，她就背脊發涼。她陷入無路可逃的感受，向神原道歉了多少次？

白石瞇起了眼睛。他嘆了一口氣，俯視著澪：

「我原本在猶豫，是要置之不理，還是把妳當誘餌？所以我才會忠告妳。」

「我的課桌上的那些字是忠告嗎？」

「……我是盡量不想嚇到妳。」

白石第一次露出尷尬的樣子，有些支吾其詞。看到他那模樣，澪悟出他是真心這麼想的。他寫下那些字，真的是為了澪好。用那異樣流麗、壓迫感十足的文字。

澪傻掉了。原來這個人毫無社交性或社會性——他完全不知道如何與人拉近距離。不過現在澪已經可以把這件事當成單純的事實來看待，不感到厭惡了。說來奇妙，現在反而是想到神原，讓她更感到恐怖、嫌惡。明明之前那麼仰慕他……

然後，她已經不害怕白石了。

「我所謂的最後通牒就是這個意思。本來要是原野同學願意遠離他，我打算再另外設法。」

白石說。他掙脫澪抓住他的手，忽然轉向後方。

「抱歉拿妳當圈套。」

白石這麼說完，朝神原消失的方向跑了過去。離去之前，他回頭道：

「竹林暫時維持原狀吧，這樣神原應該也會放棄動妳的腦筋了。」

什麼誘餌、圈套——

澪自覺對方說了沒禮貌的話，也覺得白石太過分了。

然而白石離去的同時，她也整個人腿軟了。就彷彿被隱形人一推，她一屁股跌坐在地，然後再也站不起來了。

白石突然告訴她的零碎內容，她並非完全理解，思考也並未釐清。一口氣發生了太多難以置信的事——但她親眼目睹神原痛苦翻滾的模樣了——看到神原頂著那張血淋淋的臉，看也不看澪，只瞪了白石一眼就跑掉了。

神原學長根本沒看我。沒有任何辯解、說明，就只是逃走了。先前那樣責備澪，還傳了一堆ＬＩＮＥ訊息，然而澪的存在彷彿對他無足輕重。

——他們會把自己的黑暗加諸在別人身上。

——我們負責斬斷被他們牽扯進去的關係，袚除黑暗——

白石所說的話，澪並非全盤理解和相信，但她憑感覺了解到一些事。因為眼見為憑，她再也無從否認了。

神原學長不是普通人。

白石要恐怕也不是。

住宅區一片閑靜。剛才還那樣劇烈晃動竹林的風，現在卻一片靜謐。學長剛才應該發出了驚心動魄的慘叫，周圍的人家卻也沒有人出來查看的樣子。

澪拖著還使不上力的腳，爬行似地穿過家門。打開玄關門。

「……我回來了。」

「妳回來了！」

屋內傳來母親悠哉──真的是好悠哉的回應。一聽到這聲音，一團灼熱瞬間湧上胸口。

廚房傳來忙碌的聲響。

──這樣神原應該也會放棄動妳的腦筋了。

她覺得逃出生天了。

◆

隔天上學讓澪緊張萬分，但又有點期待會不會發生什麼事。

後來，澪難得安穩地睡了一覺。

和神原往來的時間，明明只有短短的幾天，她卻覺得這段期間，視野整個被封閉起來了。心靈恢復寧靜後，她才醒悟到先前的自己處在神原的支配之下，對他唯命是從。恢復正常後，才終於能有所自覺，感覺連空氣的重量都不同了。就彷彿被扔進了駭人的暴風圈中一段時間，被撕裂成碎片。雖然她平安歸來了，但也有可能永遠出不來。

她想和白石好好聊一聊。

她已經不害怕白石了。神原後來怎麼了？她覺得只要有白石在，她就不像昨天那樣害怕神原，也可以勇敢地和他說話。

「澪，早啊。」

沙穗打招呼說。「早。」澪回應著，一直留意著三年級教室那邊。神原怎麼了呢？他一副沒事人的樣子，像平常一樣來上學嗎？可是昨天他的臉傷得那麼重，不可能掩飾得了。

白石還沒有來，他總是在鐘響的那一刻才來。唯獨今天，這讓人等得心焦極了。

難不成，他已經又轉學離開了——

萬一他像轉來那時候一樣，突然消失不見的話——一想到這裡，澪便坐立難安。她還沒有得到任何滿意的解釋。

結果——

「原野、今井，妳們兩個可以來一下嗎？」

抬頭一看，導師南野從走廊探頭對著教室裡面說。平常老師總是鐘響了才進教室，真難得。澪和沙穗面面相覷。花果還沒有到校。

平常總是朝氣十足的南野老師，今天表情似乎有些僵硬。兩人介意著這件事，應著「什麼事？」出去走廊，發現老師身後還有一個婦人。

那名婦人看起來疲倦萬分，眼眶都凹陷了。臉色蒼白，不是睡眠不足，就是身體不舒服。她用泫然欲泣的眼神看著澪和沙穗。

我看過這個人——想到這裡，澪想起來了。

在家長會上看過一次，是花果的母親。

「妳們兩個過來。」兩人被帶到職員室隔壁的學生指導室。被帶進小房間的瞬間，澪有了不祥的預感。

「請坐。」

南野老師勸坐，花果的母親仍沒有坐下。她默默地、只是目不轉睛地看著澪和沙穗。花果的母親不坐，澪和沙穗也沒辦法坐下來。

南野老師為難地開口：

「——花果同學昨天晚上沒有回家。」

澪倒抽了一口氣，一旁的沙穗也短促地「咦？」了一聲。老師接著說：

「她好像回家過一趟，可是夜裡趁著家裡的人都沒發現時溜出去，就這樣沒有消息了。一直到早上都沒有回來，今天也沒有連絡家裡，也沒來上學。」

「……妳們兩個知不知道她去哪了？」

花果的母親第一次開口。她的眼睛很紅，不知道是因為哭過，還是一整晚沒睡，或者兩邊都是。她朝澪和沙穗探出身體：

「桌上留了一張字條。還有，窗戶也開著。簡直就像被吸血鬼抓走了一樣……」

吸血鬼。

花果的母親似乎相當驚慌。這個突兀的詞似乎也讓南野老師不知該如何反應，直看著花果的母親。

然而澪明白自己的臉愈來愈蒼白。同樣地，腳底彷彿黏在地板上，身體逐漸僵硬。

她忍不住想像起來。

敞開的窗戶。花果空無一人的房間裡，窗簾搖晃著。

吸血鬼——這是花果的母親最直接的印象和感想。正因為這個詞十分突兀，更能夠逼真地傳達出那種感受，可以歷歷在目地想像。

「字條上寫了什麼？」

自己詢問的聲音彷彿不是自己的聲音。她有了不好的預感。

——吸血鬼。

花果最近突然紮起了馬尾。澪覺得露出纖細的頸脖，便顯得十分成熟，這個髮型很適合她。白皙的後頸。

——最近是不是也有人叫澪剪頭髮？說頭髮遮住脖子不好看。我不喜歡後頸被遮住——澪想起學長這話讓她很受不了、很沮喪。

——吸血鬼。

用獠牙刺進細白喉嚨的鬼怪。明明是在想花果的事，然而隨著想像，澪的脖子也跟著陣陣刺痛，令她毛骨悚然。

那時候神原在笑。對著說出自己跟朋友吵架的事的澪，溫柔地微笑說：沒事的。——妳們很快就會和好的。因為每次我看到妳們，妳們三個都很融洽啊。一看就是三個好姊妹。

澪差點尖叫起來。

澪從來沒有讓花果和學長直接見過面，然而學長卻知道花果的名字。那天一直在校門口等澪的學長，應該看到從校門放學回家的學生了。也看到丟下澪和沙穗、匆匆一個人先回家的花果了。

「是這張。」

花果的母親摸索手提包，取出像便箋的細長紙條。看到上面的內容，澪發出不成聲的叫喊，閉上了眼睛。

『我跟三年級的神原學長在一起，不用擔心我。』

澪沒有出聲，反而是沙穗驚叫起來：「咦咦咦！」

澪接著張開眼睛時，這驚人的發展似乎讓沙穗不曉得該看著誰才好，驚慌到讓人忍不住同情。其中她最擔心的還是澪。怎麼回事？怎麼回事？她用混亂到家的眼神看著澪。

「三年級的神原還沒有到校。我打過電話去他家，但沒有人接。原野，妳跟神原一樣是田徑隊的吧？他有沒有跟妳說什麼？」

「……我不知道。」

回答的聲音變得沙啞。沙穗看著這裡的眼神，就像在看什麼不忍卒睹的東西。

「昨天我沒有和花果講電話或傳ＬＩＮＥ，放學後跟她道別，是我最後一次看到她。」

「我也是……」

沙穗也一起搖頭。結果花果的母親抬頭看澪和沙穗：

「花果在跟那個學長交往嗎？」

沙穗尖銳地倒抽了一口氣。她困窘地看澪，澪承受著她的視線，只看著花果的母親，搖了搖頭：

「我不知道。」

神原大概不會再來學校了。

或許再也不會見到他了，澪絕望地醒悟到這件事。不是邏輯分析，她就是知道。因為她看到神原昨天那種痛苦掙扎逃跑的模樣。

——是我害的。

澪確實被白石搭救了，神原完全放棄她了。可是，如果被他盯上、成為他的獵物的，不只澪一個人的話……

這麼突然？她回想。

花果開始紮馬尾，是最近的事而已，她有足夠的時間和學長那樣快速親近嗎？想到這裡，澪嘆了一口氣。

時間不是問題。

改變距離的不是時間。澪自己也是，這些日子，天天都被神原牽著鼻子走。這短短三天內，對他的感情每一天都在變化。一旦變成這樣，就再也無法回到昨天以前的關係了。

她想起花果無聲的冷笑——神原學長真的好帥，感覺又很專情，好好喔，真羨慕妳——

聽到花果這麼說，澪附和地說：「會嗎？」花果對這樣的她無聲地冷笑。

她們應該是朋友的。

但是那個時候，花果內心其實作何想法？

「我先去神原家看看。」

「我也一起去。」

澪聽著南野老師和花果母親的對話，不知如何是好的老師命令兩人：「妳們兩個回去教室吧。」

「花果同學的事還有很多不清楚的地方，所以妳們千萬不可以隨便跟其他同學提起。搞不好花果同學會突然回來，如果到時候大家都用異樣的眼神看她，她就太可憐了。」

老師極力開朗地說，教人聽了實在不忍。聽到那半是願望的說詞，花果的母親掩住了臉，彷彿再也承受不住地喃喃女兒的名字：「花果……」

離開學生指導室，回到教室之前，一路上沙穗都低著頭。她似乎不是顧慮到澪而沉默，而是真的說不出話來。兩人實在不想立刻回去教室，不約而同地走向無人的緊急逃生梯。

聽到吸鼻涕的聲音，轉頭一看，沙穗正噙著淚水。她發現澪在看她，道歉說：

「對不起，想哭的人是妳才對呢。我還在這裡哭，對不起。」

「……沒事的。」

澪不知道到底什麼東西沒事。她默默地遞出手帕，沙穗接過去，按著眼頭說：

「難道沒有男朋友這件事，花果比我們想像中的更在乎嗎？」

她自言自語地接著又說：

「可是這樣是不對的。」

這回語氣變重了，聲音裡帶著明確的怒意。

「因為這樣就搶別人的男朋友，真的差勁透了。這絕對是不對的。」

這個溫柔的女孩，像這樣為我憤慨——就連這誠摯的感情，若是被神原聽到，也會被曲解為自我欺騙吧——這樣的想法一瞬間掠過腦海。不行，會被支配——澪甩開那種情緒。

因為我已經回到了這個世界。回到這個能夠為了朋友、發自真心難過並流淚的世界，我不想讓任何人否定沙穗的這種正直與溫柔。

可是，花果離開了。

就像澪不斷地怯懦、受到神原責備那樣，被他抓住弱點、趁虛而入那樣。花果的內心，也確實地有著被趁虛而入的黑暗源頭。

想要讓朋友刮目相看的感情，或許就是花果的黑暗面。

那一天，花果是懷著什麼樣的心情，撫摸她那頭馬尾長髮的？

沙穗說她不舒服，澪送她去保健室。澪說「妳今天早退回家吧」，一個人回去教室。

打開教室門時，白石已經在座位上了。

澪原本猜想白石可能會和神原或花果一樣，已經從這裡消失了，因此鬆了一口氣。看到他的身影，她打從心底感到心安。

「……要同學。」

為什麼這時候她會用名字稱呼白石？一直到後來，澪還是不明白自己的心理變化。然而此時澪非常自然地這麼叫他了。

這樣的稱呼明明應該很陌生，而且這間教室很久都沒有同學向他攀談了，然而白石要卻立刻抬起頭來。和一開始的印象一樣，那雙眼睛露出妖異的神色，看不出在想什麼。

但是現在澪不害怕那雙眼睛了，她甚至想要依賴他那種神祕的從容。

上課鐘響了，南野老師仍然沒有進教室，應該還在和花果的母親談話吧。應該好一陣子都不會進來。

「聽說神原學長不見了。」

澪以周圍的同學即使聽到，也聽不出內容的音量說。要的眼睛亮了起來，是很幽微的光，若非仔細觀察，否則不會發現的光。

「如果你要去找他，也帶我一起去。」

要的眼睛微微睜大了——但是和昨天以前那種不耐煩、傻眼的眼神有些不同。他默默無語、興致盎然地回視著澪。

他應該已經知道花果和神原一起消失的事了，聽到澪的話，也沒有吃驚的反應。要筆直地看著澪，澪也筆直地回視著要。

要是為了什麼樣的目的、在做些什麼，澪並不清楚。或許他打算盡快離開神原已經消失的這所學校，但是能找到花果的細微線索，只剩下眼前這個人了。如果失去了要，就無法可想了。

——分明是性騷擾嘛。

花果以前這麼形容要的行為，澪也認為雖然不是性騷擾，但應該算是「某種騷擾」。距離感異常，一廂情願地把自己的方便和狀況、想法強加於人。但澪現在覺得，神原一太對她做的事，或許才符合這種騷擾。

要說，這些傢伙把黑暗強加於人。

當時對澪頤指氣使的神原，眼睛深處確實有著黑暗。一旦望進那雙漆黑的眼睛，澪這些一般人普通生活的常識和正常的想法，全都再也不適用了。神原的全身散發出這樣的感覺，就宛如妖氣一般。

一個詞忽然浮現腦海。

黑暗騷擾。

散播內心的黑暗、強加於人，把他人拉進黑暗世界，這就是黑暗騷擾。內心和眼睛深處的黑暗流露到外界。所以，那是不是應該稱為黑暗騷擾？

「……屍。」

細微的聲音響起。「咦？」澪反問。要再次說：

「聽說昨天在三重縣的深山裡，找到了一具身分不明的男屍。」

他突然在說什麼啊？澪不明白他說的內容，要接著說：

「我覺得是神原一太。」

澪倒抽了一口氣，就這樣屏住了呼吸。

她回想起昨天鮮血淋漓、滿臉是傷的學長的臉。要開口問了——筆直地注視著澪的臉問：

「為什麼妳想一起來？」

以唐突的節奏說出重要的話，這應該是他的毛病吧。澪回答：

「因為我擔心花果。」

就算被說這是假好心，也無所謂。

被批評是博愛主義也無妨。

溫柔或許是一種軟弱，但與其失去溫柔，我情願永遠軟弱。我不會讓別人否定它。我沒有必要改變。

擔心、自責、覺得是自己害的——先發制人地道歉。

如果說這一切都是為了自己而做、不是真正的善良，她只能承受。

澪再一次說：

「因為花果是我的朋友。」

被說是模範生也沒關係。澪也明確地覺得遭到了背叛，但想要找到花果的心情是真實的。澪對要說：

「所以請帶我一起去，拜託。」

一段空白。

幾秒之後，要開口了：

「好。」

第二章 鄰人

磅！一道爆炸般的巨響。

聽到那聲音，正在集合住宅陽台彎身晾衣服的梨津慌忙抬頭。她從陽台往下看，但一時不明白發生了什麼事。

也覺得似乎聽到了尖叫聲。

但是尖叫之前的巨響太驚人了，彷彿連耳底都被震到麻痺，感覺十分奇妙。聽到的時候，覺得就好像汽車喇叭貼著耳朵響起一般，衝擊力十足，但回想起來，又覺得那聲音好像帶有水氣。似乎矛盾，不過有點像「潑喇」那樣的水聲。

那是什麼聲音——？梨津正在納悶，底下開始吵鬧起來。到底發生了什麼事？從五樓的這個位置，似乎看得到聲音的來源，卻又看不到。梨津坐立難安，火速晾完剩下的衣物，回到客廳。

一直到送小孩去小學的丈夫雄基回來，梨津才得知發生了什麼事。

「你回來了。奏人還好嗎？」

丈夫在職場選擇彈性上班，晚上很晚回家，但早上通勤前有段餘裕。遛狗順便送讀小一的獨子奏人去附近的小學，是雄基每天的例行公事。丈夫下班回家時，奏人多半都已經睡了，所以對他來說，早上是可以和兒子聊天的寶貴短暫時間。

梨津會問「還好嗎」，並沒有特別的意思。就像寒暄一樣，每天都會向送小孩回來的丈夫問一聲。

但這天雄基的樣子有些奇怪，一起回來的豆柴哈奇莫名興奮。

「奏人很好，只是……」

臉色很糟。丈夫說「我去洗臉洗手」，走進盥洗室了。梨津接過散步回來的哈奇，用毛巾替牠擦腳，雄基回來了。

「我看到有人跳樓。」

「咦……」

剛才的聲音在耳中復甦。那麼，那道巨響是——

雄基疲倦地坐到餐椅上。上班前他都穿T恤牛仔褲，一身休閒，洗臉時潑的水稍微打濕了T恤。

「我送奏人到學校附近的轉角處，回到社區的南側入口，結果突然聽到咚！的一聲巨響，一開始我以為是車禍。除了聲音，還有尖叫聲……」

「嗯。」

「往那裡看去，又沒有車子……」

雄基說的巨響，就是梨津聽到的聲音吧。自己聽起來像刺耳的汽車喇叭聲，但雄基人在附近，聽起來聲音又不同嗎？

南側入口確實面向較大的馬路。交通量並不多，但早上這個時段，車流量應該比白天更多。

「一個好像騎腳踏車經過、大學生年紀的女生癱坐在地上。仔細一看，她前面倒著一個穿圍裙的女人。」

「——那血那些呢……？」

雄基搖頭：

「血看起來沒有很多，可是手腳扭曲變形……」

梨津只能模糊地想像，但忍不住嘆氣。

「我上前查看，似乎還有一口氣，但應該是不行了。」

雄基斟酌措詞地描述，梨津聆聽著。

「除了騎腳踏車的女生跟你以外，周圍還有人嗎？」

「一開始只有我們兩個，真是不曉得該怎麼辦。那個女生整個人嚇壞了，我也只是送奏人去學校，沒帶手機。不過管理員聽到聲音，馬上就出來查看，所以我請他叫救護車。我也還要上班……」

「這樣啊……」

似乎並未如電影或電視劇演的那樣，一群人圍觀，鬧成一團，但也因為如此，丈夫的描述聽起來格外逼真。

「穿著圍裙，表示是我們社區的人嗎？」

「應該是──要不然就是從其他地方，特地為了跳樓而跑來這裡。」

丈夫嘆氣：

「我們社區，的確是可以從外面走逃生梯進來呢。」

說是集合住宅社區，現在種類也形形色色。

常見的六〇年代在各地興建的集合住宅，隨著時代變遷，居民不斷遷出，或是居民高齡化，日漸失去活力。但梨津一家居住的這處集合住宅狀況有些不同。約十年前，這處社區委託當地知名年輕設計師夫妻全面改建建築物，因品味出眾而引發熱議。由於原住戶搬離，有幾戶是將原本的兩戶打通成一戶，如此一來，面積就比這一帶的其他高級大廈更寬闊了。而且房租也便宜，相當受到年輕人和育兒家庭的歡迎。

重新改建過的建築物，外觀活用了建築物本身古色古香的氛圍。連爬滿外牆的爬牆虎，都因為設計師的巧思，呈現雅致的風貌。

梨津一家人也是聽到這處社區的好評，前來參觀的家庭之一。她們一家三口原本住在都心的單房兩廳公寓，但隨著孩子成長，空間不夠，而且奏人又吵著要養狗，所以他們打算在兒子上小學時搬家，開始尋覓新家。最後找到的，就是這處澤渡集合住宅。

聽說這裡原本就十分搶手，所以難得會有空房。但她們接到委託找房子的房仲連絡，成功前來看房。

那就是梨津一家現在居住的五一五號。

距離都心這麼近，又是三房兩廳。屋齡確實比較老，但大廳和走廊都徹底翻新過。反倒是由於加上了發揮古色古香的設計，為建築物營造出外國公寓般的厚重感。

最讓梨津心動的，是在看房的時候，在電梯裡看到的一張海報。看到那張海報，奏人小聲地說：

「有祭典耶，也有神轎。」

『澤渡集合住宅　兒童祭典』。印刷著這些文字的小海報上，穿著傳統短外褂的孩子們綻放笑容。「棉花糖招待」、「來去神社抬神轎」、「十點在社區中庭公園集合！」看到海報上的這些文字，梨津很想讓奏人在這裡成長。

梨津是讀大學以後才來到東京的，原本是德島縣人，小時候的回憶充滿了各種祭典和兒童活動。和丈夫結婚的時候，她明白由於彼此的工作因素，只能在東京扶養孩子。雖然知道沒辦法提供孩子如同自己小時候的環境，但還是忍不住感到失落。都心相較於鄉下地方，社群的凝聚力就是比較薄弱。在當時住的大樓，就連帶著同齡孩子的父母，也頂多只是見了面打個招呼，無法拉近距離。

但她覺得如果是在這個社區，就有「生活」。她想在這個地方，和當地人一起把兒子帶大。和梨津一樣來自地方的丈夫雄基似乎也有相同的想法。

「這種活動真不錯，很吸引人。」

她覺得丈夫如此喃喃的瞬間，夫妻便已同心決定了。但丈夫又擔心地補了這麼一句：

「不過考慮到妳的工作，保全方面讓人有些擔心。這裡好像也有管理員，但因為只是舊集合住宅改建的，沒辦法像新大樓那樣有自動鎖大門。」

「應該沒事吧。最近工作方面，我也很少拋頭露面了。」

「可是……」

丈夫的關懷令人開心，但梨津微笑說「沒問題的」。

「我覺得澤渡集合住宅這裡很棒。」

她這麼回答，兩人決定搬進來。那是距今約一年前——奏人上小學前一年的冬天。一家在四月開學前的三月完成搬遷，住了半年左右。已經迎接了第一個秋季，目前生活得非常舒適。

但遇上這種事，就讓人痛感到保全方面的不完善。因為保留了老建築的好，任何人都可以從逃生梯進入社區。

「希望不會是奏人學校的家長就好了……」

跳樓女子穿著圍裙，這一點令人耿耿於懷。社區就是一個社群，但她當然不可能知道近兩百戶人家每一戶的家庭狀況。但如果是和自己一樣有孩子的母親——一想到這裡，梨津就感到雙腿發軟。

「不知道耶。看起來年紀比我們大，臉我沒有仔細看，但應該是不認識的人。」

「……騎腳踏車的那個女生沒被撞到，真是萬幸。」

梨津倒了冰箱裡的麥茶給臉色仍有些蒼白的丈夫，同時接著說：

「我聽說過，跳樓自殺的人會想要帶別人一起走。會無意識地在底下有人的時候往下跳。」

喝著麥茶的丈夫皺起了眉頭，喃喃道：「真可怕。」梨津點點頭：

「好像完全是無意識的，但就是會這麼做。這是上次來廣播節目當來賓的腦科學醫生說的。」

梨津是一名自由播音員。

她因為結婚懷孕，辭去原本任職的電視台工作，原本考慮就這樣退休，專心育兒，但身邊的人和丈夫都大力勸她回歸職場，因此又繼續工作。她盡量減少上電視和主持這類在台上亮相的工作，現在主要擔任旁白等配音工作。

她之所以會考慮退休，是因為孕期身體狀況很差，對體力失去自信，但奏人出生後過了一段時間，健康狀況也逐漸好轉，現在穩定地持續工作。慶幸的是，許多人還記得電視台時期的梨津的表現，也會指名她擔任電視節目旁白等等，而且去年開始，她也有了一個固定的廣播節目。是一家贊助商提供的三十分鐘節目，每一集都會邀請各界人士進行訪談。有時錄完節目，會和來賓相談甚歡。她剛才提到的，也是在閒聊中聽到的內容。

聽到梨津這話，雄基蹙起眉頭，把喝完的杯子放到桌上。

「總之，幸好是發生在我送奏人去學校之後。沒被他看到，真是太好了。」

「真的。」

梨津也深深點頭。事發時間似乎和孩子們上學的時間錯開了，一想到萬一發生在同一個時間，她就毛骨悚然。

「我差不多要去上班了。樓下可能會有警察過來，今天或許一整天都會吵吵鬧鬧的，妳出門的時候也要小心。」

「好。今天我要去學校參加說故事志工活動，大概會經過現場。」

梨津回道，這時雄基忽然轉向梨津，露出笑容。梨津問：「怎麼了？」

「沒有啦，只是覺得妳好冷靜。」雄基說。「這下等於是我們住的地方變成了凶宅，我還以為妳會更排斥或是擔心呢。」

既然會說出口，表示雄基或許也有近似的想法。梨津側頭說：

「不是只有死在屋子裡面才叫凶宅嗎？跳樓也算嗎？」

「不曉得耶。好像有整理凶宅那些的網站，可能會被列在上面喔。搞不好是根據死掉的人是不是那裡的住戶，來決定算不算凶宅。」

丈夫說完，嘆了一口氣：

「不過這麼一想，還是很沉重呢。萬一被列在那種網站上面，就知道：啊，今天看到的那個人死掉了。雖然看到的時候就覺得應該沒希望了，但得知真的過世了，畢竟撞見了現場，還是會有點難受呢。」

「哦，我也聽過那個網站，還上去看過。」

那個網站很有名，刊登了日本全國有人因凶殺、自殺等原因而過世的凶宅資訊。還在電視台上班時，同事告訴她這個網站，她出於好奇看了一下。

丈夫驚訝地說：「咦！妳居然看過！」還誇張地裝出發抖的樣子。

「妳居然敢看。要是知道隔壁是凶宅，或是常去的地方死過人，不會很討厭嗎？」

「唔……一開始的確單純只是好奇自家附近，或是工作常去的地方有沒有發生過那種事啦……」

梨津懷著想見識一下可怕事物的心情進入網站，但輕佻的心情立刻就消失了。打開網站上的地圖，她心想：啊，居然有這麼多的凶宅，但隨即又想到：或許未必算多。

「看著看著，我反而覺得，這年頭在自家過世的人真的很少。而且網站上的凶宅資料也包括孤獨死和病死，雖然我覺得也不是全都列在上面了，但想到住著這麼多人的地方，在自家過世的人居然只有這些，就覺得現代這個時代，真的徹底地將死亡從日常生活中掩蓋起來呢。現在一般都是在醫院裡面過世，死在其他地方的反而成了特例。」

梨津回想起當時看到的地圖，還有在那個網站看到的數字。

「所以就算這個社區以後變成凶宅，或許我也不會太在乎。」

「原來是這種觀點啊。」

丈夫低吟說，接著便轉為玩笑的口吻：「妳實在很理性耶。不愧是我們的『知性小津』。」

「不要那樣叫我啦。」

那是還在電視台時，媒體為梨津取的綽號。她經常被各家雜誌拿來和靠著可愛出眾的外表博取人氣的同期及晚輩比較。森本梨津是「知性小津」。大家都說比起綜藝節目，她更擅長與作家、學者對談，但梨津認為這反映出在眾人眼中，自己就是個圓滑沒有個性的人。

「好好好，那我去上班了。」

丈夫說，去自己的房間換衣服。出來的時候，哈奇就像平常一樣在他的腳邊繞來繞去。

梨津叫住丈夫的背影：「啊，對了。」

「什麼？」

「——路上小心喔。」

梨津抬頭看雄基的眼睛。她覺得丈夫對任何事物都能理性看待，知性程度與自己不相上下，也是受到這樣的特質吸引，她才會與他結婚。剛才目擊到的悲劇也是，如果換成別人，一定會更加驚慌失措，或興奮地大驚小怪。

「或許你覺得沒事，但畢竟目擊到有人在眼前過世了。你可能自己沒有意識到，但其實受到超乎預期的驚嚇，或心存餘悸。不可以勉強自己喔。」

「我知道，放心。」

丈夫報以微笑。

「謝謝妳的關心。」他說，離開家門了。

送丈夫出門後，梨津替觀葉植物澆水、打掃，處理瑣碎的家務，收拾東西，準備參加下午的學校志工會議。她猶豫該穿什麼好，最後換上一件開了一點衩的連身洋裝。這是上次工作時有造型師配合，她把當時搭配的衣服買了下來。

忙到一半，她好奇起來，查了一下網路新聞，看了一下電視，但都沒看到跳樓自殺的報導，沒有犯罪情節的自殺或許難得登上新聞。她又想起自己剛才的話：死亡從日常生活中被掩蓋起來。

前往學校的路上，梨津經過雄基說的南側入口前。

她想像會有警察，地上畫著電視劇常見的人形白線，或是在一定範圍內拉起封鎖線，但疑似現場的地點，卻安靜得令人落空。沒有人圍觀，也沒有封鎖線或白線。

但地面的一部分不自然地潮濕變黑——應該是沖洗過後的痕跡吧。只有那部分讓人感受到現場殘留的死亡陰影。

◆

這是梨津第一次參加學校志工活動。

奏人就讀的區立楠道小學，在這一帶口碑非常好。可能是因為學區內有國家公務員宿舍，學校裡有許多他們的子女，因此有許多原本就重視教育的家庭，也有不少歸國子女，上小學前都因為父母的工作關係，在國外長大。因為可以和各種背景的孩童互動，其中有些家庭其至只為了讓孩子就讀這所小學，而特地搬到這個學區。

梨津的同事裡面，許多人都讓子女就讀私立學校。梨津在考慮搬家時，也順便查了一下學區裡的小學，聽到楠道小學的風評，深受吸引，也是選擇澤渡集合住宅的理由之一。

楠道小學的家長志工活動也十分活躍，除了親師會幹部的工作以外，還有各種活動，像是整理花圃、秋季祭典的義賣活動準備、在通學路線的十字路口舉旗子協助學童過馬路等等。

奏人出生的時候，梨津就決定往後要盡其所能，花時間陪伴孩子。

奏人上小學以後，她就一直想參加志工活動，但因為工作忙碌，難以挪出時間。但聽到其中有「說故事委員會」的活動小組，她覺得自己可以勝任，雖然已經過了年度一開始，但她仍想參加看看。因為繪本和小說的朗讀，她在平常的工作也會遇到。她認為自己可以有所貢獻——而且坦白說，她也有幾分自負：有我這種職業人士加入，大家應該會很開心吧？

然而——

才剛踏進指定為說故事委員會集合場地的圖書室，梨津便覺得自己跑錯棚了。她在門口煞住了腳步。

集合時間是下午一點半。她應該是準時到場，然而室內排成ㄇ字型的座位上，已經坐了許多婦人。應該還沒有正式開始討論，一個看上去像主持人的婦人坐在前面，但可以聽到一大群人親密交談的話聲。

「欸，上次達也好好回家了嗎？露營之後——」

「啊，那件事啊，妳聽我說，結果後來一下就好了。隔天已經跟美美她們騎自行車去公園——」

「天啊，太奸詐了，那樣的話，我們家也想去——」

完全不知道在聊些什麼。

她之所以杵在門口，是因為聊天的媽媽們感覺太親密了。沒有任何敬語、完全是熟稔不拘禮的說話口氣讓她卻步。

果然還是應該在年度一開始參加嗎？

她環顧全場，又發現了一件事。在場的母親似乎都是高年級學童的家長，沒看到和奏人同年級的母親。也許這裡每年都是固定幾個母親參加，變成了這些人的社團活動狀態。

才剛到場，梨津已經開始後悔了。她滿懷尷尬，求助地東張西望。可是每一個母親都自顧自聊自己的，也不曉得到底有沒有人發現她，也沒有人正眼瞧她一眼。

既然都開門進來了，現在再走出去也太奇怪了。梨津下定決心，坐到最角落的空位。她問旁邊的婦人：「我可以坐這裡嗎？」

「咦！可以啊。」

那名婦人看起來比梨津年長許多。

應該是小學生的媽媽，但隨手紮成一束的微捲頭髮卻摻雜了許多白絲。皺巴巴的上衣不是設計，感覺單純只是沒有燙平。

對上眼之後，梨津有點驚訝。

楠道小學——或者說，這年代的這個地區的小學，有許多媽媽都非常時髦。她們的穿扮很年輕，不說看起來一點都不像生過小孩，也有許多人努力保持身材，然而梨津詢問的那名婦人，看起來實在太蒼老了。臉上也脂粉——雖然不到完全未施的狀態，但與膚色完全不合的白色粉底，以及太紅的口紅，都完全過時了。如果說她是年輕一點的阿嬤，梨津還比較相信。

梨津不經意地繼續看向對方的手，結果更加吃驚了。婦人的手上拿的不是智慧型手機，而是傳統手機。梨津在工作上有時也會遇到基於自己的一套哲學而不用智慧型手機的人，因此這也沒什麼好驚訝的，但她就是忍不住好奇。因為看得太久，有些尷尬，梨津低下頭去。

其他志工也還沒有開始進入會議，仍沉迷在三姑六婆的閒聊。

「討厭啦，由美子，妳不是說要借我的嗎？」

「對不起啦，友美，就忘了嘛。」

不是叫姓氏，而是彼此叫名字——發現這件事，自己是局外人的感覺更強烈了。一眼望去，看不出有沒有同一個社區的媽媽。不過梨津並非認識每一戶的人，而且習慣走南側入口或北側入口，碰到的機會相差極大。

似乎也沒有聊到剛才丈夫目擊的跳樓自殺事件。

梨津聽說過，親師會這類學校職務，經常發生相互推諉的狀況，但有些地方則會變成幾個投合的家長私下運作，把組織據為己有。不過楠道小學感覺不太會有這種事，而且她認為既然是志工活動，每個家長都可以輕鬆參加，沒想到——

新學期剛開始，奏人從學校拿回來的傳單內容掠過腦際。招募學校志工。如果加入志工，或許可以更了解孩子們的校園生活——也可以和其他家長成為好友——梨津懷著這樣的期待前來，沒想到居然早就形成了如此緊密的圈子。

是不是不該妄想什麼可以在朗讀故事方面做出貢獻？

梨津正這麼想著，忽然感覺有人在看。是旁邊那個剛才覺得十分顯老的婦人。這麼說來，她從剛才開始就沒有和其他家長聊天，就只是在看手機。現在她已經從螢幕上抬起頭來，明顯是看向這裡。

「——大家一直都是說故事委員會的成員嗎？」

梨津大起膽子主動詢問。她覺得不說話很不自然，還主動露出笑容。

「大家的小孩都是同一個年級嗎？看起來感情很好呢。」

梨津自以為這是個無傷大雅的話題，沒想到她這麼一問，那名婦人便驚呼：「咦？」

婦人一臉訝異地看了看梨津，以緩慢的動作點了點頭說：

「哦……我是可以告訴妳，妳等一下有時間嗎？」

什麼？梨津差點反問，吞了回去。瞬間她迷失了對話的走向，臉僵在那裡，對方接著又說：

「大家的小孩是幾年級、誰跟誰感情好，這些事我是可以告訴妳，但是要一次記住太難了，妳要寫在筆記本還是記事本上面嗎？」

「咦？啊，哦，不用了。」

梨津連忙說。她問這個問題只是基於社交禮貌，本來就不是那麼想了解她們。反倒是再也不來了的心情更為強烈。

婦人盯著梨津說：

「我算是說故事經驗滿豐富的。我在學校念故事，圖書館也拜託我每星期去嬰兒園地念繪本。我都很熟了，也可以建議妳要看哪些書，妳要的話，等一下再跟妳說吧。妳可以留下來嗎？」

「啊，不好意思，今天開完會後我還有事……」

這下糟了——梨津想。有時候會遇上這種事，如果之後對方在別處得知梨津的職業的話，問題就大了。當對方發現梨津是職業人士，自覺出糗的話，就太過意不去了。

對方會推薦什麼樣的書，她大概猜得出來。這類書籍的作者當中，有不少都上過梨津的廣播節目，一定也有後來和她成為好友的人。

結果，這時婦人的眼睛微微瞇起並扭曲了。

「欸，妳這件衣服是怎麼搞的？」

「咦？」

「什麼啊，底下居然有蕾絲，太奇怪了。」

梨津臉上的假笑僵住了。這不是奇怪，是設計。就是那蕾絲特別，她才會買下來。梨津克制想要反駁的衝動，含糊地笑：「會嗎？」

「天啊，居然還開衩？怎麼會有這麼奇怪的衣服？」

「啊……抱歉，我的服裝不合時宜嗎？」

梨津身上的洋裝絕對不算花俏，有品味的人看了，一定會了解它的設計巧思所在。梨津尷尬地回應，婦人聞言搖了搖頭：

「哦，我不是那個意思，怎麼說——這很像女明星會穿的衣服。」

婦人說完，端詳梨津的臉。梨津懷著想要鑽進洞裡的心情，努力維持臉上的假笑。婦人大剌剌地打量完梨津的全身，說：

「我從剛才就覺得，我是不是在哪裡看過妳啊？」

「啊……是。」

有段時期，梨津在電視台播報新聞、主持節目，應該是在那時候看到的吧。這種時候，當下該如何回答是好？不管遇上多少次，都難以習慣。梨津笨拙地回答：

「我有在工作，可能是這個關係吧。」

「工作？」

婦人喃喃說。

瞬間，一股冰冷的感覺滑下背脊。她在各種場面早已體驗過了，職業婦女和全職家庭主婦之間，有一道巨大的隔閡。後悔掠過心胸：不該隨便說出口的。

「工作？什麼工作？」

「播音那些……」

有時會有人詢問她的職業，但極少有人用這麼露骨的口氣追根究柢。梨津不知所措地回答，對方驚呼：「真的假的！」還誇張地瞪大眼睛。

「那……妳是主播？」

「呃，算是……」

梨津點點頭，對方喃喃道：「原來是這樣。」

就算不知道梨津的名字，也對她這個人有印象嗎？梨津正這麼想，下一秒對方壓低了聲音，竊竊私語起來：「我跟妳說喔。」

「是。」

「——其實我也是。」

「咦？」

這次輪到梨津瞠目結舌了。她反射性地驚呼出聲，婦人連忙拉大嗓門：「啊！小聲點小聲點，要保密！」

「我下次再拿來，不要跟別人說喔。」

「哦……」

「拿來」，是要拿什麼東西呢？「我也是」，是指她以前也是某家電視台的主播嗎？

——這怎麼可能？

腦袋裡一片混亂。婦人年紀看起來相當大，但那張臉梨津完全沒印象。是在剛才的對話中，有什麼地方讓她誤會了嗎……？

梨津混亂不已，但還是保持微笑，對方接著又問：

「妳的小孩是一年級？今年開始上小學？」

「啊，是。其實我原本想要從開學就來參加志工活動，但先前工作有點忙。不過朗讀故事書的話，我想我應該可以幫上一些忙。」

「是喔？妳現在也在工作？」

「呃，是啊……」

「妳的小孩是男生還是女生？叫什麼？」

「——是男生。」

梨津沒有說出名字。我怎麼會坐到這種位置來？明明人這麼多，好死不死居然坐到這種怪人旁邊——梨津正自懊惱，對方逕自說了起來：

「是喔？就是啊，其實我也正打算進職場工作呢。上面的孩子變成繭居族，現在都不去學校了，真教人傷腦筋，但下面的小孩很正常。」

梨津懷疑自己聽錯了。她驚訝地眨著眼睛，對方又接著說下去。還以為她會像剛才那樣壓低聲音說「要保密喔」，沒想到並沒有。

「真是傷腦筋呢。」婦人說著。

「真的是呢……」

「就是啊。我上面的小孩讀高中，本來是兒子，卻突然變成女孩，真不曉得該怎麼辦才好。把我的生活搞得一團亂，真是氣死人了。」

梨津倒抽了一口氣，喉嚨的一部分好像黏在了一起，發出彷彿微弱尖叫的「唏」一聲。因為她嚇了一大跳，是對對方說的內容——或者說，對她那種毫無神經的露骨說法。

「變成女孩？」

因為太震撼了，梨津忍不住反問，對方點點頭說「對」。那乾脆的肯定，讓梨津真的無言以對了。

性別問題是非常纖細敏感的。梨津因為職業的關係，會見到形形色色的人，在廣播節目上也談論過幾次這方面的議題。

關於孩童本身的敏感問題，或許是沒必要刻意隱瞞，但也不是應該是在這種人多吵嘈的地方，對一個剛認識的人吐露的內容吧？藺居族和拒絕上學這些問題也是。

這個人追問奏人的性別是男是女，突然有了不同的意義。

得擺脫她才行——梨津真心這麼想，同時手臂爬滿了雞皮疙瘩。笑著說話的對方，那張臉白得異樣，其中搽了濃重口紅的嘴巴尤其血紅得突兀，讓她再次毛骨悚然。

才剛見面而已，現在的話，還不用變成跟她有太多瓜葛的「熟人」。

結果，這時對方突然打開自己的記事本說：「欸，留一下妳的連絡方式。」

「咦……？」

那粗魯到家的口氣讓梨津不知所措，對方說：

「手機號碼就可以了，還有名字。」

會議怎麼還不快點開始？——梨津打從心底祈禱。她留意前方，但其他家長仍只顧著嘰嘰呱呱，一點都沒有要開始做正事的樣子。她由衷希望有人伸出援手。

雖然她盡量減少拋頭露面的工作，但從事的職業會標示姓名，她盡量不想透露個資。現在網路這麼發達，萬一個資洩漏出去，不曉得會有什麼後果，最重要的是，這裡是奏人就讀的小學。只有梨津的個資被洩漏也就罷了，萬一小孩被查出來，害奏人遇到不好的事，光想就讓她全身凍結。

婦人直盯著梨津看，完全沒有移開視線。筆和記事本伸過來懸在那裡。不想留資料，可是沒辦法直接說她不想留。如果拒絕，會招來「裝模作樣」的批評吧，「自以為名人」的傳聞馬上就會散播出去——這是在養育奏人時，梨津一直以來最為留心的一件事。

會議還沒開始。快點開會啊！她好想大叫。

——三木島梨津。

最後她只寫下婚後的姓名，姓氏和當主播時的舊姓不同。婦人看了，握住雙手跳了起來：

「哎唷，我好像看過妳的名字！好厲害！難道妳很有名？」

「也沒有……」

梨津愈來愈想哭了。這是她婚後的姓名，對方不可能在電視上看過，但聽到對方這麼說，總覺得被嘲弄了。寫下名字後，後悔頓時湧上心胸。平常在學校遇到的奏人那個學年的家長都很有分寸，就算得知梨津的職業，也不會大驚小怪。

可是今天怎麼會遇到這麼倒楣的事？梨津正這麼想的時候……

「香織，已經開始開會囉。」

鬧哄哄的現場傳出一道溫婉的嗓音。聽到那聲音，眼前的婦人回過頭去。梨津也跟著望向聲音的主人。

那是個苗條的美女。個子並不高，但臉蛋小巧，身材出眾。她穿著素面套裝，披了件羽絨外套，穿搭雖然簡單，卻無懈可擊——好有品味的人，梨津想。

美女嫣然一笑。瞬間，被稱為「香織」的梨津旁邊的婦人噤聲不語了。她的表情變得木然，默默收起記事本。

突然現身的那位美女對梨津投以微笑：

「妳好，妳是第一次參加說故事委員會，對嗎？非常歡迎妳來參加。」

梨津懷著獲救的心情，點點頭說「謝謝」。來到這裡之後，第一次有人正常向她攀談，讓她一陣心安。她點著頭，內心又想：好漂亮的媽媽，與其說是美，更像是完美無缺。

比起在與奏人相關的場合遇到的人，女子的氣質更接近平日在工作上遇到的名人。那些講究妝容與服飾、總是完美得恍如從雜誌裡面走出來的人——女子有著這樣的氣質。不管是身上的服裝色彩，還是披在身上的羽絨大衣材質和長度，都堪稱絕妙。

她向梨津自我介紹：

「我兒子讀六年級，敝姓澤渡。」

聽到這話，梨津內心一驚。改建澤渡集合住宅——梨津一家居住的社區的年輕設計師夫妻。這麼說來，梨津對她的臉有印象。

「請多指教。」

澤渡露出華貴的笑容，向梨津寒暄。

「澤渡女士，請問妳是澤渡集合住宅的設計師嗎？」

梨津忍不住脫口詢問。眼前時尚優雅、姿態端莊的女子回視梨津。一頭長髮梳理得一絲不苟，更強調了臉蛋的小巧。耳朵上的大耳環也非常時髦。

梨津擔心嚇到了對方，連忙添了句：

「抱歉，我就住在澤渡集合住宅……」

「哎呀！原來是這樣。妳住在我們的集合住宅啊。」

她嫣然微笑。

「沒錯。負責改建的主要是外子，不過我也在大廳裝潢和中庭規劃上提出建議。」

「啊，果然是。」

梨津的聲音雀躍起來。澤渡露出優美的微笑，自我介紹：

「我叫澤渡博美，請問妳的孩子讀幾年級？」

「一年級，是男生。」

「這樣啊，以後請多指教。」

博美簡短地回應，很快就走去前面的座位了。或許因為博美介入，轉移了注意力，「香織」沒有再次向梨津攀談。

——得救了，梨津在內心深處打從心底嘆息。

既然會向自己寒暄，梨津以為博美應該是這個說故事委員會的主持人之類，但似乎也不是。另一個媽媽起身站到前面，揚聲宣布：

「那麼，現在我們開始進行秋季活動的討論。」

博美坐在附近座位，只是笑吟吟地看著會議進行。

「秋季有閱讀月，我來說明活動的內容——不過已經參加過的人，可能會覺得都是已經知道的事了。我不太會主持，只是因為參加的時間比較久，所以這次也由我來說明喔。我叫葉子，是六年級的和田美彌的媽媽。雖然也不算會長，但因為大家都叫我主持，所以站在這裡。」

自稱和田葉子的婦人說完，旁邊一些似乎和她認識的母親傳出笑聲。也有人小聲說「加油」，揮手鼓勵。

看到那景象，梨津又感到有些困惑。掩飾難為情般、很不正式的口語致詞聽起來相當孩子氣。雖然是家長之間的聚會，但總覺得不是正式場合的態度，她心想：確實是真的「很不會主持」。看到向和田葉子揮手的其他母親的態度，梨津再次醒悟到，這真的是一小群彼此認識的人的活動。

站在教室前面的婦人——葉子逐一說明活動。

主要內容是配合閱讀月，每天放學後為孩子們舉辦說故事活動，以及家長要在學校的閱讀聚會中表演的內容。說到一半，應該是一起參加很久的其他認識的母親不時插口帶進小圈圈的話題：「啊，那個實際去做，真的很不錯呢」、「葉子，那太瘋了啦」。

這段期間，澤渡博美只是安靜地微笑，並未積極發言。有種獨自一人俯瞰全場的氛圍。

「今天會後也請大家多多交流感情。」

說明尾聲，葉子這麼說道，指著房間後方。轉頭一看，不知不覺間，那裡準備了瓶裝果汁和個別包裝的點心類。聽到葉子宣布，眾人皆以熟悉的態度站起來，各自去取飲料和點心。

每次都有這種茶會時間嗎……？

學校的志工活動跟梨津的想像完全不同，似乎成了有閒媽媽們流連的場所。她暗自失望，但也跟著眾人起身離席。雖然也可以直接回去，但既然都來了，她打算至少再跟幾個人聊個幾句再走。沒想到——

「欸欸欸，這是妳嗎？」

會議開始後，暫時放過梨津的香織突然叫住了她。香織驚訝地望過去一看，只見香織拿著傳統手機，螢幕對著這裡。

「我搜尋了一下就找到了。」

看到螢幕，梨津一陣頭暈目眩，差點當場倒下來。

螢幕上顯示著梨津以前上電視節目時的照片。有經紀公司的宣傳照，還有簡介。畫面上方顯示「『三木島梨津』的搜尋結果」。

被上網肉搜了。現在、就在這裡，本人就在現場的情況下，而且還把搜尋結果拿給本人看。

這毫無神經的做法，讓梨津無從反應。網路世界並非全是好評，反倒更容易曝露在不特定多數人的惡意當中。所以梨津絕對不會上網搜尋自己的名字，婚後換了姓氏，姓名變得和過去不同，也讓她鬆了一口氣。

她早就從經紀人那裡聽說，自己現在的名字似乎洩露到網路上了。雖然很不舒服，但她都避免去看，來維持內心的平靜。然而——

「媽啊，這張照片超漂亮的，正對鏡頭擺POSE耶，難道是找職業攝影師拍的？」

經紀公司為了宣傳而拍的照片，是用來傳達本人形象的重要素材，而且會長期使用，當然會找職業攝影師拍攝。自己也是在和職業人士合作，因此不管是表情還是氣質，都會努力塑造到最好。在這種私生活的領域，被堂而皇之地亮出顯然不同於日常生活照的宣傳照，這已經不只是羞恥而已了，簡直教人無地自容。

「呃，是啊……」

梨津想要客套地笑，但臉頰完全僵掉了，幾乎笑不出來。「是喔？啊，這張照片也很漂亮。這是禮服嗎？真的會穿這種衣服喔？」這段期間，香織盯著螢幕，口中自言自語地喃喃問個不停。

就在這時——

「梨津！」

聽到聲音，抬頭望去，房間後面的飲料區那裡，剛才的博美正舉起手來。梨津又懷著得救的心情，向博美頷首。梨津對香織說「失陪一下」，離開座位，順便把皮包和外套一起帶走，這樣就不必再回來這裡了。

博美向走過去的梨津指示瓶裝飲料：

「要喝什麼嗎？有果汁和茶，想喝哪一樣？」

「啊，那請給我茶……」

「好！」

明明才剛見面，博美的口氣卻像多年來的老朋友。但是和香織完全不同，完全不會讓人有不舒服的感受。感覺博美是個社交高手，深知如何迅速精確地縮短距離。

梨津接下博美為她倒的茶杯，擔心地悄悄回望香織，發現自己離開後，香織仍坐在原本的位置，一個人玩手機。也沒有人要跟她說話的樣子，梨津覺得也許她在這裡，是有些格格不入的存在。

博美探頭看梨津的臉：

「梨津，妳不是剛改建的時候就搬進來的吧？什麼時候搬來的？」

「才搬來半年左右而已，是配合小孩上小學搬家的。」

「原來是這樣。真高興認識妳，以後請多指教。妳家在南側還是北側？」

「南側。」

「這樣啊，離學校比較近呢。我們住在北側。」

不用博美說，梨津也知道。才剛搬進去不久，就聽到其他住戶在說，負責改建集合住宅的澤渡夫妻住在北側的頂樓，格局比其他戶都要寬敞。

梨津習慣性地維持敬語，但博美以明亮隨性的語氣輕快地聊著。不是香織那種唐突、沒頭沒腦地逼近，感覺得出是刻意帶著親暱的口吻。這種熟悉自在的感覺，果然和梨津身處的電視台或廣播業界很相似。雖然是不同的業界，但都有種華麗的氛圍。她覺得博美很習慣和人打交道。

「因為改建澤渡集合住宅，賢伉儷經常上雜誌和電視節目呢。」

梨津客氣地提到。在雜誌上看到的澤渡夫妻的住處，家具品味出眾，周圍擺設了許多觀葉植物，採光充足，令人嚮往。壁紙和地板顏色也都是精挑細選，十足反映出是他們精心營造的住家。

「好害羞，妳看到了？」

「原來妳們的孩子也就讀這所學校，我都不知道。」

「已經六年級了，不管是學校的事還是親子教養，我都算是個老手了，有問題都可以來問我。梨津，妳們家會參加社區的祭典活動那些嗎？」

「會，經常參加。」

「這樣啊……我們家也是，剛改建的時候，都會全家一起卯足了勁準備，但小孩子升上高年級以後，就忙著上補習班什麼的，很難抽得出空了。」

「確實，祭典是以低年級學童為中心呢。還有學齡前的孩童。」

「對呀。所以就算住同一個社區，若非這樣的機會，實在很難認識小學其他年級的家長呢。」

這時，看著梨津的博美，目光似乎微微望向遠方。她似乎看到梨津背後的什麼人，向梨津微笑說「那我們下次再聊」，站了起來。

「有空歡迎到我家來坐坐，我再邀妳。」

「謝謝。」

博美拿著飲料去找其他家長了。「午安，上次辛苦了，一定很累人吧？」她對似乎熟識的母親攀談，對方笑著回應：「哇！博美才是辛苦了！每次都謝謝妳了。」

不愧本人自稱老手，她似乎真的和在場的每個人都很好。

這時，忽然傳來一道低調的聲音：「請問……」轉頭一看，那裡站著兩個打扮樸素的母親。兩個看起來都很老實，一頭黑髮沒有染過，分別穿著色調素雅的上衣和洋裝。

「什麼事呢？」

「請問妳是森本梨津小姐嗎？」

不是洋裝的那個母親一副鼓起勇氣說出口的態度問。梨津正要回答，旁邊的母親搶先補充說：

「其實我們從開學的時候開始，每次參加家長活動看到妳，都會討論是不是妳。」

「說妳本人真的好漂亮。我們都遠遠地看著妳，妳願意參加說故事委員會嗎？但妳是職業人士耶。」

詢問的聲音帶著親近和緊張。在學校相關活動中，被單方面地認出長相和職業時，有時令人感受複雜，但今天兩人好意的攀談讓她非常感激。先前她才為香織沒禮貌的態度大感吃不消，因此倍覺珍貴。

「謝謝兩位。」她微笑道。「妳們把我當成職業人士，我很開心，但我只是想能為孩子的學校做出一點貢獻，這樣就很開心了。往後也請多多指點我。」

「咦！太謙虛了啦！如果妳願意加入，就是最棒的生力軍了。」

「就是啊，我們哪裡有什麼可以指點的，我們才希望妳多教教我們呢。」

兩人以追星族般的語氣興奮地說著，這也讓梨津感到很受用。

「我叫城崎，小孩讀四年級。」

「我姓高橋，女兒也是四年級。」

兩人自我介紹。梨津感謝兩人禮貌周到的寒暄，也報上名字：

「敝姓三木島，森本是我的舊姓。」

「啊，對耶。真不好意思，我們是從妳之前的名字認識妳的。」

「妳可以同時兼顧工作和育兒，真是太了不起了。」

從兩人的口氣聽來，或許都是全職主婦。梨津正這麼想，城崎開口：

「如果有什麼我們幫得上忙的地方，請隨時跟我們說。我們比較有空。如果三木島女士在小孩的事情方面有什麼問題，或是這個委員會活動需要找人代班，只要跟我們說，都可以通融。」

「對啊，反正我們很閒。」

「哪裡哪裡，兩位一定也都很忙。」

有時全職主婦的家長會像這樣主動提出要幫忙。每一次梨津都忍不住覺得，這些全職主婦的母親們似乎對於自己沒有工作而感到自卑，對此感到有些憤慨。既然要做家事、顧小孩，明明根本不可能閒得下來啊。

她正在尋思該如何回答才好，高橋說：

「可是好厲害喔，這所學校居然同時有博美和三木島女士這樣的人。」

「啊，叫我梨津就好了。」

梨津說，兩人開心地對望一眼，改口說：「還有梨津——真光榮。」

兩人的眼睛看著在稍遠處和另一群母親聊天的澤渡博美。

「博美真的很厲害，而且很了不起。她和每個人都很好，總是笑臉迎人。從事那麼厲害的工作，小孩又教得很好。」

「到底要怎麼樣才能變成那麼溫柔大方的人呢？真教人崇拜。」

「澤渡女士真的很棒呢。」

「對啊，超棒的！」

梨津附和說，兩人便同時點頭。

「妳知道嗎？博美是這附近的澤渡集合住宅的設計師喔。」

「啊，我們剛才正聊到這件事。我也住在澤渡集合住宅。」

「咦！真的嗎！我們也是耶！」

城崎在下巴前雙手合十，兩人的臉都亮了起來。

「我都不知道。我在學校看過妳，所以注意到妳，可是沒想到我們住在同一個社區，太驚訝了！」

「那個社區很大，所以一直都沒有遇到吧。我們今年春天才剛搬進去而已。」

梨津寒暄說：「往後請多指教。」兩人微笑：「我們才是。」

梨津和兩人聊著，眼神不經意地追著博美。剛才正在和幾名母親聊天的博美，現在已經換了座位，改和其他母親說話。她的服裝並不是特別醒目，但時尚的人就是特別引人注目。

博美向對方頷首致意後，又轉移了陣地。咦？梨津驚訝。她是不是在頻繁地換位置，和在場每一個人都說到話……？對每一個人都開朗招呼，維持一定的友善。

高橋似乎注意到梨津在看博美，又說：

「真的很了不起呢。博美怎麼說，就是體貼又文雅，氣質溫柔，跟她說話，實在很療癒。」

「是啊。」

梨津點點頭，城崎也接著說：

「就是啊。博美真的很厲害，每次我心情低落的時候，她就會在絕妙的時間傳簡訊或LINE給我。我奇怪她怎麼會發現，她說我的IG一陣子沒更新了，所以擔心我是不是怎麼了。」

「她先生也超棒的。外子可能要一個人調到外地時，澤渡先生就邀外子去喝酒，說可以聽他訴說。外子也很開心，說兩人交情也不是多好，對方卻非常設身處地，提出建議。」

「他們夫妻真的是完美無缺。」

「這樣啊……」

聽到「完美」兩個字，梨津被震懾了。因為這正是自己剛才對博美的姿態所浮現出的感想。

她對博美還不是那麼了解，但博美兩度拯救她被香織莫名其妙糾纏的困境。不過聽到高橋說「了不起」，她也覺得不太對勁。

友善地和每一個人說話，是「了不起」的事嗎？

「文雅」的形容也讓她覺得有些排斥。確實，博美應該是個細心體貼的人，但她的友善，感覺就像她的時尚一樣，太過天衣無縫，或者說有種既視感——

想到這裡，梨津赫然想到了。

頻繁地移動位置，和每一個人說話——以前梨津在工作場合上遇到的某個國會女議員，就是這麼做的。記得是在某個招待會上，那名女議員不是找到認識的人，熱絡交談，而是要得到和在場每一個人都說過話的證明般，在各張桌子間遊走。她對第一次見面的梨津，也刻意走上前來問候：「我都會在電視上看到妳喔。」當時雖然很開心，但那種舉止，是不是明白自己身價不凡的人才會有的舉動？友善這回事，從某個意義來說，是只有自信十足、敢厚臉皮地直闖對方心房的人才做得到的。

就算博美自己或是她的丈夫往後跑出來選舉，她也不會感到驚訝。梨津半是認真地這麼想。既然是改建澤渡集合住宅的設計師，在當地的知名度也不用擔心吧。會關懷家長當中遇到困難、心情低落的人，從這個角度去看，也順理成章。

反過來說，若不這麼想，就不明白她的目的何在，讓人覺得她的行為有些過度了。就好像在主動尋找有困難的人，伸出援手一樣——

「香織。」

聽到博美的聲音叫了這個名字，梨津一驚。轉頭望去，博美正走近一個人坐著滑手機的香織。周圍沒有任何人要和香織說話，只有博美一個人像好友一樣走過去，探頭一起看手機螢幕，彷彿在問：妳在做什麼？

梨津不知道螢幕上是否還顯示著自己的搜尋結果。但博美露出微微訝異的表情，指著螢幕笑了。香織還是一樣神情木然，但點頭回應博美的話，兩個人在聊些什麼。

「太厲害了——連那種人都能關心。」

城崎的聲音低低地傳來。也許並沒有打算要讓梨津聽到，但梨津就是聽到了。從城崎這句話，梨津了解到香織在這裡果然被人敬而遠之。

梨津聽著城崎的聲音，忽然想到一件事。

博美沒有問梨津的職業。也許她是認為在這種場合，不方便詢問這麼隱私的事。但博美是不是用名字叫她？

——梨津！

博美確實是這麼叫她的。但是在那之前的短暫對話中，梨津有說出自己的名字嗎？

如果沒有，這代表博美早就知道梨津是誰了。就像城崎和高橋那樣，知道身為主播的森本梨津。然而她卻絲毫沒有提起——

「那下次再聊囉。香織，很開心跟妳聊天。」

博美向香織微笑，從她身邊離開。梨津反射性地從兩人身上別開視線。

說故事委員會結束，離開學校時，梨津總覺得累壞了。

雖然有幾個感覺可以進一步變成朋友的人，但梨津一邊走著，為時已晚地發現自己沒有跟任何人交換連絡方式。但不要隨便洩露連絡方式一定比較好。尤其是香織，幸好沒告訴她。這麼說來，香織該不會住在同一個社區吧？

雖然擔心，但她可不想打草驚蛇。和回去同一個社區的母親們同道也讓她覺得麻煩，今天直接去買東西好了——梨津朝社區反方向走去。

雖然在說故事的輪值表上填了名字，但也許往後不要參加活動比較好——梨津想。

參加說故事委員會活動的隔天，奏人拿了一只淡褐色的信封回來：「這個給妳。」

「嗯？」梨津轉過頭去，奏人把書包丟在客廳沙發上說：

「人家給我的，叫我拿給媽媽。」

梨津正在做晚飯要吃的漢堡排，她在廚房洗過手，拿起奏人放在餐桌上的信封。收件人寫著「梨津收」。底下則是「茶會邀請函」。翻過來一看，仔細地糊上的封口底下，是一行字「From Hiromi Sawatari」。那行優美的英文字完全把梨津壓倒了。這流麗的藝術字感覺是自創字體，簡直就像什麼名牌寄來的廣告信。

信封散發出一股幽幽的香檸檬氣味。

「這是……」

「六年級的澤渡朝陽給我的，他說我也可以去。」

「澤渡朝陽——」

應該是博美的兒子，以前奏人從來沒有提到過其他年級的學生名字。

「你們本來就認識嗎？你們很好嗎？」

梨津忍不住問，奏人微微歪頭，說：「也不是，這是我們第一次說話，可是他是兒童會長，所以我知道他是誰。」

原來博美的兒子是兒童會長？梨津懷著完全被壓倒的感受應著「是喔」，結果奏人眼睛發亮地問：

「欸，我們要去朝陽家玩嗎？可以帶哈奇一起去嗎？」

「唔……哈奇應該不行吧。有些人喜歡狗，但也有人怕狗。我們不知道朝陽他們家怎麼樣，這次先不要吧。」

奏人直接稱呼今天第一次說話的學長名字，已經一副準備要去的樣子了。梨津拆開信封，取出裡面的短箋，香檸檬的氣味更濃了。

『梨津：

昨天有機會談天，我很開心。

住在這個社區的楠道小學的媽媽們，這個星期三傍晚要舉辦茶會。如果方便，請務必賞光參加。

我把連絡方式留給妳。』

文末寫了博美的名字、ＬＩＮＥ ＩＤ、手機號碼，以及澤渡集合住宅七〇一號的地址。

◆

前往社區北側澤渡夫妻住處的路上，梨津看見廊道上鋪著水藍色的塑膠布。是搬家用的保護墊。

「啊，是狗狗圖案的搬家公司！」

走在梨津旁邊的奏人說。是她們搬來這裡時委託的同一家搬家公司，所以他記得吧。

「真的耶。」梨津也點點頭。

「是誰要搬進來呢？」

澤渡集合住宅非常搶手，很少有空房。梨津一家決定搬來時，房仲這麼告訴她們，但是相較於春季的搬家旺季，或許狀況漸漸不同了。不管是社區南側還是北側，最近都經常像這樣看到搬家公司的保護墊鋪滿走廊和電梯的景象。

梨津在找房子的時候，房仲針對澤渡集合住宅再三強調「要是錯過就太可惜了」，但也許過了半年，可以用更划算的價格買到。雖然覺得有點吃虧了，但她深切地體認到，找房子就是一種緣分。

「希望是有小孩的家庭。這樣一來，或許你們班就會有轉學生了。」

「咦，我覺得人少比較好。」

上了小學以後，奏人愈來愈愛跟大人唱反調了。但這種地方也讓人感受到成長，梨津輕嘆了一口氣，摸了摸兒子的頭。穿著搬家公司制服的工人們經過她們旁邊。兩人合力搬著一台大冰箱，運往電梯。

梨津把兒子拉近牆邊，免得擋路，奏人忽然問梨津：

「欸，媽媽，今天的媽媽聚會到幾點？」

「不曉得耶。可是大家應該也要回家準備晚飯，再晚也五點就解散了吧。」

「咦！留到六點嘛！」

「為什麼？」

「因為人家想在中庭公園玩久一點，人家第一次跟朝陽玩。」

可以和學長朝陽一起玩，似乎讓奏人期待得不得了。

接到澤渡博美的茶會邀請後，梨津把函上的LINE ID加入好友，傳訊息過去，博美立刻回覆：『請務必來參加！』她傳了詳細的時間地點，並說『帶奏人一起來吧』。

『茶會期間，我們家的朝陽都會在中庭公園玩。茶會的時候，小孩子通常都是去那裡玩。』

茶會舉辦的星期三，是奏人上鋼琴課的日子。梨津原本想拒絕這場邀請，但博美在她回絕之前，便接二連三傳訊息過來：

『今天我告訴朝陽這件事，知道可以跟奏人一起玩，他非常開心。聽說奏人很會踢足球，朝陽說他看過奏人在下課時間和朋友一起踢球。』

還附上笑臉貼圖，都說到這個地步了，實在難以婉拒。奏人似乎也很期待可以跟朝陽一起玩，最重要的是，對梨津來說，這也是第一次被邀請去博美家。她不希望對方覺得好心邀約卻被潑冷水。

記得奏人上的鋼琴教室如果請假，可以在其他日子補課。梨津考慮了一下，輸入：

『那我就恭敬不如從命了。奏人好像也很期待可以和朝陽一起玩。』

晚點打電話向鋼琴教室請假吧——梨津心想，如此回覆。

「好期待呢。」

梨津說道，回想起奏人出門前在背包裡塞了一堆東西，說想和朝陽一起打電動、一起讀漫畫。奏人點點頭：

「對啊！我第一次跟六年級的一起玩。」

雖然對奏人很抱歉，但梨津要他今天不要帶掌上型遊戲機和漫畫過去。因為不是每個家庭都願意讓小孩玩電動看漫畫。

基於經驗，梨津知道愈是「好媽媽」，愈擔心這些東西的成癮性和壞影響，不肯讓小孩子接觸。梨津和丈夫雄基都認為只要不過度沉迷就沒問題，讓小孩在規定的時間接觸，但有些家庭，尤其是電玩，沒碰過的小孩就完全沒碰過——然後這也是基於經驗，梨津認為愈是平常沒接觸電玩的小孩，一碰到朋友的遊戲機，就愈無法放手。不曉得是不是因為平常得不到滿足，所以反作用力更大，即使其他小孩都玩膩了，跑去玩別的遊戲，沒玩過電玩的小孩也會緊盯著小小的螢幕，死都不肯放手。奏人的同學裡面，她也看過好幾次這種情形。

博美應該是個「好媽媽」，是熱心教育，為育兒與家事傾注全力的類型。她直覺地猜測，朝陽應該是不玩電動的小孩。

「咦！我想跟朝陽玩電動！」奏人很不情願，但社區裡的中庭公園有遊樂器材，而且今天她想先看看情況。除了朝陽以外應該還有幾個孩子，如果他們也帶了電動玩具，下次再讓奏人帶就好了。今天她拿了一大袋可以大家一起分享的零食，要奏人將就。

來到澤渡集合住宅北側七〇一號前，門前掛了個大型花圈。花圈飴糖色的藤蔓中，交織著藍色與黃色的花朵，豪華絢麗，存在感震撼了梨津。

梨津按下門鈴。理所當然，鈴聲和自己家一樣。

「來了，歡迎光臨。」

門內傳來博美沉穩的應聲，片刻後門打開來。

「午安，謝謝妳今天——」

邀請我們——梨津原想接著這麼說，把話吞了回去。因為來應門的不是博美，而是別人——一個初次見面的男人。梨津和他對望，吃了一驚，同時也想到了對方是誰。

澤渡恭平。澤渡集合住宅的主設計師，博美的丈夫。以前在媒體上看過他的臉，他有著一雙渾圓大眼，親和力十足，下巴蓄著短短的鬍鬚。體格健壯，比起在雜誌或電視上看到的肩膀更寬闊，個子也比想像中的更高。

「啊，幸會，我是……」

梨津連忙重新寒暄，這時澤渡恭平「哦——」地點了點頭，露出笑容：

「妳是梨津對吧？我聽博美說了。不好意思，妳這麼忙，還硬是把妳請來。」

「不會，哪裡。」

「喂，博美！」

恭平朝屋內呼喚妻子。

澤渡恭平穿著應該是妻子挑選的面料高級的線衫，搭配褪色得恰到好處的牛仔褲。雜誌和電視上看到的他雖然年輕，卻威嚴十足，然而實際面對面，予人的印象卻意外地容易親近，十分隨和。

屋內傳來小孩子吵吵鬧鬧地跑過來的聲音。

「奏人，你來了？」「那我們去中庭公園玩！」——三個體型比奏人大了許多的男生一起跑出玄關。

梨津身後的奏人毛毛躁躁地看著他們，其中一人舉手說：「嗨，奏人！」奏人瞬間露出笑容。相對於其他兩人理了運動員的大平頭，這個男生頭髮較長一些，膚色白皙。活潑的眼睛和博美就像同一個模子印出來的，一眼就可以看出他就是澤渡朝陽。

「爸爸，我們出門了！」

朝陽穿上鞋子，向父親報告一聲，也禮貌地向梨津招呼說「阿姨好」。不愧是高年級生——梨津心想，但其他兩個孩子也沒招呼就匆匆忙忙跑掉了，看來就算是高年級生，也不是每一個都這麼有家教。

「奏人，我們走！」

「嗯！」

「晚點我再去接你！有事要回來這一戶找媽媽喔！」

梨津對著歡欣的兒子背影說，奏人沒有回頭，只聽到他敷衍的一聲：「好！」四個男生，量販包點心會不會太多了？梨津擔心了一下。

「不好意思，還要朝陽陪他玩。」

「哪裡，我們家客人很多，朝陽也習慣了。請進。」

雖然梨津準時抵達，但裡面似乎已經有幾名客人了。梨津在恭平催促下脫了鞋子，這時博美過來了：

「梨津，請進。不好意思讓爸爸來應門，嚇到妳了吧？」

博美今天的衣著也無懈可擊。即使是自家聚會，妝容也無可挑剔，外面氣溫雖然低，但她在開著暖氣的室內穿著無袖洋裝。右胸的銀色胸針低調地反射著光芒，露出無袖洋裝外的上臂纖細無贅肉，線條很美。

不愧是博美——梨津對她的外貌看得入迷，搖了搖頭說：

「哪裡，我住在兩位改建的社區，受你們照顧了。沒想到可以見到本人。」
「叫我恭平就好了。」
梨津穿上客用拖鞋，往客廳走去的路上，澤渡恭平這麼說。
「我們夫妻都姓澤渡，叫名字就好。」
「那——恭平先生。」
梨津稱呼了一聲，接著說：
「很榮幸見到你。澤渡集合住宅改建得非常棒，可以搬進這裡，我真的很開心。」
梨津這麼說，澤渡夫妻對望了一眼。博美輕輕搖頭：
「社區大家都這麼說，但這完全不是我們的功勞。我們剛好認識很優秀的業者，都多虧了他們照著我們心目中的設計施工。所以請別這麼客氣。」
「對啊，我們是鄰居嘛。」
「嗯——謝謝。」
梨津立下決心，從善如流，也跟著不用敬語了。博美看著旁邊的丈夫，露出困窘的表情微笑：
「今天爸爸剛好跟人家約在家裡談工作，可是我卻忘了，約了大家來喝茶，所以爸爸也會參加我們女人的茶會，不好意思。」

「不會，哪裡……恭平先生經常在家工作嗎？」

「我另外有事務所，不過很多顧客會要求看看我實際設計的地方做參考。」

「而且現在還是會有雜誌和電視來採訪。」

博美微笑說。

走廊牆壁中央貼了一整排阿拉伯風格的馬賽克磚，上面並排著風格穩重的古董設計大衣掛勾。上面掛著已經到場的人的大衣和外套，色彩卻顯得突兀。由此見得，這個住處是如何時尚、經心設計。來採訪的人一定覺得拍照起來很過癮。梨津這麼想，對兩人說：

「採訪很辛苦對吧？我也是，現在雖然機會少了，但以前也常被要求拍攝住家，或是私生活的照片。」

兩人對梨津的職業知道多少？——他們完全沒有提到她的職業，所以不清楚，但恭平剛才對初會的梨津直呼「梨津」，而且從博美的言行來看，似乎也已經知道，因此她決定以這樣的前提來交談。

「遇到那種時候，都要全家一起幫忙，花上好幾天整理住處，每次真的都搞到人仰馬翻。」

所以我很清楚那種感受——梨津懷著這樣的心情說，沒想到眼前的兩人散發出來的空氣似乎瞬間降溫了。梨津還沒來得及思考為什麼，恭平便說：

「不會啦，我們家因為職業關係，真的平常就一堆採訪。」

表情沒有笑意。梨津在內心捏了把冷汗。或許自己誤踩地雷了。

梨津也能想像，他們由於職業關係，把自家當成素材一樣對外展示，但這個家有個讀小學的男生。在接受採訪的時候，要抹去有小孩的家庭無可避免一定會有的生活感，一定很辛苦——她剛才那番話是基於這樣的想法，絕對沒有惡意。

看向博美，她快步領頭走到前面去了，彷彿完全沒聽到剛才的對話。

「大家，梨津來囉！」

隨著她開朗的聲音，通往客廳的門打開來。已經到場的幾名女子同時轉頭看這裡。總共有三人。倏地抬起的臉當中，有前些日子在說故事委員會後半找她說話的兩個母親，城崎和高橋。兩人都微笑著說「午安」。

另外還有一個人，是說故事委員會沒看過的女子。看起來比梨津更年輕。鮑伯頭染成明亮的髮色，看起來很活潑，其他兩人今天也穿著色調素雅的服裝，但這名女子穿著線條輕柔的亮綠色洋裝。

「哇，真的是梨津！幸會，我住六〇一號，敝姓弓月。」

女子一笑，唇間露出偏大的門牙。因為下巴小，牙齒顯得特別大，讓人聯想到松鼠等齧齒類的動物。梨津覺得她很可愛。

「就在我們家正下方。」
博美在一旁悠然微笑說：「外套我幫妳掛起來。」她從梨津手中接過外套，接著說：
「我們從搬進來的時候就認識了。她的小孩也讀同一所學校，常來我們家玩。她兒子是五年級的弓月未知矢。」

「就是剛才一起出去玩的男生其中一個。」
「我們家的才一年級，叫三木島奏人。」
彼此寒暄「請多指教」後，梨津重新環顧室內，忍不住讚嘆起來。
首先映入眼簾的，是房間角落的大花瓶。宛如巨大水槽般的透明矮花瓶當中，插了幾枝葉子轉紅的楓樹枝。那彷彿把一部分的樹木整個搬進室內般的氣勢，讓梨津忍不住驚呼：
「好厲害……」
「是博美自己插的嗎？」
「又不是插花，沒那麼誇張啦，是我開花店的朋友便宜賣給我的。」
「玄關的花圈用的也是鮮花呢。我覺得好棒。」
「啊，妳注意到了？好開心。真不愧是梨津。」
長期掛起來裝飾的花圈，一般都使用人造花或乾燥花。鮮花會枯萎，需要經常更換或重做。雖然也可以讓鮮花自然變成乾燥花，但梨津覺得博美應該是每一次都重做新的。這實在不是梨津模仿得來的。楓樹枝也是，如果空間不夠大，絕對不可能像這樣大器地裝飾。可是這裡簡直就像——

「好像店家對吧？」

城崎說出梨津心裡想到的形容。旁邊的高橋和弓月也點點頭。

「就好像餐廳或飯店，每個細節都不放過，覺得真的好棒喔。我們絕對模仿不來。」

「哦，我們家也常有餐廳老闆和藝術家客人，他們常說『比我們的店還要厲害』。」

恭平大方地這麼說。梨津內心吃了一驚，這話根本是赤裸裸的炫耀了吧？可是其他三個女人只是彼此點頭說：「就是說啊。」梨津心中感到一抹躁動，望向花瓶後方，發現牆上掛著一幅熟悉的畫。

「那幅畫……」

「咦？妳喜歡嗎？」

「妳喜歡那個畫家？」

恭平看著梨津問：

「啊——是。」

梨津把來到喉邊的話吞回去，點了點頭。恭平開心地點著頭說：

「這樣啊。妳還有我們家博美這個年紀的女性，都喜歡那個畫家呢。類似一種世代感覺嗎？花朵的主題確實是以女性為客群。那幅畫也是限量的，但博美吵著說無論如何都想掛在家裡。」

不行——梨津自戒。

穿鑿地認為人家在炫耀，或許是自己心眼太狹隘了。可能是因為這一切都太美好了，所以羨慕轉為嫉妒了。梨津壓下想說的話，轉向博美說：

「呃，如果不嫌棄的話，這個請大家在今天的茶會享用。」

她遞出帶來的紙袋，裡面裝著她親手做的司康和草莓果醬。

主婦之間的茶會，應該都會各自帶東西來。博美感覺品味很好，不能帶些不入流的東西到場，梨津正在煩惱，想起以前被邀請去朋友家時，吃到的手工司康非常美味。搭配的果醬也是保留果實口感的手工果醬，梨津稱讚，朋友便說「意外地很簡單喔」，教她做法。

「我不擅長做糕點，但還是在家準備了司康和果醬，當做對大家的問候。」

梨津遞出紙袋，覺得博美的臉瞬間——真的只有一瞬間，彷彿時間靜止了一般，變得面無表情。但是下一瞬間，那張臉立刻冒出微笑：

「謝謝妳。大家一起吃。」

「啊，裡面也有凝脂奶油，可以配著吃。」

「好。」

如果可以借盤子，梨津可以自己張羅給大家，但博美拎著紙袋，消失到廚房去了。從客廳可以看到的開放式廚房，也處處感覺得到博美的用心。

簡直就像電影布景一樣完美——梨津想著，發現了其中理由。完全沒看到任何標籤或標示。在每天的生活當中，只要在超市或超商買食材，就絕對擺脫不了調味料瓶子、食材包裝上的標籤或商標等標示。飲料瓶罐、麵粉袋、醬油瓶、電鍋表面——

然而博美的廚房裡完全看不到這些，幾乎令人驚奇。廚房裡並排著無機但考究的瓶瓶罐罐，裡面似乎裝著烹飪用的麵粉和調味料。看起來似乎是市售的瓶子，但每一樣都貼著充滿設計感的標籤或外文標示，完全看不到附近超市裡陳列的商品。

也沒有電鍋。梨津也有幾個熱愛料理的朋友，所以知道為什麼。這個家應該是用土鍋煮飯。

梨津實在是驚訝到說不出話來。她認識的愛用土鍋的朋友，不是興趣是烹飪的單身女子，就是擅長家事的全職主婦，或是料理研究家、食品搭配師等等。家裡有個正值發育期、胃口旺盛的男生，而且自己也在工作，家裡卻沒有電鍋，她簡直無法想像。

或許我不該來的——這樣的想法強烈地湧上心頭。

她早就有心理準備了：博美一定是在教育和家事都全力以赴的「好媽媽」，澤渡家一定是個「好家庭」。但她沒想到會誇張到這種地步。或許她不該帶什麼手工司康來的。

仔細一看，其他客人什麼也沒帶。剛剛被介紹的弓月向梨津道謝：

「謝謝妳帶司康來。自己做的，真是太厲害了。」

「今天不是大家帶東西來分享呢，總覺得我好像多此一舉了。」梨津說。

「對啊，這種聚會，我們都交給博美安排。我們都太依賴她了。」

「別在意！這是我自己喜歡做的。」

博美在廚房準備茶水，笑著回應。

在一切都搭配得過度完美的家中，梨津感到莫名地如坐針氈。這種場面，彷彿必須不斷地稱讚博美「好厲害」、「太棒了」才行。她不知道該聊什麼好，問博美：

「大家都已經到了嗎？還有其他人嗎？」

「我還邀了其他兩位。說故事委員會的會長葉子，還有和朝陽同班的女生的媽媽，真巳子。」

這時，門鈴聲在室內迴響起來。

「來了！」應聲起身的又是恭平。

「會是小葉還是小真呢？」

恭平自言自語地說著，走向玄關。他簡直就像叫自己的小孩似地，親暱地稱呼家長朋友，這又讓梨津大吃一驚。她看著恭平的背影心想：這個人是不是差不多該離開了？

——爸爸也會參加我們女人的茶會，不好意思。

博美雖然那樣說，但梨津以為這只是客套話，恭平很快就會出門，或是回去自己的房間。但恭平從剛才就一直坐在女人之間，完全沒有要迴避的樣子。

紅中一點綠，是非常珍貴的存在——即使如此，梨津還是有股強烈的古怪感。

「讓大家久等了。」

博美來到桌旁。手上端的托盤有依人數擺在小碟子上的司康。聞到奶油的芳香，梨津發現一件事——司康用烤箱重新加熱過了，草莓果醬上點綴了不是梨津帶來的薄荷葉。博美非常風雅，凡事都要以自己的風格親手改造一番才甘心吧。

玄關傳來大嗓門聲：

「哇！這裡還是老樣子，超漂亮的！」

和在說故事委員會向大家說話時一樣，是和自己人說話的口氣。葉子的聲音逐漸靠近。

「真的會懷疑這裡真的跟我們家是同一棟建築物嗎？博美，妳這樣把我們甩到都看不到車尾燈了。恭平也是，設計的時候，一定是對我們家偷工減料吧？」

聽到她毫不客氣的聲音，梨津內心退避三舍。然而澤渡夫妻沒有受到冒犯的樣子，恭平搖著頭說「沒有沒有」，和葉子一起走進客廳。

「我向來公平對待。如果覺得住處狹窄，還是怪怪的，那是妳跟悟朗的責任吧？」

「果然嗎？我們夫妻一點品味都沒有嘛。真沮喪。」

悟朗似乎是葉子丈夫的名字。只因為小孩子同年級，就可以這麼熟不拘禮地彼此稱呼嗎？梨津嚇傻了。簡直就像認識多年的老朋友。

「難得大家都來了，今天就播放我精心挑選的音樂清單吧。」

「啊，恭平的音樂品味最讓人驚豔了。」

音樂播放器放在廚房與客廳境界處的吧台上，恭平用手機操作。很快地，梨津陌生的、應該是西洋歌手的歌聲在空間裡迴盪。

博美固然如此，但恭平也相當長袖善舞。對於感覺個性爽快的葉子，說話幾乎毫不客氣，但對於看起來內向的城崎和高橋，則是維持禮貌的態度，從剛才就親近地閒聊各種話題。對於弓月，態度兩邊都不是，但弓月也笑咪咪地聽著恭平說話。

博美看著丈夫和朋友對話，笑容滿臉地專心張羅茶點。倒入梨津茶杯裡的格雷伯爵茶，散發出前些日子博美寄來的邀請函飄出的香檸檬味。

「哇，司康！好厲害，是博美烤的嗎？」

「不是，是梨津做了帶來請我們的。果醬也是，手工做的，很好吃喔。」

博美笑著回應葉子，但梨津心臟痛了起來。

司康應該比在場人數還要多，但博美前面沒有其他人都有的小碟子——換句話說，她自己不打算吃。她的丈夫恭平前面有司康和果醬的碟子，他也拿起來嘗了一口，卻沒有積極地禮貌性稱讚好吃。

其他人都對梨津說：「哇，好好吃！」「果醬也是自己做的嗎？」然而梨津面露僵硬的假笑。這份食譜做出來的司康很好吃，她在家也做過幾次，頗受奏人和雄基好評，但畢竟是業餘人士的廚藝。

博美忙碌地去倒新的茶水，說著「也想吃點鹹餅乾之類的呢」，端來別的點心，比起客廳，待在廚房的時間更多。

這時，廚房突然傳來一道尖銳的驚呼：「啊！這個凝脂奶油！」是博美的聲音。她的口吻一向優雅沉穩，這是她第一次發出激動的聲音，梨津轉頭望去，只見博美拎著梨津帶來的紙袋。

「不好意思，我忘記拿出來了，不過這個凝脂奶油，是萊拉牌的有機奶油對吧？對不起，我馬上端出來。哇，謝謝妳，我好開心！」

「咦，啊……」

是梨津帶來要配司康的奶油。是外國的有機品牌，必須特別訂購才買得到。其實她本來連奶油都想自製，但因為家裡有朋友送的未開封多的奶油，便直接帶來了。

恭平發出笑聲：

「我太太最愛有機食品了，她說其他的市售品不曉得裡面加了什麼東西。」

聽到這話，原本要浮現在臉上的笑容在表情途中扭曲消失了。

「很傷腦筋對吧？」恭平注視著梨津。對於那眼神，梨津回以僵硬的微笑，但恭平應該沒發現梨津內心是怎麼想的。

不曉得裡面加了什麼東西。

聽到這話，梨津理解了。

問題並非好不好吃、廚藝好不好。博美是認為，梨津做的東西裡面不知道加了什麼。

「這牌的凝脂奶油真的很好吃呢，我也塗在餅乾上吃好了。」

博美歌唱似地說著，把奶油抹在應該是自己買的值得信賴的品牌、疑似全麥的褐色餅乾上。奶油旁邊，不知道什麼時候，又附上了梨津不知道名字的香草葉子。

◆

「對了，那件事要怎麼辦？」

茶會開始好一陣子後，葉子忽然這麼說。那件事？梨津正在納悶，其他人好像都知道是指什麼，城崎和高橋發出嘆息般的一聲：「啊……」

「那件事對吧？榆井老師。」

「對啊。居然又是他當導師，我們運氣真差。」

「榆井喔……」

恭平以古怪的表情笑了。

聽到名字，梨津也知道是誰了。是六年一班的導師。才二十五歲左右的年輕男老師。

「今年有一大堆要考國中的孩子，那種不可靠的老師絕對不行啦。第二學期以前可能沒辦法了，但至少第三學期叫學校換老師吧。我們來進行連署活動！連署！」

咦……？梨津忍不住輕呼。恭平不理會驚訝的梨津，對葉子微笑：

「別這麼激動嘛，榆井一定也是以他自己的方式在努力吧。不過他確實不怎麼可靠就是了。」

「可是啊，二班很幸運被新川老師教到，卻只有我們班碰到榆井老師，不管怎麼想都是抽到壞籤，太不公平了吧？妳說對吧，博美？」

聽到葉子這話，博美為難地側著頭「嗯……」了一聲。就在這時，彷彿算準了時機一般，有人的手機震動了。博美看到震動的手機，向眾人含糊地微笑，說著「抱歉，我接個電話」，拿著手機前往走廊。

「我也去看一下信箱好了。」

恭平悠哉地說，也起身離席。看起來就像在逃避這個話題。看到澤渡夫妻都離開了，葉子交抱起手臂，大大地嘆了一口氣：

「唉，博美跟恭平人都太好了，兩個老好人！總之，我一定要發起連署，直接向校長投訴。再說啊，妳們知道嗎？聽說搞不好明年開始，負責說故事委員會的老師也會變成榆井老師耶。」

「咦？這樣嗎？」

聽到事涉自己參加的活動，高橋露出凝重的表情。旁邊的城崎也遺憾地說：「意思是多田老師會被換掉嗎？」

「對啊，所以對大家來說，絕對不能說事不關己，我們家孩子今年就畢業了，但是參加了那麼久的活動要變成那個老師負責，我絕對不接受。弓月，妳也要幫我喔。」

「好啊，真糟糕呢。如果向五年級的其他家長呼籲，他們也會幫忙連署嗎？」

聽著弓月拉長的嗓音，梨津又一陣驚訝。她原本以為小孩年級不同、也沒有參加志工活動的弓月應該會制止，或至少會被嚇到，沒想到她卻滿不在乎地附和葉子，令梨津愕然。

「那個……請等一下。」

梨津忍不住插口。出聲之後，她才想到或許不該隨便干涉，但還是無法默不吭聲。

「我的孩子才一年級而已，而且學年不同，所以不太清楚榆井老師這個人，他做了什麼讓大家這麼排斥的事嗎？」

「咦！也沒什麼特別的事啦，可是他真的還太年輕了啦。搞不好歲數只有我們的一半哩。六年級生的最後，還是應該讓資深有經驗的老師來帶才對吧？」

「那位老師很年輕嗎？」

「嗯，大概幾歲呢？二十五？」

「那——」

說著說著，博美覺得頭都有點暈了起來。她想到的是：這些人會不會太缺乏社會性了？她用力壓抑這樣的心情，耐性十足地說：

「換導師、連署這些，是不是先緩一緩比較好？那個，我……我因為從事播音工作，有自己的廣播節目，經常有機會和教育人士談話。」

她經常把從專家那裡聽到的內容拿來對照自己的育兒及教育方式，以及奏人就讀的小學，進行反思。

「聽說現在校園裡的老師，真的有很多人都對自己失去了自信。好像有許多年輕老師因為顧慮到家長和前輩而萎縮，失去熱情，就這樣離職。」

雖然不清楚榆井老師是個怎樣的老師，以及他的為人，但說他不可靠，完全只是家長的意見。不清楚孩子們對他的看法如何，而且如果透過連署活動，在第三學期強制換掉已經共度兩個學期的老師，不是反而會造成不好的影響嗎？

「個別找校長談，或許是一種手段，但發起連署之類的，把事情鬧大，老師不是太可憐了嗎？」

「咦？會嗎……？」

原本自信十足的葉子，聲音稍微失去了氣勢。也許是說著說著，膽子逐漸大起來罷了，原本並沒有那麼強烈的意志。梨津繼續說：

「如果真的發生了什麼狀況，到時候再大家一起討論如何解決，怎麼樣？以班導身分順利帶領六年級畢業，對那位老師來說，絕對也會是一次非常好的經驗，希望葉子女士還有大家都能懷著一起栽培那位年輕老師的心情來看待。」

「咦，什麼一起栽培老師，這也太誇張了。」

「妳不是說，我們年紀都快是他的兩倍了？榆井老師雖然是老師，但大家的人生歷練絕對比他更多啊。」

梨津說著說著，自覺到她切換成工作模式了。這是她在私生活中極力避免表現出來的部分，但現在已經顧不了這麼多了。

聽到梨津的話，葉子和其他人難為情地交換眼色。「是嗎？」「哎唷，什麼我們人生歷練比較多……」儘管口中這麼說，但眾人的表情都顯得相當受用。

「梨津，妳說的教育人士，是不是教育評論家小島老師？」

弓月低調地這麼問。她有些興奮的樣子，身體朝這裡探過來：

「其實我常聽妳的廣播節目。」

「啊，我也是。」

高橋從旁邊微微舉手說。

「因為播放時間剛好是送小孩去學校回來，歇口氣的時候，所以剛好可以一邊聽廣播，一邊打掃家裡，收拾早飯餐桌。」

「那個節目真的很不錯呢。」

弓月和高橋彼此點頭，房間裡的氣氛一口氣輕鬆起來。來到澤渡家以後，第一次談到梨津的工作。眾人的眼神都顯得好奇無比，熱切地看著梨津。

「那個，掛在那裡的那幅畫的畫家，是不是也上過廣播節目？」

高橋指的是澤渡家客廳的牆上，掛著抽象的花朵和寫實風景交融、特色十足的畫作——其實走進客廳時，梨津就注意到了。

「是啊。」

梨津點點頭。眾人立刻驚呼：「果然！」「好厲害！」

那幅畫的畫家永石，梨津從在電視台任職時就過從甚密，也是私下的好朋友。奏人出生的時候，永石甚至來家裡拜訪，梨津家現在也掛著永石為奏人畫的畫像。

恭平說常有藝術家來作客，因此看到客廳的畫作時，瞬間梨津還以為他們也是永石的朋友。若是這樣，牆上那幅畫應該就和自家一樣是原畫，梨津差點脫口問：「這是原版嗎？」但聽到恭平說「限量」，趕緊把話吞了回去。仔細一看，畫作角落印刷著「1098/10000」，是數量限定、印有限定編號的複製版畫。

「太厲害了！我完全外行，那妳也會遇到藝人那些嗎？」

葉子的問題太直接了，弓月和其他人都笑著制止：「不要這樣啦！」對著梨津露出苦笑。

「對不起，葉子這人有點花痴。葉子，妳不要這麼大剌剌好嗎？」

「怎樣啦？明明大家都想知道吧！比方說，妳有見過志月涼太嗎？」

「有啊。」

梨津點點頭。確實，葉子或許有些花痴的地方，但比起客氣或迴避，直接了當地詢問，反而讓人覺得直爽。聽到梨津的回答，眾人又一陣驚呼：「哇！」「好厲害！」

「什麼時候見到的？他在這一季的電視劇爆紅，妳是在更早之前見到他的嗎？」

「是啊。他剛出道不久，在一齣校園連續劇裡飾演學生角色時，來上過我的節目。」

「哇，那不就是《再會學園》的時候嗎！我最喜歡那時候的他了！」

連先前制止葉子的弓月都雙手合十，興奮尖叫。

「那梨津，這期的晨間連續劇的那個——」

她正要接著說出某個影星的名字時，客廳門打開了。

「對不起！大家正在討論重要的事，我卻離席了。」

博美回來了。手上拿著手機，好像講完電話了。瞬間——不約而同地，所有的人都閉上了嘴，眾人同時轉向博美，彷彿把正在聊的話都吞了進去。

「沒事的，妳好像很忙呢。是工作的電話嗎？」

弓月溫婉地問，博美露出有些困擾的樣子，微微皺起眉頭。她的每一個表情都像一幅畫。

「不是，是香織打來的。」

聽到這名字，在場的人都倒抽了一口氣——似乎。

雖然不知道為什麼，但梨津這麼感覺。博美微微聳了聳肩，沒什麼地接著說：

「她問：妳們是不是在喝下午茶？今天我剛好沒有邀請她，但為什麼她會這麼問呢？香織耳朵特別靈，又很強勢呢。」

表情雖然為難，但博美始終笑容不絕。她做出微微側頭的動作，這次轉向葉子問：

「那榆井老師的事，大家討論出結果了嗎？」

「啊……嗯，我們覺得可以先暫時觀察看看。」

因為早就聊到其他話題去了，因此葉子怯怯地說。「咦？」博美表情有些奇妙地歪頭，很快地轉為笑容：

「這樣啊，太好了。我也覺得這樣比較好。啊，這麼說來，今天還有一個人，真巳子預定要來，她有點慢呢。我打個電話給她。」

博美說，再次出去走廊了。

一股古怪的緊張感籠罩了被留下的眾人，也沒有人再次提起被打斷的梨津工作的話題。

為什麼這個家待起來這麼不舒服？現在梨津完全明白了。

是因為博美散發出來的奇妙緊張感，任何人都不能提起比她更出鋒頭的話題。在這個地方，只允許抬高澤渡夫妻的言論。

這並非強制，博美也沒有露骨地要求什麼，但每個人都覺得有她在場，就沒辦法問梨津任何事。最重要的是，梨津自己就變得如此。在博美面前，她一個字也不敢提起自己的工作，她的直覺告訴她：不要講比較好。

「香織怎麼會知道今天的事呢？」

高橋有些不自然地喃喃說，試著改變話題。城崎笨拙地點頭同意：

「對啊，而且她居然打電話來問耶，實在有點……」

「香織是那個也參加說故事委員會的家長嗎？」

梨津立下決心問個清楚。

從高橋和城崎那天的話，梨津也已經察覺香織在說故事委員會中，也有點被人敬而遠之。兩人說：博美連對那種人都會關心，真了不起。

香織打電話來問妳們是不是在喝下午茶——

這件事讓梨津覺得香織果然不太正常，感到有點恐怖，但比起香織，梨津更介意博美這個人。與其說是博美，倒不如說是包括恭平在內的澤渡夫妻。

不管是剛才的榆井老師，還是香織的話題，對於每個人都貶損的對象，他們兩人都徹底避免直接批評。剛才兩人一起離席，也是如此。

耳朵特別靈、很強勢——這是謹慎地避開直接的貶損而選擇的詞彙。博美以前真的邀請過香織參加「今天剛好沒有邀她」的茶會嗎？梨津直覺一定沒有。

可是，從直呼老師的名字、或是沒有邀請參加茶會來看，澤渡夫妻一定是在進行篩選。一方面彷彿對所有的人都平等地友善，扮演「溫柔的好人」形象，卻又會明確地決定要邀請誰來自家、真正往來。

在澤渡夫妻離席的客廳裡，眾人隔著陳列著精美茶具組的桌子，面面相覷。

「是啊，香織住在同一個社區，我家跟她們家同一樓，所以時常遇到，不過她確實有強勢的地方。」

「該說是不怕生嗎？跟任何人都可以很熟地說話。」

彷彿被博美斟酌措詞的態度所傳染，每個人似乎都在避免直接的批評。

「……不論對任何事，她動不動就說『其實我也是』，對吧？」

弓月這麼說。梨津聞言一驚。因為這句話她也聽過。弓月露出博美那種一副想辯解「這絕對不是壞話」的表情，接著又說：

「像是畢業的高中、工作那些——就連絕對不可能的事，她也要對別人的話回答『其實我也是』。就好像她有一本指導手冊還是什麼，上面說只要像這樣附和，就可以拉近交情，她就是照著上面說的如法炮製。我就被她說過，其他人也是。」

「是啊。」

高橋同樣露出困惑的表情點點頭：

「我也被說過。我說我是仙台人，她就說『其實我也是』。可是繼續聊下去，發現她對仙台一點都不熟，對話牛頭不對馬嘴。」

「原來……是這樣啊。」

梨津也被說了。她說她從事播音工作，香織便說「其實我也是」。她猶豫著該不該在這時說出這件事。

「她那個人真的滿白目的呢。」弓月說。

終於出現對香織明確的批判，場子的空氣似乎總算找到了感情的宣洩口。

「就是說啊。」

葉子緊跟著說，就像要追隨弓月的話。

「可以這麼認定對吧？」

葉子匆匆地說，於是城崎雖然低調，但也同意地說：

「可是，她不是超級強勢的嗎？讓人覺得拒絕會很可怕，結果不敢露骨地閃躲，只好說些無傷大雅的話來搪塞……」

「就是啊！不敢隨便說不呢，感覺要是認真跟她說話，會被她纏上。」

弓月和城崎對望，彼此點頭。這時——

手機震動了，嗡嗡震動聲響個不停。

眾人驚訝地同時抬頭，不知何時回來的，博美人在廚房裡。室內播放著音樂，所以一時沒有察覺，但博美好像是從廚房那裡的門回來的。

葉子和弓月還有其他人——在場每一個人都同時倒抽了一口冷氣。雖然也不是在說什麼尷尬的事，但是在博美面前，為什麼就是如此忌諱說別人的壞話？她從什麼時候就在聽了？自己絕對不說，卻一臉平靜，默默地偷聽別人說其他人的壞話嗎？

拿著手機的博美依然面露優美的笑容。

「不好意思，這次好像是真巳子打來的。」

她掀動美麗的薄唇說。

「她剛才沒接電話，應該是回電了。」

博美柔聲說道，再次離開客廳了。所有的人都用凍結般的眼神目送著，應聲：「啊、嗯。」「慢走。」

在尷尬的沉默中，傳來博美在走廊接電話的聲音：「喂？」

眾人曖昧地看著彼此，這時走廊傳來一聲驚呼：「咦！」

「怎麼會……是、是，不會，沒問題，請不用在意我這邊。」

眾人只聽出似乎出了什麼事。傳來掛電話的動靜，博美回來了。

「不得了了。」博美說。但嘴上說著「不得了」，表情卻沒有任何焦急的樣子，就好像在用那張美麗的容顏演出「困擾驚慌的表情」。

「聽說真巳子遇到車禍了。」

無法訴諸話語的驚愕充滿了客廳。

「她好像要過斑馬線的時候被車撞了。是一臣注意到我的未接來電，用真巳子的手機打給我的。」

「咦！」

這回所有的人都同聲驚叫，就連沒見過真巳子的梨津也是如此。博美在眉心擠出皺紋，喃喃：「真擔心……」

「過斑馬線……意思是車子突然撞過去？」

「聽說是真巳子闖紅燈。明明是紅燈，她卻突然衝出馬路的樣子。不只是撞到她的駕駛，附近的人也都這麼說。」

「闖紅燈？怎麼會……」

「哪裡的斑馬線？」

「車站前面不是有家麵包店嗎？那裡和銀行之間。」

「在那裡……」

只要是住在這一帶的人，應該每個人都曾路過那裡。梨津也大受震驚。

「真巳子還好嗎？」

「聽說正在動手術。」

「動手術……」

沉默籠罩全場。

客廳播放的恭平「精選」音樂清單，從西洋搖滾到梨津等人的年代懷念的J－POP、爵士樂、古典樂都有，似乎全是他的喜好，曲子不停地變換。現在正在播放鋼琴協奏曲，銅鈸的聲音激烈地響起。

聽到那聲音，梨津想起前幾天聽到的巨響。她原本打算如果今天有辦法提出，就詢問一下眾人那是怎麼回事。

彷彿有人重摔在地的那聲音。

上星期發生過跳樓自殺事件呢——梨津覺得已經錯失了提起這個話題的時機。

梨津不願意把剩下的司康和果醬留在據說只吃有機安心食品的澤渡家。不是基於自虐心理，單純只是認為把東西留下來，對博美可能也是麻煩，所以如果能夠，她想要帶回家。

然而——

「還給妳。」

準備告辭時，博美把空的容器遞給她。梨津裝司康和果醬的保鮮盒，在今天忙碌的茶會中不知何時已經被清洗乾淨了。

博美笑吟吟地微笑：

「我替妳洗乾淨了。很好吃，謝謝妳。」

「——不客氣。」

這個人一定連一口都沒吃，剩下的果醬或許也已經被丟掉了。如果博美還給她，還可以跟奏人一起吃……儘管內心埋怨，梨津仍拚命擠出笑容。

她覺得太莫名其妙了。

基於職業關係，梨津認為自己還頗有看人的眼光。

但澤渡博美的這些舉動，她看不到目的。博美沒有露出馬腳，不對任何人敞開心房。挑選特定對象、把別人看得比自己低、直呼家長朋友的名字、和丈夫一起滿不在乎地用露骨炫耀的口氣擺出瞧不起人的態度，卻又不說別人的壞話。不會表現出明確的惡意。

梨津覺得她第一次遇到這種人。

像這樣招待別人來家裡，徹底擔任聆聽的角色，對身邊的人親切，他們到底想要滿足自己的什麼？

當梨津表明她住在澤渡集合住宅時，博美說：

——哎呀！原來是這樣。妳住在我們的集合住宅啊。

澤渡夫妻只是負責改建，並不是社區的地主，博美卻說「我們的集合住宅」。今天也聽到了類似的話。梨津說能搬來這裡很開心，澤渡夫妻便說：

——這完全不是我們的功勞。

——所以請別這麼客氣。

——對啊，我們是鄰居嘛。

這些說法，是不是站在別人應該要敬他們三分的前提之上？

他們大概是想要身為這個集合住宅的「國王」。

梨津從博美那裡接下空的保鮮盒，向她道別。結果這時博美微笑說「啊，對了」，接著這麼問：

「妳不聊廣播節目的話題了嗎？」

梨津懷疑自己聽錯了。

她甚至忘了眨眼，直盯著博美看。博美那張小巧的臉蛋上，形狀姣好的雙眼緩慢地瞇了起來——那瞇眼的動作，完全可以用「陰險」來形容。

「妳遇到名人的事，下次再詳細告訴我喔。」

——那時候她應該不在場啊？

梨津在聊自己的工作時，博美離席不在，所以她才能自在地和其他人聊天。其他人也是，博美不在場，感覺比較好向梨津詢問各種事。

可是，原來博美都聽到了？

梨津覺得被「名人」這個說法刺了一下，一股無處發洩的憤怒貫穿胸膛。

她不明白博美在這個時間點說這種話，到底是何居心，因此默默回視對方，結果博美又裝出那種優雅完美的微笑：

「因為妳說的內容好像很有趣嘛。」

梨津發現，這個人一次都沒有明確地提到過梨津的職業。不管是博美還是恭平都是。好人。

細心體貼，了不起。

澤渡博美確實是這樣的人吧。但是，這個人應該沒有她身邊的人所想的那麼「文雅」吧？也許是梨津想太多了，但是從她過去的經驗來看，明知道梨津是主播，卻完全不提她的職業的人有兩種。一種是客氣、體貼，另一種則是把梨津的頭銜視為炫耀的人。

比方說——博美在茶會的邀請函上正確地寫出了梨津的名字漢字。

『梨津』。

知道梨津的名字怎麼寫，是因為她知道梨津是誰、也知道她的職業的關係吧？

也許博美只是體貼，才會避免在剛見面的時候就提起。但梨津基於經驗，明白如果那不純然是體貼，就非常棘手了。

過度避免提到梨津的職業的人，多半都非常好強。過去她也遇到過一些人，會排斥名人、過度表現出「我不覺得妳有什麼了不起的」的想法。透過話語或態度來強調自己的優越，就叫做炫耀，但梨津很清楚，光是說出自己的職業，對某些人來說，就有可能被解讀為是在炫耀。

她覺得自己會被揶揄地取了個「知性小津」的綽號，也是因為她對這類細微的惡意非常敏感，會忍不住像這樣鑽研深思。比起其他同事主播，自己從以前就缺少那種強悍，可以表現得滿不在乎、毫不介意。

澤渡夫妻完全沒有展現出任何直接明瞭的惡意。他們反而是親切熱心，看起來甚至排斥說別人壞話。但是他們家看似親切，卻是一個炫耀到不行的家，不是嗎？

會這樣想，是因為梨津心眼太扭曲嗎？

可是，那裡真的讓人如坐針氈。待在那個家，明明沒那個意思，梨津的存在本身對他們來說，卻彷彿成了一種炫耀——

雖然他們完全沒有直接說什麼，卻好像被拉上檯面較勁一般。

讓她整個人亂了套。

離開澤渡家，站在走廊上，天色已經開始轉暗了。從社區頂樓遙望的秋季晚霞天空，顯得陰沉悲傷。

「真巳子真讓人擔心。」

「她們家沒事嗎？今天由香里不曉得要怎麼辦。」

由香里。

那應該是「真巳子」的女兒的名字。雖然從未見過這對母女，但光是聽到名字，就感到心痛。

茶會剛開始時那種和樂融融的氣氛早已煙消霧散。在其他人要求下，梨津最後加入茶會常客的ＬＩＮＥ群組，和眾人道別。

◆

梨津前往中庭公園迎接奏人。公園就位在社區建築物中庭，從社區每一戶都可以俯視，對孩子以及照看孩子的家長來說，都是最理想的遊樂園。

「奏人。」

奏人和其他男生在暮色已近的公園裡意猶未盡地玩個不停，足球掉在地上。他們似乎玩了足球和遊樂器材，沒有人帶電玩或漫畫。沒有讓奏人帶這些，真是做對了。

「啊，媽媽。」

聽到叫聲，奏人回過頭來。其他小孩年紀都夠大了，應該可以自己回家，只有梨津一個人來接兒子。

也得提醒其他孩子該回家了——梨津正這麼想，忽然發現在沙坑那裡遊玩的奏人附近，沒看到澤渡夫妻的兒子朝陽的身影。其他男生都在旁邊，卻只有朝陽一個人坐在稍遠處的長椅。

「朝陽也是，茶會已經結束了，趕快回家——」

梨津走向朝陽坐的長椅，經過沙坑，腳底下踩到了東西。清脆的觸感引得她低頭望去，是零食的袋子。是為了安撫出門前吵著要帶掌上型遊戲機的奏人而塞給他的黃金巧克力棒，因為不知道有幾個小孩，所以在量販店買了量販包給奏人，結果後悔可能給太多的那種零食。

「嘿，垃圾要丟進垃圾筒——」

梨津彎身拿起踩到的空袋之一，猛地一陣驚嚇。因為她看到沙坑裡掉著許多包裝袋，一部分埋在沙子裡。

咦……？她一陣詫異。

量販包應該有將近三十根，難道全部吃光了？就四個人？

「奏人，媽給妳的巧克力棒，本來打算讓你們一個人吃兩根的，你們居然全部吃光了？」

他們是小孩，不知節制也是沒辦法的事。巧克力點心味道很重，她很訝異他們居然吃得下這麼多，但說起來都怪她不該給這麼多。梨津語帶嘆息地提醒說，結果奏人一臉錯愕：

「沒有啊。」

「咦？」

旁邊其他男生也和奏人對望，接著仰望梨津說：

「我們每個人都只吃了兩根。」

「嗯，我只吃了一根，我不是很喜歡巧克力。」

「其他都是朝陽吃的。」

「咦——」

聽到朝陽的名字，梨津想到一件事，同時感覺全身的血液都流光了。

只吃有機食品的家庭，博美當然也徹底只讓小孩食用有機食品吧。居然讓小孩拿充滿添加物的零食分享，對澤渡家來說，這一定是無法想像的事。恐怕比梨津帶去茶會的手工司康更離譜。

「對不起！朝陽，我不該讓你吃那種東——」

話說到一半就啞掉了。

屈身坐在公園長椅的朝陽那裡，一點都不誇張，正傳來響亮的潮濕舔舐聲。昏暗的暮色中，公園的戶外燈眨眼似地閃爍了兩下，亮起昏黃的燈，照亮了朝陽坐的長椅。

膚色白皙有氣質的澤渡朝陽，嘴巴和臉頰都糊滿了巧克力。手指也沾滿了融化的巧克力。巧克力不是都已經吃完了嗎？梨津想，望向他的手，看到褐色的塑膠袋。他是在舔融化後沾在袋子上的巧克力。

「朝陽……」

梨津啞口無言，好不容易出聲叫他。舔完巧克力袋子的朝陽，那不曉得在看哪裡的眼睛轉向梨津，焦點凝聚在一起。但他還是沒有放開巧克力空袋，還在舔。他邊舔邊說：

「啊，奏人的媽媽，好的，我要回家了。」

朝陽微笑，可是手和嘴巴仍不離開巧克力袋子——他正在做的事，和表情及說的話完全脫節，他那張肖似博美的臉浮現優美的微笑。

「啊，可是對不起，能不能請阿姨不要把我吃巧克力的事告訴我爸爸媽媽？」

他非常有禮貌地說，注視著梨津的眼睛——然而舔巧克力的動作依然沒有停止——袋子明明早就被舔得一乾二淨了。

飢餓感。

一陣戰慄竄過梨津全身。她想到今天不讓兒子帶遊戲機的理由，平時沒有接觸電玩的小孩，一旦接觸到那炫迷的世界，就會因為飢餓感，甚至忘了和朋友遊戲，獨自沉迷在電玩裡。

其他孩子吃一兩根就滿足的巧克力棒，朝陽卻全部吃光了，仍不肯放開。

公園另一側，其他燈具接連亮起。燈光讓澤渡集合住宅的全景在暮色中浮現出來。家家戶戶的窗戶同時躍入梨津的眼簾。這時，有個顏色大量地占據了視野。

抬頭一看——梨津的視線凍結了。

水藍色。

各處的走廊上冒出了許多水藍色，是搬家用的保護墊顏色。業者都不同，但奇妙的是，只有顏色是共通的。

工人們正將走廊上的家具搬往電梯。不只一戶而已，許多樓層同時有好幾戶在進行搬家工程。

澤渡集合住宅很搶手，難得有空屋。所以到了最近，總算有許多人可以搬進來了，真羨慕——梨津原本這麼想。

但是她錯了。

這些搬家作業，不是要搬進來的。家具不是被搬進屋裡，而是搬向電梯——搬出社區外。戶外燈光映照出來的窗戶，有許多都沒有掛上窗簾、一片漆黑。

是在搬走——梨津發現。發現的同時，她的眼睛瞪大了。人們正在從這處社區消失，家家戶戶的燈火開始東缺一塊、西缺一塊。

朝陽舔著巧克力，塑膠袋磨擦的聲音潮濕地作響。這聲音久久不息。

隔天，梨津得知遇到車禍的「真巳子」沒有恢復意識，在醫院過世的消息。

◆

想要在最後見她一面呢——

這句話映入眼簾，瞬間梨津以為自己眼花看錯了。

她拿著手機，忍不住「咦」地輕呼一聲，丈夫雄基被引得詢問：「怎麼了？」

哄奏人入睡後，梨津在廚房看手機。她猶豫著不知道該怎麼說，只對丈夫喃喃應道：

「哦，沒什麼……」

原本預定參加博美茶會的「真巳子」車禍過世了。

她的訃聞在以那天的茶會成員為主的ＬＩＮＥ群組中發布後，訊息通知便接連不斷。

眾人都對曾經的家長朋友真已子的過世表達震驚與哀悼，嘆息到底怎麼會發生這種事──總覺得最近經常發生這類怪事──並說一想到真巳子的丈夫和女兒，心都快碎了，難過不已。

梨津也明白那種心情。同為小學生的母親，光是想像留下孩子撒手人寰的母親會有多麼遺憾，實在難以承受。

但她也覺得自己在這時候加入LINE群組，時間點實在太糟了。眾人以朋友身分哀悼的「真巳子」，梨津完全不認識。或許曾經在學校活動擦身而過，但既然連一面之緣都沒有，要和其他人同樣地表達哀悼，也教人躊躇，她頂多只能留言「這件事太令人震驚了，真不知道該說什麼才好，祈禱她在天之靈能夠安息」。這段期間，其他人的訊息也不斷地洗版，梨津寫的那句話一眨眼就不曉得被沖刷到哪裡去了。

也得通知同班的誰誰誰的媽媽才行、某某跟她感情很好，一定打擊很大。訊息裡出現的全是剛加入群組的梨津陌生的名字，讓她有種偷窺其他社群私密對話的心虛感，所以看到一半，她就只是隨便掃過去就算了。

接到訃聞的隔天，梨津問從學校回來的奏人：「老師有沒有提到某某的媽媽？」奏人愣住，反問：「提到什麼？」

梨津原以為老師或許會把車禍的事告訴學童，但似乎沒有。應該是認為那是發生在個別家庭的悲劇，沒必要大肆宣傳吧。

——想到這裡，梨津心想：現代即使發生了某些犯罪或意外事故，也只有少數的當事人才了解狀況。這若是梨津小時候，當地每個人都緊密相關，任何事情一眨眼就會傳遍大街小巷，但是像這一帶的這種地區，都是從外地搬來的核心家庭，消息只有一小部分的人才知道。她重新認知到：過去這個社區內發生的事，可能也有很多她都不知情。

比方說，前些日子雄基目擊到的自殺。

當時過世的人或許也有小孩。搬離這個社區的每一戶的背景，梨津也一無所悉。

先前參加完茶會以後，梨津把最近似乎很多家庭搬出澤渡集合住宅的事告訴雄基。當時雄基只是語氣悠哉地應：「咦，是嗎？可是有人搬出去，就會有其他家庭搬進來，只是這樣而已吧？」這個話題就此打住。

但後來梨津便留神察看，就她注意到的範圍內，幾乎沒有新的住戶搬進來。看到搬家業者的次數更多了，但似乎全都是「搬出去」。

「出了什麼事嗎？」

雄基從客廳沙發轉向廚房，再問了一次。

「嗯……」梨津點點頭，走到丈夫旁邊。「我之前不是說，這個社區有個媽媽車禍過世嗎？她本來要去參加博美她們家的茶會。」

「哦，妳說有六年級小孩的那個媽媽……」

「對啊。她的葬禮好像要在夫家那裡辦，只有自家人參加。」

「咦，只有自家人喔？」

「嗯，果然是因為車禍過世的關係嗎？」

「啊……」

丈夫了然地點點頭。

葬禮細節也傳到那個ＬＩＮＥ群組了。葬禮在丈夫老家舉行，離這裡很遠，守靈和告別式都只有近親參加。

得知這件事，梨津心想也許家人是不願意讓太多人看到車禍過世的遺體。自己本來就不是「真巳子」的朋友，也不是需要參加她的葬禮的關係，因此並未多加留意。

可是——

「ＬＩＮＥ群組的人從今天早上就在討論……說就這樣道別太寂寞了，至少想去她們家上個香。但我覺得人家都說只限近親參加了，這樣可能會造成喪家的麻煩。」

「唔，車禍來得這麼突然，家屬心情應該也都還沒有平復吧。」

「嗯，我覺得等到喪家更平靜一些以後再說比較好，而且在葬禮前的這個時間點跑去，未免太沒常識了吧？如果想要致哀，可以打唁電或是送花啊。」

「這些人是全職主婦嗎？妳不跟她們說一聲，她們是不是想不到啊？」

梨津也明白雄基想要表達什麼。他應該是想要說，她們沒有社會經驗，所以也不熟悉遇到喪事時該如何應對。雖然就算是全職主婦，狀況也是千差萬別，而且就算出過社會，也有些人對婚喪喜慶的常識完全陌生，因此不能一概而論，但梨津也覺得她們的LINE訊息確實過於感情用事了。

『就這樣再也見不到，太難過了』、『真巳子，我還無法接受這個事實』、『我好想妳』、『至少想要去上個香呢』、『對啊，有人知道怎麼直接連絡她先生嗎？』

主導話題的，是在茶會上也露骨地批評兒子導師的葉子，在她的煽動下，眾人也熱烈附和「想要去上香」。

「她們確實幾乎都是全職主婦，但應該不用我提醒也沒問題吧。畢竟圈子的中心是之前我告訴你的澤渡夫妻的太太。」

問到葬禮的詳情，最先傳到LINE群組的就是博美，但後來她尚未積極地做出發言。所以梨津看著熱烈過頭的對話，隱約期待博美會出面勸阻眾人。認為她一定會得體地收拾場面。

然而——

「結果剛才博美傳訊息了。我以為她一定會勸阻眾人，沒想到她居然說『想要在最後見她一面』。」

沙發上的雄基微微蹙起眉頭，梨津也完全是同樣的心情。雄基開口：

「見她一面，這……」

「我覺得是如同字面上的意義，是在提議大家一起去上香，瞻仰遺容。」

「為了什麼？」

這很像重視理性的雄基會問的問題。梨津困惑地搖頭：

「應該是想直接見面，跟她道別……」

這場死亡來得非常突然。家屬的情緒也還無法平復，所以才會決定葬禮只有近親參加吧。為什麼連這麼簡單的事情都無法想像？這麼做，彷彿重要的不是對方，而是讓她們極盡所能地為真巳子的死哀傷。看似一番好意，其實是把對方的死當成了她們的一場活動。

博美卻不制止。

梨津甚至覺得從某個角度來看，這一連串訊息當中，「想要見她一面」這句話是最為惡劣的。所以剛看到的時候，她以為自己看錯了，卻沒有人覺得這很不恰當嗎？

晚了幾拍，博美又傳了訊息接著說：

『我們家的朝陽跟由香里很要好，現在由香里的媽媽過世了，朝陽也說想要跟阿姨說再見。如果沒辦法的話，至少我們這些好友也要好好地和真巳子道別，對吧？』

博美這段訊息，瞬間引來其他人的反應：『就是說啊，最後還是想見她一面』、『現在或許還來得及』、『嗯，我們家的孩子也跟由香里很要好』、『趕快連絡她先生吧』——LINE的通知鈴聲響個不停。

梨津實在看不下去，暫時關掉LINE的通知功能，把手機擱到桌上，雙手按胸，深深吸了一口氣，雄基說：

「妳還好嗎？妳不用去啦，如果不想去的話。」

「謝謝。我不認識過世的人，本來就沒有必要去。所以沒事的。」

這件事讓她打從心底鬆了一口氣。「真巳子」是遇到車禍過世，她的遺容是否保持完整都不知道啊。

LINE群組的那些人真的本來就跟「真巳子」親近到會為她這麼悲傷嗎？她們真的有這麼喜歡死者嗎？

「我去洗澡。」

梨津對雄基說，離開客廳。

洗完澡後，再次回到客廳，打開手機，發現LINE群組已經討論出結果了，博美傳訊息說『我跟一臣連絡上了』。

『明天中午到傍晚，真巳子會在我們社區的自家住處。聽說在老家的葬禮，婉拒一切奠儀贈花，但明天可以收枕花這類簡單的獻花。其他大概就是卡片吧？

如果還有其他人想見真巳子最後一面，請盡量幫忙告訴更多人好嗎？』

雞皮疙瘩爬滿了全身。

梨津屏著呼吸，盯著螢幕，目光再也無法移開了。其他大概就是卡片吧？真巳子會在我們社區的自家住處，請盡量幫忙告訴更多人好嗎？——遣詞用句都相當溫和，充滿博美一貫的體貼，卻讓梨津不寒而慄。其中最教人難以置信的是最後的呼籲，請盡量幫忙告訴更多人——這樣搞，完全違背家屬只想辦家祭的原意了。

她應該是以那優美的言詞，以及夫妻親切的態度，連絡了死者的丈夫吧。他們用那種距離感，讓對方錯覺「如果拒絕，未免太冷漠無情」，贏得了「上香」的權利。梨津認為絕對就是如此。

這時，聊天畫面冒出一團鮮豔的色彩。

『幹得好！』一隻兔子卡通角色豎起大拇指的貼圖——是葉子傳的。

博美的舉動固然離譜，但是在這種時候用這種俏皮卡通貼圖的葉子到底在想什麼，一樣讓梨津無法理解。在談論別人葬禮的內容中，葉子時不時傳送這類貼圖表情貼。是梨津過分嚴肅，才會覺得這種行為不莊重到令人抓狂嗎？

「梨津，怎麼了？」

接著梨津之後洗完澡，換上睡衣的雄基走進客廳。

「你看。」梨津默默遞出手機。確定丈夫接過手機瀏覽完對話後，她問：

「普通會在這種討論裡面用貼圖嗎？」

「我是不知道，但是對這些人來說，這樣做應該很普通吧。對妳而言，或許覺得不可置信，我也覺得有點離譜，但說得極端點，就算這是她們自己的葬禮，被朋友之間這樣談論，她們應該也不覺得有什麼吧。」

「是嗎？」

如果換成是梨津自己——想到這裡，她一陣悚然。自己的死亡是只屬於自己的，哀傷是只屬於梨津和家人的。被別人像這樣用一堆貼圖顏文字輕浮地討論，她絕對不願意。

「可是好意外呢。」

雄基把手機還給梨津，苦笑著說。「什麼東西意外？」梨津問，雄基說：

「我還以為澤渡博美是個更理性的人，我本來以為她跟知性小津會很投合。」

「這——」

不要拿我跟她相提並論——話都來到嘴邊了。但是說這種話，彷彿把博美當成假想敵一樣，令人氣惱。

「……她在事業上似乎也有一番成績，應該是個知性的人。可是怎麼說，有知性並不代表有品性，這次的事，我覺得做為一個人，實在太沒品了。」

博美應該也意識到梨津會看到這些ＬＩＮＥ內容，然而她絲毫沒有考慮到梨津看到這串對話，會像這樣目瞪口呆的可能性——就像雄基說的，因為對她來說，這才是「普通」。

「澤渡博美是這個人吧？」

丈夫忽然說。梨津望過去一看，丈夫不知何時用自己的手機打開了某些畫面。

「咦？」

「我從搬進這個社區的時候就開始就追蹤了她先生的ＩＧ，有時候也會從那裡看到太太的ＩＧ。」

妳看——雄基亮出手機螢幕，上面顯示應該是博美的ＩＧ畫面。符合秋季氣息，使用南瓜做成的塔盛放在碟子上，擺在布置得品味出眾的餐桌上，以絕妙的角度拍攝。

『今天用每年都會收到的鬆軟南瓜親手做了南瓜塔。家人也都說好吃，兒子還說：有田地泥土的味道！他就像我們家的甜點精選師。（還是詩人？）』

那宛如從雜誌的一頁裁切下來的別緻照片，讓梨津忍不住讚嘆。上面的南瓜塔一定也都使用有機食材吧。

目光忍不住停留在「兒子」兩個字上。兒子——朝陽，那天在暮色將近的中庭公園裡，一臉笑容地狼吞虎嚥著巧克力零食的男孩。

「她的ＩＧ很常更新，真厲害。」

丈夫說，梨津應著「是啊」，準備把手機還回去的時候，瞥見ＩＧ畫面上的日期，一道冰冷的感覺滑下背脊。

——日期是今天。

博美今天做了南瓜塔。做了南瓜塔，擺飾得漂漂亮亮，拍成照片，上傳ＩＧ。用和媽媽朋友們在ＬＩＮＥ群組說「真巳子怎麼會發生這種事」、「好難過」、「想在最後見她一面」的同一支手機。發在群組裡的人可能也都有追蹤的ＩＧ上。

朝陽也說想要跟阿姨說再見——在這麼寫的同一天寫下「兒子還說：有田地泥土的味道！他就像我們家的甜點精選師。（還是詩人？）」——那俏皮的文字再次讓人覺得假惺惺到了極點。

明明說想要好好送別真巳子。

說起來，「好好送別」這種說法，不也是用善意包裝的傲慢嗎？為什麼都沒有人發現？

「我說……」

「嗯？」

梨津忍不住對伸手接手機的丈夫說。

「你想不想搬家？」

「咦？」

雄基驚訝地回應。聽到那聲音，梨津回過神來，連忙微笑，掩飾地說「開玩笑啦」。

「抱歉。上次的跳樓自殺，還有這次的車禍，怎麼說，連續發生好多事，我覺得有點沮喪——而且最近好像很多戶都從社區搬走了。」

「以後要搬走也是可以，不過妳是怎麼了？我們不是才剛搬進來嗎？沒有說搬就搬的吧？這一帶已經找不到坪數這麼大的地方了。」

「說的也是。」

務實一點思考，就知道困難重重，但梨津還是衝動之下說出口了。抱歉抱歉——梨津道著歉，把手機還給丈夫。

◆

隔天，梨津在「真巳子」家所在的社區北側看到博美和葉子等人。

下午正要出門採買晚餐食材的梨津一看到她們，連忙轉換方向。她們應該是要去「真巳子」家上香吧。一眼望去，博美、城崎、高橋、弓月穿著黑色系的衣服，但只有葉子一個人和平常一樣，穿著運動休閒服。但她手上也有一把花束，似乎是要獻花用的。

雖然沒必要躲避，但梨津總覺得心虛，靠到走廊轉角處，免得被她們看見。

她屏息等待她們離開。

因為她認識每個人，如果不打招呼，光是這樣就像是無視對方，實在很困窘——可是與我無關，因為我跟她們要去弔唁的「真巳子」一點都不認識。

梨津這麼告訴自己，遠遠地繞到社區另一邊的南側入口去購物。

去到附近的超市，挑選商品，心情仍有些沉重。不管再怎麼認為「與我無關」，自己都不斷地被她們圈子的邏輯給拉過去。

「——聽說是被什麼人追趕欸。」

話聲傳進耳中，她忍不住抬頭。

是在收銀台結完帳，正在裝袋的時候聽到的。她忍不住望向聲音傳來的方向。兩個年紀比梨津更大、應該是住附近的兩名主婦站在門口附近，提著購物袋正在交談。

「被人追趕？誰？」

「不曉得，可是聽說她大叫：『不要過來！』然後就衝出去了。」

「天啊，真恐怖，是不是變態？」

「這也不曉得，可是當時在旁邊的人說聽到她這麼說。」

——衝出去。

心臟猛地一跳。「衝出去」這三個字，讓她忍不住想到「真巳子」的車禍。被什麼人追趕，大叫：不要過來——這是不是在說那場車禍？

雖然很想再聽到更多細節，但似乎已經買完東西的兩人離開超市了。正在裝袋的梨津也連忙追上她們。但走出超市時，兩人早已不見蹤影，也不曉得她們往哪個方向離開。

到了這時，梨津才赫然回神。

——我是怎麼了？

她們在談論的或許不是「真巳子」的事，為什麼我要這樣急急忙忙地追上來？就算她們真的是在談論「真巳子」，也與我無關啊。

或許我是累了。今天直接回家，在奏人回家前好好休息一下吧。後天還有廣播錄音工作，必須在那之前熟讀來賓的資料。梨津這麼想，就要往社區方向走，這時——

「小梨。」

有人叫她的名字，她提著購物袋，停下腳步。東張西望尋找叫她的人，卻沒看見人影。結果——

「喂～小梨！對不起，嚇到妳了？」

梨津瞪大了眼睛。停在超市旁邊馬路的紅色奧迪車窗倏地降了下來，左駕的駕駛座上，露出戴墨鏡的男子的臉。因為戴著墨鏡，一時看不出是誰，但一會兒後梨津認出是澤渡恭平，博美的丈夫。

「——澤渡先生。」

「就說叫我恭平就好。小梨，出來買東西嗎？我太太她們好像在一起，妳沒有一起嗎？」

恭平的口氣讓梨津覺得很彆扭，但哪裡彆扭，卻又說不上來。她不明所以地含糊應聲：「嗯。」恭平在車子裡再次問：「妳不用去嗎？」

「我太太她們說要去跟真巳子做最後的道別。」

「……我和真巳子女士生前並不認識。」

「這樣啊。這麼說來，我太太說有邀妳，但被妳拒絕了。」

梨津沒有應話，只是含糊地笑。確實，今早她收到LINE訊息——突來的訊息，不是群組，而是博美單獨傳給她。

『今天我們要去跟真巳子道別，妳也要一起去嗎？總覺得那天茶會在一起，也算是一種緣分，如果妳也去道別，真巳子和一臣也會很開心的。』

這個人在說什麼？——梨津想。

真巳子和一臣也會很開心——是因為梨津的職業嗎？是因為她是「名人」嗎？

但搞不好博美是想要把「帶梨津一起去」這件事當成自己的功勞。想要把梨津當成自己的手牌，不是嗎？

感覺這個邀約，就好像昨晚以來一連串宛如某種慶典的亢奮的延續，梨津只回了一句『我就不去了』。梨津覺得博美那種想要過度攪和別人死亡的神經不可理喻，說得更白一點，令人不快。回覆之後，博美就沒有連絡了。

「是喔？」恭平點點頭，又望向梨津。「欸，小梨。」

「是。」

「——妳還好嗎？」

恭平忽然摘下墨鏡。

「真巳子的事，是不是也讓妳覺得情緒低落？總覺得妳看起來非常勉強自己，妳沒事吧？」

雞皮疙瘩爬了滿身。

「我送妳回家吧？」

恭平提出。

「妳的東西看起來很重，上車吧，我送妳回社區。」

梨津發現到底是哪裡彆扭了。

因為恭平叫她小梨。這是上次參加博美的茶會以後第一次見面，而且梨津和恭平之間根本不是這麼親近的關係，他卻露骨地拉近了距離——就和直呼其他媽媽朋友的名字「葉子」、「真巳子」一樣。

「真巳子」都已經過世了，恭平卻不放尊重點，一樣直呼她的名字，也讓梨津感覺到無法忍受的嫌惡。

「……我很好，東西也沒多重。」

梨津努力擠出明朗的微笑回應。社區和超市近在咫尺，完全不勞別人送，再說，在生活圈這麼近的地方，坐上丈夫以外的男人的車，萬一被人撞見，不曉得會引起多大的誤會。

梨津的腦中警報大響，她不認為這是自作多情。她從單身的時候，就經常被花花公子這樣試探，所以她感覺得出來。那種男人自信十足、相信自己遊刃有餘，所以從未想過會遭到拒絕，他們那種露骨而一廂情願的好意和欲望——

雞皮疙瘩遲遲不消。梨津克制著不適，微笑說：

「請替我向博美問好。」

她刻意提起博美的名字，往前走去。雖然感受到恭平有話想說的視線仍在看她，但她快步離去。她甚至期待她急促的步伐能夠讓對方了解她明確的拒絕，愈走愈快。

絕對不回頭，來到集合住宅前面，總算能夠深呼吸時，她才發現自己幾乎屏住了呼吸，身心都緊繃到了極限。為什麼自己非經歷這種感受不可呢？正當梨津覺得實在太沒天理的時候——

南側入口前有個人影搖晃了一下。

咦——梨津瞠目結舌。原本靠在門旁、貌似女性的人影朝這裡走了過來。看到那身影，梨津再次倒抽了一口氣。

是香織。

香織的眼睛看著梨津。

「妳……妳好。」

梨津露出僵硬的笑。這是說故事委員會那天以後，兩人第一次交談。在博美的茶會上，她聽說香織也住在這個社區。那麼，先前都沒有遇到只是運氣好，往後必須成天提心吊膽才行嗎……？

「那個……香織、女士也住在這個社區呢。我——」

梨津差點當成寒暄，無意識地說出自己住幾樓，連忙把話吞回去。先前不是才在想，絕對不能把自己的任何資訊透露給她嗎？

「我？」

香織以緩慢的動作注視著梨津，她是沒聽到梨津的話嗎？跟這個人交談，完全抓不到節奏。梨津生硬地點點頭。
「香織女士住在澤渡集合住宅對吧？」
「哦——與其說是住……唔，最近啦。」
「哦……」
意思是剛搬來嗎？明明關係也沒親近到叫對方的名字，但梨津不知道香織的姓氏，只能這麼叫，讓人不舒服。
「之前在討論今天要去真巳子家的事，幾樓？」
「咦？」
香織問得太突兀了，梨津一陣錯愕。見梨津沒應聲，香織把上身往前探：
「欸，幾樓呀？」
「……我不認識那位女士。」
這句話我到底要說幾遍？為什麼只是因為「不幸過世」，我就得被博美、被恭平、被香織逼著哀悼不可？
香織誇張地睜大眼睛，發出孩子般的驚呼聲：
「咦，不會吧！可是妳不是被叫去參加那個茶會嗎？我沒被邀請，所以不知道在哪裡，只好到處問人，或是跟著別人去，但妳不是收到正式邀請函嗎？我家小孩說看到了。」

梨津的呼吸停住了，彷彿遭到了一記重毆。

她到底在說什麼？對方亂無章法的內容固然令人啞口無言，但聽到「小孩」兩個字，梨津背脊一陣冰冷。茶會的邀請函，的確是奏人從博美的兒子朝陽那裡拿回家的。

難不成她叫自己的小孩監視奏人的行動嗎？

「欸。」

香織的眼睛不客氣地看著梨津。她看起來還是比其他母親老了許多，一點都不像小學生的母親。線條蓬鬆的白色洋裝也是，舊巴巴的，款式落伍。因為是白色的，領口周圍的蕾絲開始泛黃，彷彿丟在櫃子裡好幾年般的褐色汙漬格外醒目。

香織慢條斯理地問：

「欸，妳該不會在跟澤渡交往吧？妳們是那種關係？」

咦！驚呼卡在了喉間。雖然奇怪對方沒頭沒腦說什麼，但更強烈的混亂席捲而來。「澤渡」——這是指博美嗎？可是，梨津剛剛才被攀談——被博美的丈夫「澤渡」搭訕。

交往？那種關係？

雞皮疙瘩猛地冒了出來。被她看到了嗎？可是，什麼時候？回來這裡的路上，不記得有看到香織。

「什麼意思？」

梨津困惑地反問。香織目不轉睛地看著她。下一秒，那張臉笑了開來。是貼上去般的微笑。

「沒關係啦沒關係。」

什麼東西沒關係？要是她有了莫須有的誤會——梨津正欲辯解，卻聽到了難以置信的內容：

「其實我也是。所以沒事啦，安啦安啦，很多人都這樣，妳不用放在心上。像弓月也是。」

「咦！」

這次梨津真的驚呼出來了。但香織不為所動，兀自點著頭，就好像依著自己的脈絡繼續對話。

「我也忠告過弓月了。所以那邊應該也快了，別在意。」

「呃，可是……」

「唉，真是的，本來想讓她來替我的，到底要找誰才好呢，真教人猶豫呢……可是非決定不可了，差不多要結束了。」

「呃……妳在……」

「別在意，沒事的，因為我也是。」

——香織動不動就說「我也是」，這件事梨津已經在其他人那裡聽說了。就算是奇怪的事、牛頭不對馬嘴的事，她一樣要說「我也是」。說她和梨津一樣是主播、說和別人是同鄉。就彷彿有一本指導手冊，相信只要表達共鳴，就可以拉近交情。

臉頰整個繃住了。

「這樣啊。」

梨津喃喃道，微笑說：「那我失陪了。」她掛著微笑，準備從香織旁邊經過時，感到一種從頭頂到腳尖整個緊張起來的感覺，被一股無以名狀的恐懼所席捲。跟這個人說不通。只要表達共鳴，就能心靈相通的指導手冊。如果香織真的是照著那種規範行事，那麼豈不是根本不是人了嗎——？

梨津揶揄地這麼想，再次感到毛骨悚然。就在經過香織旁邊時，梨津發現她的手中拿著東西，是白色的塑膠袋。

裡面裝著要給真巳子的花嗎？梨津猜想，但不是。白子袋子裡面有零食包裝袋，而且相當大。量販包的零食袋感覺不到厚度，裡面應該已經空了。

為什麼帶著這種垃圾？——她不是要去弔唁嗎？

「啊。」

被她發現我在看了。香織看著梨津，然後問：

「要吃嗎？」

一股冷氣從鼻腔竄出。

「我先走了。」

梨津拒絕正面回應，跨出步伐。總覺得香織還在看她的背影，梨津不敢回去自己家。

她抱著購物袋，幾乎想要撓抓頭髮：今天怎麼會衰成這樣！不想回家，不想被香織知道自己住在哪一戶。

穿過通道，從南側刻意走向澤渡家和「真巳子」家所在的北側。途中經過攤開保護墊的住戶前面。她厭煩萬分，懷著想要轉頭不看的心情繼續走。

這時，她注意到手機在震動。身上的斜肩包傳來震動的感覺。

她知道呼吸急促到快要喘不過氣來了。

喪服和便服不統一的一群人，帶著獻花前往弔唁的媽媽朋友、八卦意外事故的超市主婦、以黏膩的眼神提出要送梨津回家的澤渡恭平、在南側入口埋伏似地幽幽走近的香織、其實我也是，差不多要結束了——要吃嗎？

不能回家。好想回家，可是不能回家。

——感覺全都像一場惡夢，梨津反射性地拿起震動的手機。感覺那震動就像是結束惡夢的鬧鐘鈴聲。

——但是她錯了。

螢幕上顯示的，是「澤渡博美」四個字。

瞬間，梨津倒抽了一口氣。她之所以接電話，是因為她再也受不了了。博美找她到底有什麼事？

「——喂？」

『喂，梨津？現在方便嗎？我有事想問妳。』

心跳聲變大了，她後悔接了電話。

恭平剛才在奧迪裡面向她搭訕。萬一有人看到的話，梨津沒有任何過失，她拒絕了恭平送她的要求。可是——

——其實我也是。

我也是？我也是怎樣？我跟恭平毫無瓜葛。——安啦安啦，很多人都這樣，妳不用放在心上，像弓月也是。怎麼會突然冒出弓月的名字？聽說弓月住在北側大樓，是比博美年輕的媽媽朋友，在那場茶會裡，確實是最年輕可愛的一個。恭平對葉子、真巳子等許多媽媽朋友都親密地直呼名字，也跟城崎和高橋說了不少話，但這麼說來，或許唯獨跟弓月沒說上什麼話。如今回想，這或許就代表了那麼一回事。可是——

她不記得有什麼理由讓恭平厚臉皮地拉近距離叫他「小梨」，他一定也是在不知不覺間——就開始親熱地叫我的名字。
我最討厭那種男人了。
如果博美問起這件事，我就明確地這麼回答，直接告訴她「我很困擾」。梨津如此立下決心，然而——
『妳有沒有給朝陽巧克力零食？』
來自意想不到方向的問題，讓梨津的呼吸凍結了。她想起了濕答答的舔舐聲。散落在沙坑的塑膠包裝袋。朝陽開朗地要求「請不要告訴我爸爸媽媽」的笑容。
博美的聲音變得低沉、模糊：
『求求妳，回答我。妳給朝陽「樵夫的華爾茲」了嗎？』
「樵夫的、華爾茲？」
聽到具體的品牌名稱，肩膀鬆垮下來。「樵夫的華爾茲」是孩童間流行的零食，樹木形狀的餅乾裡填著巧克力醬。那天梨津讓奏人帶去的零嘴是黃金巧克力棒，不是「樵夫的華爾茲」。看來博美問的不是茶會那天的事。
博美的聲音很急迫：
『我問了每一個人。今天我回家的時候，看到朝陽手上拿著那種零食，我問他怎麼來的，他說是人家給他的。』

那聲音聽起來驚慌失措、大受動搖——同時也感覺得出更勝於驚慌的暴躁。

『之前也發生過這種事。市售的巧克力味道很重，只要嘗過那種味道，就會忘掉自然甜味的好了，對吧？所以我們家非常小心避免這些東西，但萬一他已經吃過了，那該怎麼辦？朝陽說他只是拿到，連一口都還沒有吃，可是萬一其實他已經吃過了……』

昨天看到的博美的ＩＧ貼文在眼底深處閃爍著。

用每年收到的南瓜做的塔、品味出眾的布置。兒子還說：有田地泥土的味道！他就像我們家的甜點精選師——

——白痴啊？梨津想。

妳朋友都死了耶？嘴上說著妳很傷心、想要見朋友最後一面，卻為了兒子可能吃了市售的巧克力，在那裡驚慌失措、暴跳如雷。吃到一點零食罷了，小孩才不會因為這樣就死掉。

他早就吃了不曉得多少根巧克力棒了，吃得咂咂作響的。過去那孩子一定也都是這麼做的。那可怕的飢餓感，不就是妳搞出來的嗎？

雖然有股想要這麼嗆她的衝動，但因為實在太荒謬了，梨津啞然無語。明明我想回家卻回不去。因為香織可能在盯著，所以我只好提著沉重的購物袋，在這裡講這種白痴電話。

難怪妳丈夫會搞外遇，梨津想。

『妳在聽嗎？梨津。』

有啊——梨津回應，但似乎被對方聽出她只是在敷衍了。電話另一頭傳來博美惱怒的聲氣：

『什麼啦？妳很瞧不起我對吧？』

聲音刺進鼓膜裡。博美生氣了。

『妳這人太自我意識過剩了。』

博美說。聲音在顫抖。

『妳一定以為妳光是在那裡，別人就會嫉妒妳對吧？每個人都很在乎妳、羨慕妳，光是妳這個人和頭銜，就可以把對方壓得抬不起頭來。「我只是很平常地做我自己而已，可是每個人都這麼在乎我，真傷腦筋」——妳一定是這麼想的，對吧？可是那只是妳的願望。妳根本就長得不怎麼樣，也一點都沒什麼厲害的。』

博美滔滔不絕地說個不停。梨津連是不是真的聽到這樣的內容都不確定了。有風聲，啪噠啪噠吹個不停。梨津不記得自己有坐電梯，她應該走在社區一樓，卻有著站在高樓通道般那種風啪噠啪噠吹拂的聲響。

那只是妳的願望。

博美再次說。

『是妳在自以為是。跟別人比較，妳覺得「我好了不起，我是特別的」——希望別人關注妳、在乎妳、跟妳比較、來跟妳較勁，可是那都是妳自我意識過剩的願望。我們根本不在乎妳這個人、根本沒把妳放在眼裡。妳對我的優越感是錯得離譜，根本就是滑稽。妳只是希望我去在乎妳這個人罷了。』

梨津並沒有這麼想。

我才沒有。

儘管這麼想，風聲卻強到讓她答不出話。啪嗟啪嗟啪嗟，啪嗟啪嗟啪嗟，身上的衣服不停地拍動，頭髮也飛揚起來。這樣下去，會抓不住手上的袋子。

啪嗟啪嗟啪嗟啪嗟、啪嗟啪嗟、啪嗟啪嗟啪嗟啪嗟。

拍動的聲音持續不停。

購物袋幾乎要離開手中了。

等一下，我知道，樵夫的華爾茲。

那個袋子提在——

『什麼嘛，瞧不起人！』

她聽到博美不甘心的罵聲。

那聲音教人聽了陶醉不已。

甚至讓人感到安寧。

她在乎我。

強烈地在乎我。

儘管不停地說著「我才不在乎、妳錯得離譜、那是妳的願望、是妳一廂情願」，但博美說得愈多，與她說的恰恰相反，一清二楚地證明了她對梨津有多麼地在乎。輸給妳我好不甘心、我好羨慕妳——聽起來就像在這樣讚美。

再多說一點——梨津想。

◆

醒來的時候，梨津一個人躺在黑暗的房間裡。

一瞬間她不知道自己身處何地。撐起上半身，一陣頭痛。二十多歲的時候，工作壓力導致失眠，必須依靠助眠藥物入睡，醒來後總是頭痛不已。就和那時候一樣，是那種正要脫離強力藥物的酩酊狀態般的感覺。

她人在集合住宅的自家臥室。

我是什麼時候回來的？衣服和出門時一樣。枕邊奏人的火箭造型鬧鐘指著七點。

七點——看到這時間，梨津大吃一驚。周圍早已落入一片漆黑，窗簾拉著。自己到底睡了多久？奏人應該回家了。難道我把兒子關在家門外了嗎？焦急讓梨津一口氣清醒了。

「奏人——」

汪！

身旁傳出聲音，細一看，哈奇正在舔梨津伸出去的手。牠吐著舌頭，有些激動地仰望著梨津。

「哈奇……」

潮濕的鼻子不停地抽動。定睛一看，即使在昏暗之中，這孩子也真的好可愛。從被舔的手指開始，現實感似乎逐漸回到全身。感覺得到這孩子在擔心她。

這時，房門慢慢地打開來了。走廊的燈光射入室內。

探頭進來的是雄基。

「妳醒了？還好嗎？」

「老公……」

頭好痛。走廊射進來的燈光好刺眼。

「咦？哈奇，你在哪裡？」

丈夫背後傳來奏人的聲音。哈奇回應那聲音似地離開了臥室。很快就傳來奏人開心地叫哈奇的聲音，梨津鬆了一口氣。太好了，奏人平安回家了。

「對不起，我睡著了。不曉得什麼時候睡著的……」

「沒關係啦。如果還不舒服，繼續躺著吧，晚飯我會隨便做一些吃的。倒是妳吃得下飯嗎？如果還不舒服的話……」

「你今天好早回來。對不起，我真的連自己什麼時候回來的都不記得……」

「咦？」

擔心地看著梨津的雄基露出訝異的表情。他和梨津對望，問：「妳不記得嗎？」

「不記得什麼？」

「妳打電話給我。聲音就像在尖叫。」

「咦——」

「妳真的不記得嗎？」

丈夫的表情更擔心了。梨津目瞪口呆地反問：

「電話？」

雄基訝異地看著梨津，但梨津才覺得丈夫在騙她。因為她真的沒印象。記憶中斷了。

下午出門買東西，在集合住宅前面看到博美她們，去了超市，回來的時候，被香織埋伏——

從這時候開始，時間感就變得模糊了。

覺得好像也被澤渡恭平勾引、接到博美惡夢般的電話——

雄基走近床邊，視線對著坐起來的梨津，坐到床沿。一段躊躇般的沉默之後，他問：

「那這件事妳也不記得了嗎？」

「什麼、事……？」

「澤渡博美從自家陽台墜樓身亡了。」

噫——呼氣竄過喉間。

梨津的眼睛張到不能再大。雄基在說什麼？怎麼會——嘴唇發僵，臉頰繃住。

「墜……樓……？」

「……我不清楚正確狀況是怎樣，但社區裡的人都在傳，說可能是兒子朝陽推下去的。有人在樓下目擊到博美在陽台凶神惡煞地追趕兒子，說兩人扭打成一團，結果太太墜樓……」

「你騙我的吧？」

質疑的聲音變得遙遠。雄基的眼睛浮現痛惜的表情，他對梨津說：

「妳就是打電話告訴我這件事。說博美摔下去了，死掉了。我回來的時候，社區周圍都是警車和媒體，鬧成一團。」

或許是因為並非單純的自殺，有犯罪的可能性。朝陽——那孩子會怎麼樣？博美在陽台凶神惡煞地追趕兒子。儘管只看過博美從容優雅的表情，梨津卻能輕易想像博美那副模樣。為什麼追趕兒子，她也知道理由。

因為兒子吃了巧克力零食。

「那朝陽——」

「不知道，可能被警方帶走了吧。應該會向他問話。」

「他父親也一起嗎？」

「這……社區的人說，先生被救護車載走了。」

「咦……」

雄基的表情變得古怪。梨津問：

「澤渡家的先生也受傷了嗎？難道是一起掉下去……？」

「不，好像是被刺成重傷。他人在自家樓下那一戶，不知道是去做什麼，有人說是那一戶的太太刺的……梨津，妳認識嗎？那一戶姓弓月。」

吸進去的氣就這樣憋住，再也無法吐出。人在自家樓下那一戶，不知道是去做什麼——這是從以前就常有的事吧，在弓月的丈夫上班不在家的時候。

梨津不曉得該用什麼樣的心情面對才好。妻兒遇到那麼可怕的狀況的時候，那個男人在做什麼？弓月也是，為何偏偏要在今天讓別人的丈夫進自己家門？——在和包括對方妻子在內的朋友一起去別人家上香回來後。
想到這裡，梨津從心底深處吐出再沉重不過的嘆息。
比起澤渡恭平，她更擔心兩人的兒子朝陽。現在最應該陪伴他、為他著想的父母，兩個都不在身邊。
「——手機。」
「咦？」
「我的手機，在嗎……？」
「枕邊那支不是嗎？」
梨津按出通話紀錄。
梨津確實有打給雄基。雖然她完全沒印象，但她似乎確實這麼做了。雄基打給梨津，再前面有梨津打給丈夫的幾通紀錄，然後底下是澤渡博美的來電紀錄。
原來那並不是夢嗎？
可是從哪裡到哪裡是真的？
博美說她在問每一個人，問朝陽到底有沒有吃巧克力零食，所以或許她不是只打給梨津一個人。
墜樓身亡。

不光是墜樓而已，而是墜樓身亡。已經死了。

梨津回想起以前聽到的那聲「磅」，難以置信。

兩人的交情絕對不算長，也稱不上深，但認識的人死掉了，而且是才剛說過話的人，這帶給了梨津非同小可的衝擊。應該已經退去的頭痛又復發了。

手中的手機震動了，螢幕亮起小燈。看到ＬＩＮＥ這幾個字，她內心「啊」了一聲。

昨晚雄基才說過的話重回腦海。

——說得極端點，就算這是她們自己的葬禮，被朋友之間這樣談論，她們應該也不覺得有什麼吧——

有人傳了貼圖。

哀悼流淚的俏皮兔子貼圖流過畫面。

隨著『博美的事我無法相信』的文字。

「還好嗎？」

對於丈夫的關心，梨津已經沒力氣勉強自己說「我沒事」了。呼吸淺急，胸口悶痛。這時，她感覺到隨著哈奇的輕吠聲，奏人走了過來。開了條縫的門外露出兒子的臉。

「媽，妳還好嗎？我肚子餓了。」

「奏人。」

「警車還在外面嗎？欸，出了什麼事啊？是有人受傷了嗎？」
梨津知道站在旁邊的雄基繃緊了肩膀。察覺這件事，梨津理解了。兒子應該還不知道發生了什麼事、不知道澤渡家出了什麼事。
奏人很喜歡據說把博美推下樓的朝陽。即使有家長遇到不幸，學校似乎也不會通知學童，但朝陽是在校生，而且聽說擔任兒童會長，奏人遲早會知道這件事吧。到時候這孩子會遭到多大的打擊——
光是想像，胸口就快裂開了。梨津勉強自己說：
「你們想的話，要不要去外面吃飯？我現在還吃不下。」
「可以嗎？」
雄基擔心地俯視梨津。梨津點點頭：
「嗯，可以讓我獨處一下嗎？」
即使只有一下子也好，梨津想要讓奏人盡量遠離這個社區。今晚等他們吃完飯回來，哄奏人入睡以後，這次好好地向雄基提議搬家吧。梨津想要在那之前整理一下心情。
「好——可是妳千萬別鑽牛角尖啊。」
「嗯。」
「我想吃樹園的漢堡排！」

「……好，那我們走吧。」

奏人說出附近的家庭餐廳名字，表情依然緊繃的雄基一口答應。明明是這種節骨眼，梨津卻想到：啊，那家餐廳的漢堡排，一定也是博美禁止兒子吃的東西吧。用不曉得裡面放了什麼的理由。

想到這裡，眼皮深處奇妙地湧出淚水。她不明白自己為何流淚。

閉上眼睛，再次躺下。儘管意識清明，剛聽到的博美的死訊也讓心緒激動難平，她卻睏倦得不得了。

手機輕微震動了。

搖擺似地，只有一下的輕微震動。

又震了一下。

她知道是收到訊息了。

梨津抬起沉重的手，拿起手機。不曉得後來過了多久。她覺得必須看一下現在幾點，但還沒看到時間，就先點到ＬＩＮＥ群組了。

身為女王的博美離開後的那個ＬＩＮＥ群組。

『想要見她一面呢。』

看到這句話時，梨津懷疑自己眼花了。

或是時光倒流了。

但是她錯了。那個頭貼不是博美的。不是戴著大耳環、高雅做作的側臉，而是一個手做的俗氣拼布娃娃頭貼。穿著白色洋裝、紮著辮子的娃娃。

陌生的頭貼。看到底下的名字，梨津一陣戰慄。

Kaorikanbara-WhiteQUEEN

香織神原。白色女王。

咦？咦？梨津一團混亂。她睡著的期間，在葉子的貼圖之後，累積了一堆訊息。不知不覺間香織加入了這個LINE群組嗎？——想到這裡，感覺全身的血液一口氣流光了。

搞不好她本來就在了。

明明加入了，卻一直潛水，從不發言，只看著別人的訊息。就和梨津一樣，除了最一開始的發言後，就什麼也沒說，只是看別人討論。

可是香織不是只有傳統手機嗎？

——想到這裡，梨津更加混亂了。難道這個「Kaorikanbara-WhiteQUEEN」不是那個香織嗎？

但葉子和弓月看到那個人的ＬＩＮＥ訊息，都接著聊下去——極為天經地義地。

『就是啊。事情鬧得這麼大，一定沒辦法像一般葬禮那樣，和她道別，如果要見她，就只能趁現在了。』

『如果就這樣再也見不到，未免太令人難過了。』

『弓月，妳連絡得上博美的老公嗎？妳們不是很要好？』

『要好？別有深意喔（笑）』

捧腹大笑的卡通角色貼圖。

『咦，原來大家都知道喔？（笑）』

『知道啊，有眼睛的人都看得出來好嗎？（笑笑）欸，聽說博美的老公今天受傷，是弓月幹的，真的還假的啦？』

『請自行想像！（笑）』

貼圖、

貼圖、

貼圖、

貼圖、

貼圖、

貼圖、

『梨津，妳在看吧？』

就在這瞬間，這則ＬＩＮＥ訊息跳出畫面。

『回應一下嘛，梨津。群裡禁止已讀不回喔（笑）』

『一起去跟博美道別吧。妳來的話，大家一定都會很開心。』

『梨津。』

『這次總是妳認識的人了吧？梨津——』

叮咚——玄關門鈴響了。

聲音響起的同時，「噫」的尖叫聲迸出梨津的喉嚨。肩膀猛地一顫，動作劇烈得連自己都嚇了一跳。

「雄基、奏人……」

她完全想不到會有誰在這種時間來訪。

是丈夫和兒子回來了嗎？但如果是他們，為什麼不直接拿鑰匙開門？澤渡集合住宅雖然建築物相當時髦雅致，但保全方面漏洞百出。沒有裝自動鎖的共用入口，任何人都可以長驅直入來到家門前。

啊啊！

梨津幾乎要咂舌頭。比起追求漂亮的裝潢或外觀，保全才是最應該優先考慮的吧！那對白痴夫妻，只注重外表！

梨津走出臥室，膽戰心驚地想要查看客廳的對講機螢幕。結果還沒看到，就先聽到聲音了。

「三木島梨津～」

聲音聽起來很遙遠。

摀住耳朵，祈禱這是幻聽。

對講機螢幕映出一個白色女人。穿著過時俗氣的純白色洋裝，一臉白過頭的粉底，配上血紅的口紅。

是香織，根本不熟、只在志工活動上見過的那個女人。

叮咚……

拖沓的門鈴聲響起，和澤渡家唯一相同的、自家的門鈴聲。

梨～津～

去～見～她～一～面～嘛～

咚咚咚、咚咚咚、咚咚咚、咚咚咚、叮咚、咚咚咚、咚咚咚、叮咚、咚咚、梨～津～

咚咚咚咚、這次總是妳認識的人了吧～叮咚……

汪！

哈奇對著門叫，結果敲門聲靜止了一下。

但也只有一下子而已，敲門聲很快地再次響起。門鈴聲也持續著。

汪！汪！

哈奇狂吠著。梨津很害怕，實在太害怕了，緊緊地抱住了哈奇小小的身體。

——梨～津～

聽著門外呼喚的聲音，梨津想：或許每個人都是像這樣被逼走的。

她不知道，雖然不知道，但或許就是像這樣，每個住戶被逼到絕境。被追趕、家人被騷擾、在莫名其妙的情況下被拉近距離。

博美一定不是什麼女王，她只是想要成為女王。因為她想在眾人當中占據什麼樣的地位、希望別人怎麼看待她，都太顯而易見了。一開始梨津雖然不懂，但現在已是昭然若揭。

那對夫妻只是想要在社區裡稱王。

可是這個人梨津就不明白了。憑我們所知道的常識，大概是不可能理解的。

梨～津～

「夠了！」

梨津大叫。

叫出聲後，她才驚覺糟糕。這下形同告訴對方自己在屋子裡。但她再也克制不住了。

敲門聲逐漸滲進耳底，腦痛到幾乎快裂了。

「我要報警了！」

她感覺自己要被逼上絕路了。但現在還來得及。隔壁住戶或許也會注意到我們家的異狀。

梨津大叫之後，敲門聲、叫名字的聲音都戛然而止。

因為太容易了，梨津一陣錯愕。她懷著詫異的心情，探頭看對講機螢幕。螢幕上映出來的——是頭頂的髮旋。摻雜著白絲的、香織的腦門。

俯著頭的香織，下一秒倏然抬頭。

「哇！」

她嚇人似地大叫，接著笑了。整張臉現出面具般的假笑。血紅的口紅依舊突兀地浮在那張臉上。

梨津，走嘛。

梨津聽到聲音。笑吟吟的聲音。

「去見博美嘛。這次總是妳認識的人了吧？妳有資格去見她一面啊。博美還在這裡喔。她會開心的，去見她嘛。也寫張卡片給她吧。盡量告訴更多的人。」

梨津按住頭。空氣變稀薄了，呼吸不過來。

香織呲牙裂嘴地笑著，那張臉猛地貼近對講機鏡頭：

「也得告訴奏人才行，畢竟朝陽的媽媽死掉了嘛。他一定很傷心，想要去跟阿姨道別。我可以去告訴他。我去說好了，梨津。我去說好了。」

不——！

聽到兒子的名字而發出的拉長慘叫聲，直到吐出聲音的胸口疼痛不已，她才發現那是自己的聲音。她忍不住打開了屋門。開門，衝出通道——

赫然屏息。

香織不在那裡。下一秒，她驚愕地看向旁邊。

身體整個傾斜。

腳軟了下來。

砰！炸開來般的聲響。

墜落的聲音。

丈夫雄基形容為「咚」的聲音。聽到聲音的瞬間，一切聲音都遠離了。聲音逐漸消失。

——啊，掉下去了。

啪噠啪噠、啪噠啪噠，什麼東西在拍打的聲音。在逐漸稀薄的意識當中，梨津得知了那是什麼。周圍是藍色的保護墊。

覆蓋了整個澤渡集合住宅的搬家用保護墊，同時在風中拍打起來。就彷彿一個巨大的生物在呼吸一般。

——汪！墜入黑暗的最後一刻，她聽見哈奇吠叫的聲音。

第三章　同事

「所以我不是要你道歉，是在問為什麼對我連一句說明都沒有？」

鈴井俊哉看著電腦螢幕，忍受著從剛才就不斷從走廊傳來的那聲音。

螢幕上是要寄給明天約好談生意的客戶的提醒信件文字。因為每次都要通知客戶，內容幾乎是千篇一律，閉著眼睛也能寫。但聽著那聲音，總覺得會不小心失手寫錯，因此進度緩慢。

「你說，這是第幾次了？你每次都這樣道歉，說下次會小心，卻一犯再犯，這樣道歉是有什麼意思？你這到底是什麼心態啊？」

「對不起。」

幾不可聞的細聲。那聲音也教鈴井難以忍受，假裝全神貫注在螢幕上，堅守「我沒聽到」、「我不在乎」的態度。

唉——嘆息具備超乎聲音本身的主張，聽起來比剛才的道歉聲還要大。

「你這副德行，在以前的職場居然混得下去。你到底是怎麼工作的？」

「對不起。」

「不是啊，就說——」

心臟發痛。

這麼感覺的應該不只鈴井一個人。課內幾乎所有的人都聽著那聲音，默默地繼續工作，在彷彿自己也助紂為虐欺凌弱者的感受中煎熬著。

鈴井忍不住抬頭，看見前輩丸山睦美站了起來。不是走向訓話聲傳來的辦公桌附近的門，而是穿過另一邊的門，離開辦公室。

「而且，上星期叫你跟綠森超市約時間那次，你也是這樣不是嗎？那一次因為我才剛提醒過，所以實在很不想說，可是從路線來看，會先遇到赤屋，所以應該先去赤屋，然後去同一區的宮田酒店，再去隔壁的綠森，照常理來說應該要是這個順序不是嗎？這樣就可以省掉一大半的移動時間，你在腦子裡規劃的時候，怎麼就不會想像呢？不，不光是腦子裡想，你傳mail給我的時候，不就寫下來了嗎？這樣卻還是無法想像的話，根本是毫無想像力，也就是缺乏為別人著想的心。從這個車站移動到另一個車站，然後又繞回來——這等於是讓人家多跑這麼多路啊。我覺得想像力就是體貼他人的心，難道不是嗎？」

沒必要在這時候翻這種舊帳吧？——話都來到嘴邊了。再說，跑業務的時候，有時候會碰到負責人或店長不在的情況，根本不可能單純依照距離安排。更何況，只是移動一站的距離，根本算不了什麼。

鈴井抬頭瞄了一眼，和對面座位的同事濱田對上了眼。濱田表情扭曲，看得出正在想一樣的事。

對不起——和剛才一樣微弱的無力聲音重複道，斥喝聲更加激烈了：

「我不是要你道歉，我只是單純想不透啊。欸，你告訴我，你到底是怎麼活到現在的？」

鈴井再也忍無可忍，站了起來，和剛才離席的前輩一樣，穿過離自己的座位較遠的門，離開辦公室。

不出所料，睦美已經站在自動販賣機前面了。她手裡拿著罐裝奶茶，對著後來的鈴井笑：「啊，辛苦了。」

「辛苦了。」

鈴井回答，睦美指著飲料問：「你要喝什麼？」

「啊，沒關係，我自己——」

「不要跟我客氣，我也只有這種時候才能擺出前輩派頭。」

睦美今年四十三歲。可能是因為家中有讀小學的孩子，平常就鮮少參加課裡的飯局等活動，鈴井也確實很少在飯局上讓睦美請客。

不同於今年剛進公司第三年的鈴井，睦美做了很久的業務，是資深老鳥，擔任鈴井他們營業二課的主任。等於是僅次於課長的課內二把手，但外表非常年輕，聽到她的真實年紀時，鈴井相當吃驚。睦美對年輕員工也都很隨和，熱心照顧，後輩們都親近地喊她「睦姊」。

睦美說「只有這種時候才能擺出前輩派頭」，但這完全不是事實。每個人都很依賴她，也很仰慕她。過去鈴井也在各方面受她幫助，對她是心悅誠服。

「啊，那我要氣泡水……不好意思，謝謝睦姊。」

「OK，這個是吧？」

睦美投入硬幣，按下自動販賣機右上的按鈕。她還幫忙彎身從取物口拿飲料，鈴井道謝「真的不好意思」，接過飲料。

「——佐藤課長也實在教人頭痛呢。」

睦美把瓶裝飲料遞給鈴井，總算提到這件事。聽到睦美的話，鈴井覺得「終於來了」，他也正想談這件事。

「是啊。」

「我也跟他說過好幾次了。在大家面前那樣訓人，神桑就不用說了，我們這些聽到的人，還有其他人，感受也很差。」

「我知道。」

睦美回望鈴井。鈴井打開氣泡水瓶蓋，接著說：

「我聽濱田他們說，睦姊有替大家向課長說了，所以後來課長就不在辦公室裡訓話，而是把神桑帶到走廊去訓。不過結果聲音還是一樣聽得到啦。」

「如果他自以為不會吵到大家的話，那實在很好笑。」

睦美落寞地笑道。雖然應該也有諷刺的成分在裡面，但從她的口中說出來，比起惡意，感覺同情的成分更大。

一想到回去辦公室，又要聽到那罵聲，一時半刻實在不想回去。鈴井和睦美不約而同地走到大廳旁較隱密的接待區，在這個時間剛好沒人的椅子坐下來。

鬱悶無比。

鈴井很後悔：早知道課長要訓話，今天就在一大早排外務了。

「有時候也會覺得為什麼神桑都不回嘴？不過應該沒辦法吧。要是辯解，感覺只會火上加油。」鈴井說。

「地位有別，神桑也很難反駁什麼吧。他一定很難受。我很想幫幫他，會再找機會跟課長談談。視情況，會請部長來說說課長。」

鈴井和睦美任職的「四宮食品」，是業界裡的中堅食品公司。鈴井隸屬營業二課，主要負責冷凍食品。

直到去年，鈴井都還在企畫部。他大學讀的是理學院，之所以進來食品公司，動機是希望參與企畫或研究。所以今年突然被調到營業部時，他打擊很大。企畫部的前輩安慰他說「趁年經在各部門經驗一下，也是一種歷練」，但他心情沉重極了。而且調來營業二課後，遇到的上司又是佐藤課長。

佐藤和鈴井不同，進公司後就一直待在業務部門，現在才四十一歲。在有許多老員工的這家公司裡，在主管當中，是非常年輕的一個。佐藤肩膀寬闊，嗓門也大，看上去就像個魔鬼教官，那種氣質讓人畏怯。感覺對這個從業務第一線的基層爬上來的課長來說，來自企畫部的自己就像個乳臭未乾的小子，鈴井從一開始就不太喜歡他。

但「不太喜歡」變成徹底的「厭惡」，還是目睹佐藤對特定部下那種過火的斥責現場以後。

佐藤對今天也在走廊訓話的神桑特別苛刻。

神桑從鈴井調到營業二課以前就在這裡，據說是去年年底臨時聘用進來的員工。年紀應該是五十多歲，對課長來說，是所謂的「長輩部下」。現在這年代，相較於過去完全講求論資排輩的時代，「長輩部下」在任何公司或許都不算罕見了。實際上，公司裡其他部門也有許多這樣的例子。但是像神桑這樣，不管是外表或氛圍都明顯地年長許多的人，是其他部門鮮少看到的。

鈴井第一次踏進二課的時候，一進辦公室就看到神桑坐在自己旁邊的座位——最靠近入口給新人的座位旁邊，雖然冒失，但他忍不住又定睛看了一次。半白的頭髮、黑框眼鏡，筆直的站姿彷彿小學朝會上看到的校長，然而他居然不是主管，只是普通的同事，這件事讓鈴井大吃一驚。

神桑這個綽號，似乎是佐藤課長取的。聽到課長是為了讓年紀比自己大太多的神桑融入部門裡，指示所有的人都要這麼叫他時，鈴井內心真是服了。他覺得課長那種相信可以靠稱呼來拉近距離或改變氣氛的觀念實在落伍到不行。

鈴井問過神桑一次。因為大家都這麼叫，鈴井自然也不得不這麼叫，他滿懷歉疚，趁著只有他們兩個加班的機會問了：「你不會覺得排斥嗎？」

「對不起，我們明明年紀比較小，卻這麼沒大沒小的。」

鈴井這個問題似乎讓神桑很吃驚。他睜圓了眼睛，接著柔和地笑了：

「原來你在介意這件事？鈴井你人真好。」

「不是，可是……」

「大家這麼親近地叫我，我覺得很高興。」

「最先這麼叫的是課長對吧？」

「嗯。」

螢光燈照耀下，神桑頭上的白髮反射著銀光。鈴井看過這種顏色，是上次返鄉時看到的父親的髮色。他想：這樣啊，他跟我爸年紀差不多啊。如此一來，他便忍不住想像：萬一父親也在公司被比他小的上司那樣訓斥的話……佐藤課長在責罵神桑的時候，都不會稍微想想到自己的父親嗎？

「課長是個好人，我很感謝他。」

神桑很自然地——實在太自然地這麼說，鈴井忍不住「咦」了一聲。

鈴井微笑，看著鈴井問：

「你覺得很意外？」

在近處一看，神桑的五官輪廓很深。眼皮很厚，頂著鷹鉤鼻，配上高高瘦瘦的個子，有股獨特的威嚴。也許是因為這樣，鈴井覺得神桑現在的「部下」地位還是與他極不相稱。

鈴井僵硬地點點頭。神桑說：

「我不是一畢業就進來的，而且年紀又比較大，課長應該也覺得很難辦事。綽號也是，他在向大家宣布之前，有先問過我的意見。他說他希望大家叫我『神桑』，問我會不會覺得反感。」

「原來課長有先問你嗎？」

原來那個人也有這麼細膩的心思嗎？鈴井半信半疑地反問，神桑點點頭說「嗯」。神桑說課長是「好人」，但鈴井覺得：啊，這個人比課長好上好幾倍，所以才會這麼想。

「課長是希望我能好好地融入這個部門。」

神桑之前是做什麼的，鈴井不太清楚。本人沒有提到太多，因此鈴井覺得似乎是個禁忌，不敢主動探聽，但他覺得搞不好神桑在以前的職場位高權重，要不然就是老闆。明明有實力，卻遭遇公司裁員之類的問題牽連也說不定。

鈴井聽說現在神桑雖然是營業部人員，但不管是薪資或保險那些，都不是正職人員待遇。工作也不是出去跑業務，都是接聽電話、或幫忙業務處理簡單的約客戶、行程管理等等，就類似助理。如果神桑以前的工作職權很大，那麼自尊心應該也很高，卻能認份地默默做著現在的工作，光是這樣，就讓鈴井覺得很了不起了。

然而——每次佐藤課長數落神桑的時候，都一定會這樣說：

——你這副德行，在之前的職場居然混得下去。你到底是怎麼工作的？

——告訴我啊，你是怎麼活到今天的？

「課長那種講法，我實在是聽不下去。根本就是在否定別人的人格，跟時代完全脫節。」

鈴井覺得根本就是權勢騷擾，是再典型不過、看了教人羞恥的露骨權勢騷擾。居然有這樣的行為橫行，這家公司的落伍體質實在教人想哭，一想到這是自己的公司，更教人打從心底覺得窩囊。

「我懂。」

睦美拉開奶茶罐拉環說。鈴井開始抖腳了。這是他從小煩躁時的壞毛病，不管被罵過多少次都改不掉。

「而且今天課長幹嘛罵那麼凶？神桑有犯下那麼罪不可赦的過錯嗎？」

「一開始應該只是在揪正小疏失吧。但課長愈說愈誇張，開始翻舊帳，整個停不下來了。講到後來，根本是在講無關的事了。」

「要是換成是我，絕對無法忍受。」

幸好鈴井還沒有被課長像那樣死纏爛打地訓話過。但也因為如此，更讓人覺得不舒服。就好像只有神桑一個人淪為課長的標靶，由於地位低微，不敢說不，才會被課長盯上。

「我覺得神桑的工作表現很普通啊，也不是差勁到哪裡去吧？」

「嗯，我反而覺得他工作表現很好。上個月課長不是把他弄的客戶名單跟大家分享嗎？部長叫課長做的那份名單。」

「對啊。」

那份名單做得很好，客戶資訊做了細膩的更新，因此鈴井感到很意外。佐藤課長雖然年輕，卻相當傳統老派，雖然擅長和客戶交陪，但很不擅長文書工作。傳給所有人的電子郵件也是，文章幾乎都不換行，讀起來很痛苦，讓人懷疑他是不是到現在都還在用一指神功打字。

「那份名單其實是神桑做的。」

「咦？」

「課長表現得一副是他做的樣子，但其實是神桑加班完成的。大家在稱讚的時候，我一直在看課長會不會說出來，但他終究沒說呢。」

「──真是個小肚雞腸的傢伙。」

鈴井忍不住批評，睦美尷尬地點點頭：

「他明明以前不是這樣的人啊。我對他的印象是，會為了挺自己的同事頂撞上司，討厭不正直的事，非常可靠。」

「那就是自己在基層的時候正直敢言，但絕望地完全不適合領導別人。」

「鈴井好刻薄喔。」

睦美柔和地一笑，喃喃自語地說：

「可是，或許就是這樣吧。我們還是同事的時候，他替我出頭過。」

「咦？」

「他說，如果我是因為請了產假，所以沒辦法升主管，那實在太不合理了。」

「啊……」

聽到這話，鈴井想了起來。不只是神桑有個晚輩上司，睦美也是。不管是資歷或年齡，睦美都比佐藤課長大了兩年。

睦美解開髮夾，鬆開束起的清爽長髮。她把奶茶放到桌上，兩手重新梳攏頭髮，喃喃說：

「可是之前有一次我們聊天，他卻說：女人必須懷孕，真的很辛苦，妳沒能升主管真的很可惜，可是生小孩就是女人在社會上的責任，所以這是沒辦法的事。」

「這……」

根本是性騷擾吧？或許也有「懷孕騷擾」之嫌。睦美低下頭去，那張臉龐再次罩上極為悲傷的陰影。

「他說考慮到外界觀感，公司裡至少要有一個女主管，才顯得男女平等，希望會計的長田課長快點辭職就好了。『等長田課長辭職，妳調去會計課，就可以升課長了，趁現在趕快申請調單位怎麼樣？』聽他那樣說，好像不希望我留在營業課似的。」

「他這人器量狹小，所以不想要比他更能幹的睦姊在旁邊啦。」

雖然覺得不該在公司裡說這種話，但這是鈴井的肺腑之言。實在教人氣不過。

「雖然大家都說客戶對佐藤課長很信任，但這說穿了也只是他跟那些原本就有交情、投合的人有人脈罷了吧？他和客戶新的窗口那些根本打不好關係，也不主動去建立交情。這樣說或許不好聽，可是跟課長投合的那些客戶，全都是些思想古板的老一輩。他這人只能贏得同性長輩的喜愛啦。現場的細節那些，睦姊看得比課長更仔細多了。」

「抱歉抱歉，謝謝你，鈴井。不好意思害你生氣了。」

睦美抱歉地低頭行禮說。不是做做姿態而已，她的表情真的很困窘。

「我只是覺得有點失落而已……想到以前願意和我同仇敵愾向上司抗議的人，上了年紀、爬得更高，卻變成了這種樣子。或許這是沒辦法的事，但時間真的很殘酷呢。」

「——要是我結婚生了小孩，我會想要請育嬰假，但如果到時候上司還是他，應該不可能讓我請吧。」

「咦！鈴井，你要結婚了嗎？」

「沒有啦，只是現在的希望。」

鈴井「唉」地嘆了一口氣：

「以前在大學課堂上學到說，現在這時代，這些權利都是天經地義、受到保障的，我在就職以前，還傻傻地信以為真呢。」

鈴井厭煩地說，睦美虛弱地微笑：

「我們公司很落伍呢。沒有在年輕員工進來前好好地讓公司趕上時代，是我們的責任。對不起。」

鈴井覺得，睦美和現在應該還在營業部辦公室繼續被數落個沒完的神桑人都太好了。居然有人利用別人的好，得寸進尺，鈴井實在無法接受這樣的荒謬。

「我先回去囉。」

睦美輕描淡寫地說，拿著奶茶罐，搖晃著束起的長髮離開了。她的腳步完全感覺不到沉重，就彷彿若不學會這樣的輕盈，就無法撐過至今為止的種種。

◆

事情發生在當天返家路上。

鈴井結束午後的客戶拜訪，和最後訪問的客戶主任吃完飯後，坐上電車。他抓著吊環，看著車窗。現在還不到十點，所以車廂裡人還沒那麼多。九點多和十點多，夜間的私鐵車廂擁擠程度是天差地遠。今天吃飯的主任不喝酒，所以才有辦法這麼早回來。

鈴井酒量本來就不太好，反而算是差的。他體內似乎幾乎沒有酒精分解酵素，從以前開始，就連預防接種的時候消毒，被酒精擦過的皮膚都會變紅。他相信「酒量是練出來的」這種迷信，學生時期試過幾次勉強灌酒，但不僅搞到自己不舒服，也給旁人造成了麻煩，因此在出社會以前，就已經摸清楚自己的底線在哪裡了。

他聽說過去也就罷了，這年頭公司也不會強迫員工喝酒，實際上剛進公司時待的企畫部，就算酒量差，也沒有人說什麼。

然而來到業務部──現在的部門以後，他認清這樣的理想在此地未必通用。

──不會喝？那你大學的時候是怎麼混的？

這樣問的，一樣是佐藤課長。他用一種傻眼、不屑的眼神看著鈴井這麼說。

──你一定是沒參加運動社團。我就知道，所以你才這麼不會應酬。

──至少第一口要陪人家喝啊。要不然就不要參加飯局。

要是不用去就萬萬歲了──鈴井想。如果能夠，他根本不想參加什麼飯局。但他也明白如果不去，課長對他的印象會愈來愈差，所以現在仍無奈地參加。而且從事業務工作，像今天這樣自己一個人跑外務的時候還好，但也經常要和課長一起接待客戶。這種時候，課長總是當著客戶的面滿不在乎地斥喝鈴井。

──這傢伙完全不會喝耶。我真的很想向公司人事抗議幹嘛把這種人塞到營業部來。實在抱歉啊，這傢伙不會應酬，真的很無趣。

相信貶低自己人，可以讓應酬更圓滑——這種思維讓鈴井作嘔，但更讓他噁心的，是飯局結束後，課長施恩於人地向鈴井笑道：

——要不是我一開始那樣說，客戶怪你怎麼都不喝的時候，不是會很尷尬嗎？我這是先發制人啊。

雖然不會喝酒，但鈴井透過經驗，自有一套打圓場的方法。不必佐藤課長多事，他也有許多手段可以讓對方不會注意到他，課長卻偏要當著人損他，教人不舒服。但是和佐藤特別要好的客戶負責人，都是「和佐藤臭味相投的同類人」。佐藤像那樣拿鈴井拿笑柄，確實能讓那些人稍微放他一馬。

鈴井覺得那些人思想落伍，但他也明白，對照他們的常識，是自己不長進。一個大男人居然不會喝酒、不會應酬，實在無趣。雖然佐藤課長經常罵鈴井「你大學是怎麼混的？」但佐藤難道以為鈴井從來都沒有被人如此嘲笑過嗎？大學的時候他也為此吃了許多苦，為什麼都出了社會，還得經歷這種鳥事？

現在鈴井直接對口的客戶，全是在飯局上喝酒知道節制的人。後來他得知，是課裡的主任睦美考慮到他的狀況，刻意如此安排的。睦美當然不會拿這件事要鈴井感恩圖報。

流過車窗外的車站，漸漸靠近他獨居的住處。

結果電車在他從來沒下過站的車站停了很久。車廂內響起廣播聲：

『前方列車傳來停車訊號，請各位乘客稍等。本列車將停止兩分鐘左右。』

也不是急著趕回家的鈴井掏出手機，準備看個ＬＩＮＥ或上網打發時間。但這時他忽然注意到手機另一邊——一直開啟的電車門外。抬頭望去，有樣東西吸引了他的目光，然後他吃了一驚。

從來沒下車過的陌生車站月台上，有一張熟悉的臉。是神桑。神桑彎著瘦瘦高高、向來抬頭挺胸的身體，手中抱著大型公事包，正在講手機。

講手機？

鈴井覺得訝異。理所當然，車站月台充滿了電車進出聲、發車鈴聲等，鬧哄哄的，絕對不是適合講電話的環境。

聽不到他說話的聲音。但只見一手拿著手機、懷裡抱著公事包的神桑身子彎得更低，頭往前傾倒。明明講電話的對象不可能看見，他卻彷彿在拚命陪罪。

『請各位乘客再稍等一分鐘左右，感謝您的配合。』

車廂內廣播不停地重複著。等個兩分鐘左右，鈴井並不介意，但也許很多人心急如焚。不過這也說不準，現在他或許是無所謂，但如果自己在趕時間，也許這兩分鐘會讓他心急難耐，暴跳如雷——一想到這裡，鈴井忽然覺得厭煩起來，反射性地走出車廂。和自己的父親差不多年紀、其實工作上很能幹的這個人，正在向電話裡的人道歉。一想到這裡，身體便不由自主行動了。

「神桑！」

鈴井走出電車呼喚，拿著手機的神桑那纖瘦的身體顫了一下。手機貼在耳朵上，眼睛看到鈴井，嘴巴張成「啊」的形狀。但發出來的聲音，仍繼續在和電話另一頭的對象說話。

「啊，不，沒事。是的。沒問題。是、是，這真是不得了。我明白——是的，我也認為課長說的沒錯。」

課長。

聽到這兩個字的瞬間，腦袋深處彷彿一陣麻痺。神桑的聲音困擾極了，眼周刻著細微的皺紋。他對著鈴井垂下形狀圓滑的眉毛，做出抱歉的表情。看起來也像是哭笑不得。

「掛電話吧。」鈴井說。

「咦？」神桑發出細微的驚呼。

鈴井自己也不知道他怎麼敢做出如此大膽的提議。可能是離開公司，膽子大了起來。但一股直率的怒意衝上心頭，因為他才剛想起課長以前為了喝酒而對他的種種欺壓，所以更感到氣憤也說不定。

「別管那麼多了，掛電話吧。」

鈴井強硬地從困惑的神桑手中搶過手機。他一不小心瞥到螢幕了。上面顯示通話對象的課長的名字。但下一秒，鈴井的眼睛盯在螢幕上無法移開了。

三小時十二分十四秒。

時間顯示在當下仍「十五秒、十六秒」地不斷累積下去。顯示的背景傳來聲音：

『所以我覺得睦美說的才有問題啊。部長說得像是站在她那邊，但那說穿了只是一種推托，覺得只要支持女人的說法，就不會有人說話了，我覺得這實在大有問題。反過來看，這才是一種性別歧視吧？』

十九、二十、二十一……秒數不斷前進。比起今天從公司走廊傳來的數落聲，電話傳來的課長的聲音，更一口氣鑽進了鈴井的耳底。就彷彿整顆心都被被粗糙的銼刀給銼下去一樣。

居然講了超過三小時——

鈴井一陣毛骨悚然，因為太驚悚了，他一時竟無法按下結束通話鍵。明明知道應該按哪個鍵才能結束通話，一瞬間他竟真的忘記了。他驚慌地胡亂按了一通，課長的名字從螢幕上消失了。

說到一半的課長的聲音也戛然而止。

鈴井搭乘的電車傳來通知即將發車的鈴聲，聲音很大。三小時，鈴井再次反芻地想。超過三小時，在這種吵鬧的環境中，神桑一直講著這樣的電話？

「呃——鈴井，抱歉。」

鈴井正因為驚嚇過度而說不出話來，神桑總算開口了。

「電話是課長打來的？」

鈴井也好不容易出聲問。詢問早就知道答案的問題十分假惺惺，但手機傳來的課長那黏膩的聲音彷彿纏住了他的身體，讓他不管是腦袋還是身體都變得遲滯。

電車門關上了。

電車駛離的聲音和掀起的強風從眼前通過。等待電車完全離開後，神桑僵硬地點點頭：

「嗯。」

「這裡不是很吵嗎？為什麼要在這種地方——」

「我在電車上接到電話。如果不接，會一直打來，所以我想先跟課長說一下，等到站了再回電給他，結果課長一說就停不下來……」

鈴井不知道神桑家住哪裡。但從他的口氣聽來，知道這裡並非離他的住處最近的車站。本來只打算說個一兩句，卻被糾纏了超過三小時——

真的假的啦？鈴井覺得雙腳彷彿凍結了。這時，鈴井手上神桑的手機震動了。手上感覺到靜音模式的震動，瞬間，鈴井的喉間發出「噫」的驚叫。

「啊，我來接。」神桑說。

顯示的來電者又是課長的名字。鈴井反射性地出聲：

「不，不用接！」

發出大叫是因為恐懼。神桑瞪大眼睛，困窘地看著鈴井握在手中的手機。鈴井搖搖頭：

「不用接。你們已經講得夠久了吧？看起來也不是什麼緊急的事。」

聽到對話內容讓鈴井感到心虛，但他無意識地這麼說。

剛才讓鈴井戰慄的，不光是通話時間的長度而已。電話的內容也是。睦美的名字、她說的才有問題、是一種推托、只要支持女人的說法，就不會有人說話、這才是一種性別歧視……

他根本不想聽到，那內容讓他直想大呼「饒了我吧」。這絕對不是有必要在下班時間特地打電話跟部下講這麼久的內容。

震動聲依然持續著。拜託放棄，掛掉吧！鈴井想，但手機就是震個不停。

「我知道了。」

和鈴井對望的神桑總算點頭。停頓了許久後，他說：

「我不接。我不接就是了，手機可以還給我嗎？」

「……好的。」

把手機還回去後，鈴井的身體一口氣輕鬆起來。兩人就這樣走到月台的長椅，坐了下來。看上去精疲力盡的神桑，彷彿魂魄都抽離了。這也難怪，他一直站在那裡吧。

「難不成，這是常有的事？」鈴井問。

「嗯。」

神桑點點頭。明明是自己問的問題，但聽到答案，鈴井再次感到震撼。神桑並非正職員工，應該也沒有理由這樣做小伏低，迎合課長。

神桑的腿上，螢幕朝下的手機還在震動。聽著那震動聲說話，總覺得像在演出某種蹩腳的搞笑短劇一樣。鈴井覺得好像看到了什麼不該看的東西。

你應該提出控訴——這話來到喉邊。

雖然不知道該向哪裡提出控訴，但他很想這麼說。向公司的人事部還是部長，或是勞基署，控訴這個人吧。

但聽著神桑腿上震個不停的那聲音，總覺得在那聲音持續的期間，不敢明目張膽地說課長的壞話。

「——是太閒了嗎？」

震動聲終於停止了。鈴井看著總算安靜下來的神桑的手機喃喃道。

「我記得佐藤課長結婚了吧？應該也有小孩吧？可是他怎麼會這麼閒？是家人都不理他嗎？」

鈴井語帶玩笑地說，卻少了在公司和睦美一起批評時的那種氣勢。課長在電話中肆無忌憚地說睦美的壞話，甚至不是在斥責神桑。只因為是部下，就滿不在乎地逼對方聽他發這種牢騷，鈴井實在不懂課長在想什麼。

這時，原本安靜的手機又開始震動了，嗡嗡嗡嗡……聽著那聲音，這回和上次不同，除了恐怖之外，憤怒也猛然湧上心頭。

「神桑，把手機電源關掉吧。這太莫名其妙了。」

神桑的眼睛沒有看著鈴井。

他只是呆呆地盯著在腿上持續震動的手機。看著那模樣，鈴井擔心起來。如果神桑整天接到這種電話，會不會被搞到精神出問題？

神桑低低地說了什麼。他的聲音被通知月台反方向電車即將進站的廣播聲蓋過，聽不清楚。「什麼？」鈴井反問。結果神桑抬起頭來，看著鈴井說：

「……我覺得，或許就是因為我會忍不住聆聽。」

「咦？」

「所以課長才會變成這樣。」

神桑的臉上又浮現平時的懦弱笑容。不是自嘲的笑，而是一種彷彿連自己都不知道該如何處理這種感情、甚至帶有某種達觀的微笑。

「鈴井，謝謝你為我擔心。」

「不，我是……」

即使遇到這種事，對於年紀都可以當他兒子的自己，神桑依然不改彬彬有禮的態度，這讓鈴井難受極了。

「回家吧。」神桑說。「我的家人也在等我。」

他說，從長椅站了起來。

嗡嗡嗡嗡……嗡嗡嗡嗡……

這段期間，手機仍在他的手中震個不停。鈴井看著他的手，揣想：和鈴井道別後，神桑是不是又會接起電話？

明明覺得必須說點什麼才行，鈴井卻什麼都說不出口。

◆

「鈴井，你要跟我說什麼？」

在指定碰面的蕎麥麵店，睦美在鈴井面前一坐下來便問。她拿著菜單，喃喃說「吃白蘿蔔泥蕎麥麵好了」，然後望向鈴井問：

「工作出了什麼問題嗎？」

「不，雖然的確是跟工作有關，但今天不是要說我的事……」

昨晚在車站月台和神桑道別後，鈴井立刻傳了ＬＩＮＥ訊息給睦美。其實他真的很想順著衝動，把自己看到的一切當場打成訊息傳過去，但他按捺下來了。他覺得當面說比較清楚，而且怎麼說——他不願意寫成文字，把那件事留下紀錄。他這麼做不是顧慮到課長或神桑，純粹是不願意把相關文字留在自己的手機裡。

這家蕎麥麵店雖然位在公司附近，但和周圍的餐廳相比，價位高了一些，所以平時幾乎不可能在這裡遇到同事。會約在午飯時間，是因為睦美有家庭要顧，總是準時下班回家。

店員端茶來了。兩人點了餐，用濕毛巾擦手後，鈴井開口說：

「昨天晚上——我在回家路上的車站月台看到神桑。我看到他在講電話，可是月台不是很吵嗎？但他好像一直在講，所以我忍不住好奇，出聲叫他。」

「嗯。」

聽到神桑的名字，睦美轉為嚴肅聆聽的態度。鈴井接著說：

「結果我聽到神桑對著手機說『課長』，所以我忍不住叫他把電話掛掉。當時是下班時間，而且神桑聽起來又像在道歉……」

今早在公司見到神桑，他看起來和平常一樣。鈴井進辦公室後，神桑便露出平時的懦弱微笑，說：「鈴井，昨天謝謝你，害你擔心了。」鈴井含糊地回應：「不會……」課長不在，好像已經去跟其他部門開會了。不必一早就看到課長，讓他稍微鬆了一口氣。同時怒意油然而生：像那樣在下班時間莫名其妙地向部下發牢騷，居然還有臉若無其事地來上班。

鈴井感到呼吸困難，短促地吸氣後接著說：

「掛斷通話的時候，我看到了，課長和神桑的通話時間超過三小時。」

睦美無言地睜圓了眼睛。就是嘛，一定會驚訝嘛。鈴井想，接著說：

「我真是嚇死了。還有，掛斷電話的時候，我聽到了一點課長說的話。」

——所以我覺得睦美說的才有問題啊。

那聲音在耳底復甦。該不該說出他聽到睦美的名字？鈴井猶豫了一下，當場有了結論：不能說。

「——感覺好像一直在對神桑傾吐他對某人的不滿跟抱怨。」

即使對方是會以權勢欺壓別人的那個課長，如果知道他私底下說自己的壞話，睦美也絕對會感到不舒服。

「一開始我以為就像在公司經常遇到的那樣，是課長又在數落神桑了，但那與其說是訓話，更像是不斷地對神桑發別人的牢騷。」

「那是幾點的事？」

「大概快十點的時候。我猜神桑一下班離開就接到電話，然後就那樣一直講個不停吧。而且這次好像不是第一次。」

鈴井強制掛斷通話後，神桑的手機仍響個不停。後來神桑有好好地拒絕接聽嗎？

「神桑說，『課長會變成這樣，或許是因為我會聽他說話』。這證明了他的精神狀態已經很危險了。這種事可以容許嗎？」

「神桑那樣說嗎？」

睦美眼神憂心地問。鈴井點點頭：

「是的。」

「這樣的話……確實感覺很危險呢。總覺得好像關係成癮了。」

「關係成癮？」

「嗯。」

店員說著「讓您久等了」，端來兩人份的蕎麥麵。

鈴井吃鴨肉蕎麥麵，睦美吃白蘿蔔泥蕎麥麵。鈴井看著蒸氣騰騰的沾醬汁，合掌說「我開動了」，睦美也仿傚合掌說「我開動了」。掰開免洗筷，沉默了一會兒後，睦美終於開口：

「課長確實有問題，但我覺得神桑也習慣承受課長毫無道理的言行，感覺麻木了。明明不必做到那種地步，卻過度去承受，神桑也挨罵成理所當然，對這種關係依賴成癮……」

「是啊……」

「其實，最近部長好像也很擔心佐藤。佐藤現在對上司的態度好像也很糟糕。他會要求薪資，或是叫公司多多支援現場，說的內容是很冠冕堂皇，但口氣很衝，就像在頂撞。部長也在向我打聽部門內現在的氣氛怎麼樣。」

可能是想到還是同事那時候，睦美的稱呼從「課長」變成了「佐藤」。鈴井覺得沒必要對那種人客氣，但睦美身為課長的老朋友，或許是真心在為他擔心。

「我來跟佐藤說說看好了。課裡遲遲端不出業績，或許讓他很煩躁，搞不好他正在煩惱。」

「呃……我看應該不是吧。」

鈴井含糊地說，睦美看著鈴井問：「為什麼？」被她那樣盯著看，鈴井根本說不出話來了。

佐藤課長顯然把睦美視為眼中盯。所以如果睦美去糾正課長的言行，可想而知，課長絕對會勃然大怒。一定是因為睦美是女人，然而工作上卻比課長能幹、又受到部屬喜愛。

世上有這麼荒謬的事嗎？

鈴井甚至不願意提出來解釋，搖了搖頭：

「我擔心睦姊去說，課長會把矛頭轉移到妳身上。我理解睦姊的擔心，但這種情況，還是請上司去說比較好吧？底下的人說的話，那個人一定聽不進去的。」

「底下的人啊……」

睦美喃喃說。糟了，鈴井後悔。他忘了那個人甩開比他年長的睦美，升上了課長。鈴井焦急自己這話是不是太沒神經了，但睦美很快就嘆了一口氣說：

「或許也是吧。以前他是個不拘泥上下關係、聊起來很舒服的人。總覺得最近愈來愈糟糕了。讓人奇怪：他以前說話有這麼露骨地充滿刻板印象嗎？」

「——也許以前他喜歡睦姊喔。可是因為妳不甩他，導致他變得乖僻，最後就變成那副德行了。」

「喂！」

被鈴井調侃，睦美的表情總算緩和下來了。兩人面對面吃著蕎麥麵，她點點頭說：

「我知道了。」

「我會去跟部長說。鈴井，對不起喔，害你擔心了。」

「哪裡，我又沒怎樣。」

睦美才是，她沒必要因為是主任，就覺得必須為課裡的事負責，向鈴井道歉。但這種時候的睦美果然很可靠。

午休時間很短暫，必須快點吃完，立刻趕回公司。鈴井看著低頭吃蕎麥麵的睦美的頭，咬緊嘴唇。

我完全無法想像，但身為一個女人，有孩子要帶，卻一直待在營業部門當業務，一定非常辛苦。睦美和鈴井這些人不同，一天能夠自由的時間，大概就只有現在這短暫的午休了，然而在這樣的環境裡，她卻能為後輩分勞解憂，並在工作和家庭中全力以赴。她明明比課長優秀太多，卻無法得到相應的回報的話，這個社會的荒謬，簡直教人絕望——鈴井這麼想著，繼續吃麵。

「睦姊。」

「嗯？」

「如果有什麼我幫得上忙的地方，請告訴我。」

睦美抬頭。可能是看到鈴井的表情並非在說笑，「嗯」了一聲，報以微笑。

「我就仰賴你囉。謝謝你，鈴井。」

鈴井說是他邀約的，想要付錢，但這天的午餐卻讓睦美請客了。

「我也只有這種時候才能擺出前輩派頭啊。」她又說了之前也說過的話。鈴井想：睦姊就是這樣的人，才會這麼有人望吧。

如果課長是她就好了。

◆

三天後的早上。

這天鈴井的行程是外務，準備先去公司拿資料，然後立刻外出。結果他發現神桑不在辦公室裡。

神桑很認真，在二課總是第一個來辦公室。鈴井每天早上進辦公室時，都會理所當然地看到神桑坐在門口附近的座位，所以感到很訝異。

難道是身體不舒服？

鈴井看著電腦關機、桌面比任何人都要整齊的神桑的座位，收拾東西準備外出，這時辦公室的電話響了。

「您好，四宮食品營業二課。」

對面座位的濱田接起電話。幾聲應答後，下一秒聲音拔高了：「咦！」

「怎麼會這樣！是、對，然後呢？」

聽到那聲音，辦公室裡有幾個人望向他那裡。接電話的濱田表情很凝重。

「是，我知道了。這邊不要緊。我會轉達——課長？好的，沒問題。」

濱田按下保留鍵，對著背窗的課長座位揚聲：

「課長，神桑在二線。」

在座位上看著電腦的課長「咦？」了一聲抬頭。接著應了聲「好」，拿起自己桌上的電話筒。

可能是注意到鈴井的視線，轉接電話的濱田和他對望了。濱田欲言又止了一下，最後還是說了：

「神桑說他太太遇到意外了。」

「咦……！」

鈴井驚呼，正在講電話的課長那裡也傳來短促的驚呼：「咦！」他也聽到消息了吧。

其他同事也開始注意到，震驚在辦公室內傳播開來。鈴井連忙問：

「是車禍嗎？」

「不是。說是從他們住的集合住宅走廊摔下樓。」

濱田壓低聲音說。因為太震驚了，鈴井一時不知道該說什麼才好。他簡短地問：

「什麼時候？」

「好像是昨天晚上。」

「那——」

墜樓——反射性地浮現心頭的，是這樣的疑問：那真的是意外嗎？鈴井並不清楚神桑的家庭狀況，但他想到的是不久前車站月台的那件事。臨別之際，神桑面露懦弱的笑容說：

——回家吧。我的家人也在等我。

一回想起來，胸口便一陣揪緊。

難道神桑的家庭有某些不好為外人道的內幕？他會在那個年紀換工作，或許是因為有什麼苦衷。

「神桑的太太是從幾樓掉下去的呢？」

鈴井祈禱至少是二樓或低樓層。聽到是集合住宅，他模糊地想像那高度，一股寒意籠罩全身。濱田默默搖頭：

「不知道。不過聽說現在在醫院。神桑說可能要請假一陣子，想要跟課長說一聲。」

這時，一道聲音蓋過濱田的聲音，響遍整間辦公室：

「不用擔心。請假當然沒問題，你好好陪著太太吧。」

課長上身往前探，拿著話筒，對著話筒彼端的神桑說。

「好好休息，陪在你太太身邊吧。」

突來的事故消息，讓鈴井仍餘悸未平，但聽到那聲音，他暫時鬆了一口氣。雖然是個老愛權勢欺壓人的課長，但遇到這種事，還是有點人性的。

鈴井這麼想。

想完之後——這天下午，鈴井遭遇睦美顫聲逼問課長的場面，陷入戰慄。

跑完外務，說著「辛苦了」回到辦公室的瞬間，裡面的氣氛已經不對勁了。

明明亮著燈——感覺卻昏昏暗暗。

沒有人注意到回來的鈴井，都看著其他地方。有些人遠遠地、悄悄地，有些人則是露骨地看著。

鈴井提著公事包，先回到自己的座位。對面的濱田和其他同事不是坐在自己的座位，就是站在影印機前，但幾乎每個人都在看課長的座位那邊。

鈴井也轉頭看過去，吃了一驚。

「欸……」

他聽到顫抖的聲音。是拚命壓抑感情，卻怎麼樣都克制不住，幾乎快爆發的那種帶著迫切顫抖的聲音。

睦美站在佐藤課長前面。她瞪著一臉蒼白的課長。

「你回答我，你該不會是在打給神桑吧？」

打給神桑——聽到這話，鈴井一陣戰慄。

他想到電話。三小時十二分十四秒的通話時間顯示、震動個不停的手機——課長不回答睦美的問題。他就像個小孩子般，悶不吭聲，不悅地撇著臉。那種態度實在太幼稚了。看到課長的反應，辦公室裡其他人也都啞口無言。

「我聽到了，在那邊的會議室。」

睦美顫聲繼續說道。她對課長已經不用敬語說話了。

「——部長這樣說，你覺得呢？你覺得他說這話到底是什麼意思？以前社長相當賞識我，站在這個前提上，你覺得呢？我這麼能幹，又受到期待，所以換句話說，這些都是他們在嫉妒我，你說對吧？客戶都說對他們來說，四宮食品就等於佐藤我，所以絕大多數的客戶都認為如果少了我，四宮食品就不是四宮食品了，所以他們會干涉我的做法，我覺得是他們輸不起——沒錯沒錯，說穿了，他們全是一群蠢蛋——我聽到你這樣說。」

睦美叨叨絮絮地說著，就宛如淡淡地讀出透明的文章。就彷彿實在太憤怒了，連自己都無法制止自己的聲音。

即使聽到這話，課長依舊毫無反應。他完全不看睦美。

「——你要打電話是沒關係。你要把別人——包括我在內，說得有多難聽，那都是你的事。但是在上班時間講這種電話，我覺得很不可取。」
睦美深深地吸了一口氣。
「可是，」她接著說。「我聽到你在電話中叫了神桑的名字。就算講完一件事，又說『啊，對了，還有』，繼續講起別的事。如果我沒有在會議室外面叫你，你是不是現在還在講電話？」
同事們——所有的人都倒抽了一口氣。鈴井也忍不住吸了一口氣，喉嚨「咕嘟」一響。
「回答我啊。」
睦美說。聲音幾乎快哭了。
「你怎麼做得出這種事？神桑的太太受了重傷，現在躺在醫院裡耶。你怎麼能那樣自顧自、沒完沒了地說那種無關緊要的廢話？」
「——哪有自顧自？」
堅守沉默的課長總算開口了。鈴井等在場的每一個人，都屏著呼吸關注著發展。
無法理解——鈴井這麼想，但課長看起來很不高興。彷彿被睦美指責這件事出乎他的意料之外，他的眼睛扭曲，以露骨挖苦的態度對睦美回道：
「哪有自顧自？我們是在對話，妳那樣說太沒禮貌了吧？」
「不，你就是自顧自講你自己的。」

睦美毫不畏縮。雖然沒有哭，但她的表情除了憤怒之外，同時也極為悲傷。

「你是上司啊。你的地位比他大，部下不敢說不。你就是利用這一點，你要的只是神桑對你的附和罷了吧？口氣像在詢問意見，實際上卻是強迫對方同意，發洩自己的不滿。神桑活著不是為了讓你發洩不滿的！」

「妳一直在門外偷聽？太低級了。」

課長誇張地皺起眉頭，看向辦公室裡其他同事，就像在尋求支持。

他怎麼能用那種開玩笑的嘴臉看他們？鈴井無法理解。他唯一了解的是，課長一點都不認為自己有任何過錯。

——你否定啊！鈴井在內心想著。

拜託你，快點否定吧。課長或許的確是在講電話，但對方應該不是神桑。因為一個正常人，不可能對親人遭逢事故、受了重傷的人做出那種事。快點否定啊！鈴井強烈地想，幾乎是在內心懇求了。

然而他聽見課長重重的嘆息聲：

「神桑沒事啦。早上他打電話的時候，聽起來就沒怎樣了。要是講到一半，他太太有什麼狀況，他自己會掛電話吧？我也會馬上打住啊。我本來就打算只聊個兩三句而已。如果他在忙，直說就好了嘛。」

「這……」
和課長滿不在乎的態度相反，睦美愈來愈面無人色。她看起來隨時都快昏倒了。
課長擰起嘴唇笑道：
「重點是，果然是妳啊。最近部長跟人事部為了莫須有的事把我叫去，我就想一定是有人對我懷恨在心，到處去亂說些我的壞話——妳不覺得可恥嗎？沒辦法升遷明明是自己的問題，居然扯上司的後腿。」
睦美的表情——凍結了。
她瞪大眼睛，似乎不知道該如何回話了，辦公室裡其他員工也是一樣。這已經超越生氣或憤怒的程度，完全是張口結舌了。
就是如此絕望、說不通的感覺，甚至沒有心虛掩飾，這個人真的覺得自己一點過錯都沒有，他活在自己絕對正確、相信自己就是正義的世界裡。
「你這個人……」
睦美總算說出一句話，聲音就像勉強從喉嚨裡擠出來的。但是她說不下去了。對於講不通的人，確實也沒什麼好說的了。
這時，一片死寂的辦公室裡響起了電話鈴聲。
「您好，四宮食品，營業二課。」

最資淺的田宮就像要逃離這尷尬的氛圍般接起電話。這段期間，課長和睦美依然默默互瞪著。「咦？啊，好……」田宮接電話的聲音顯得異樣清晰。

「課長。」

田宮拿著話筒說，他的表情快哭出來了。被叫到的課長從睦美臉上別開目光，不悅地應道：「怎樣？」田宮說：

「三線有外線——神桑打來的。」

電話是來通知神桑的太太沒有恢復意識，就此過世的消息。

下個月，佐藤課長被調走了。

他被調離總公司，被派去公司底下的倉庫管理公司，但調動的理由並非權勢欺壓。直接的原因是他和客戶幹部發生衝突，毆打對方成傷。他和在關東這一帶擁有許多分店的綠森超市的常務，在應酬場合上為了細故發生口角，撲上對方扭打起來。

引發衝突的「細故」究竟是什麼，鈴井等人沒有被告知。但當時也在現場並且制止的濱田說，課長兩眼充血，暴吼：「你是說我錯了嗎？」

「我不打算跟你對槓，我想要和平解決。但客觀來看，顯然我才是對的，為什麼你就是不懂？欸，你明知道誰說的才有問題吧？你應該反省一下。」

鈴井並未實際聽到那聲音，但他可以想像得出來。他一清二楚地想像出課長那毫不懷疑自己的正義、也堅信對方同意自己的理論的口氣。

濱田壓低聲音，更進一步向鈴井透露。

動手毆打客戶的常務後，課長衝出店裡，濱田連忙追上去，結果課長又用那種口氣滔滔不絕地說：「那傢伙果然就是個廢物。我都這麼客氣了，他卻完全看不出來。他能有今天的地位，都是我用我課長的身分，處處為他提供方便啊。」——濱田實在聽不下去，勸說：「課長，回去道歉吧。」結果課長狠瞪濱田，說：

「什麼！你也是個廢物！根本說不通，你什麼都不懂！」

說完後——課長當場打手機出去。

鈴太太過世後，神桑請假了一陣子。因為葬禮只辦家祭，所以公司只送了奠儀過去。鈴井聽說神桑請假期間，部長和睦美等人採取行動，嚴命神桑絕對不可以接聽佐藤課長的電話。「或許你會覺得過意不去，但把課長的來電設成拒接吧。」睦美說，神桑被這麼吩咐，雖然顯得困惑，但似乎大鬆一口氣的樣子。

「可惡！」

打電話給某人的課長氣沖沖地把手機砸到地上。猜得到他是打給誰的濱田出聲：「課長……」不出所料，課長說：

「為什麼不接！太莫名其妙了！」

這時警笛聲接近了。因為發生暴力事件，餐廳報警了。看到靠近的紅色警示燈停在他們走出來的店門口，濱田臉色蒼白，但課長仍罵著：「幹！」不停地踹手機。

——演變成這樣，或許才是好的，鈴井想。

雖然公司和綠森超市的關係降到冰點，上司們現在仍在拚命修補裂痕，但幸好對方願意和解，最重要的是，如果就那樣放任下去，課長遲早會以某種形式衝破臨界點。

也許他年紀輕輕就當上主管，過度要求自己，承受不了壓力而失常了。如果是這樣的話，就像鈴井以前猜想的那樣，佐藤沒有領導他人的資質。現在離開營業部門，調到比較不需要和人打交道的部門，或許對本人也比較好。

對二課來說幸運的是，佐藤課長突然調走，接下來的人事安排，是讓主任睦美直接升為課長。有可能是因為這次的人事異動是醜聞導致，不好牽扯到其他部門也說不定。看到四宮食品創業以來的第一位女性營業課長誕生，鈴井這些員工都非常欣喜。

◆

「請問——這不是白石醫生嗎？」

背後有人出聲，鈴井回頭，站在那裡的是個年約六十五歲的高雅老婦人。脖子上繫著領巾，戴著有色眼鏡，非常時髦。手中抓著綠色皮繩，牽著一隻狗。也許正在遛狗。

不認識的人。瞬間鈴井以為聽錯了，人家不是在叫他。但循著老婦人的目光看去，他一陣訝異。老婦人不是在看鈴井，而是看著鈴井旁邊的神桑。

「咦？」

神桑困惑地回望老婦人。

鈴井和神桑剛去大型藥妝連鎖店的總公司進行冷凍食品新產品的簡報回來。太太的葬禮結束，神桑回歸職場後，成為新課長的睦美便提議讓原本在營業部都只做些輔助工作的神桑也出去跑業務。

「我覺得他在上一份工作表現一定也很不錯，有他陪著你就安心了。」

聽到睦美這麼說，鈴井也贊成。他一直覺得神桑有實力，卻遭到佐藤課長故意打壓。如果個性內向的神桑因此未能發揮自己的本領，那就太可憐了，而且對於部門來說，也是一大損失。

因此進入新體制後，鈴井和神桑搭擋拜訪客戶的狀況也增加了。實際上鈴井感覺這是正確的做法。有年長的神桑陪在身旁，光是這樣，客戶對他的態度便敬重了不少。神桑沉穩柔和地向客戶說明產品，有時候平常不會出面的主管還會特地出來聆聽。

突然現身的老婦人腳邊，她正在遛的狗「汪」了一聲。「不可以。」老婦人小聲制止，再次探頭看神桑的臉。「果然沒錯！」她在胸前合掌說。

「好久不見了。啊，真是的，你突然關門搬走，我一直好擔心你去了哪裡呢。你別來無恙嗎？我也是最近才搬來這裡的，沒想到會在這種地方遇到。」

「呃……」

神桑看起來不知所措。看到他那種冷淡的反應，原本開心地說話的老婦人這才現出訝異的表情。她歪頭露出不解的樣子。

「請問……你不是白石醫生嗎？」

「不是。」

「啊……」

老婦人似乎也漸漸失去了自信。她有些尷尬地別開目光，這時腳邊的狗凶猛地吠叫起來。

汪！

刺耳的吠叫聲連續不斷。

汪！汪！汪汪！

聽著那叫聲，神桑歉疚地頷首致意，從老婦人附近離開了。老婦人安撫狗兒：「啊，喂，奇可！別叫了！奇可！」

鈴井本來想追上離開的神桑，卻不知為何留在原地沒有走，老婦人向他道歉：

「不好意思啊。這孩子平常很乖的，不曉得怎麼突然激動起來了。嚇到你了，對不起。」

「啊，不會……」

神桑是討厭狗嗎？鈴井這麼想，搖了搖頭：

「不好意思，他是我同事——請問妳是他以前的朋友嗎？」

剛才神桑是不是在裝傻？神桑不太提起進入現在的公司以前的事。鈴井猜想他以前是在某家大企業當主管，但因為某些苦衷，所以才刻意避而不談。

老婦人拉近牽繩，彎身安撫小狗，點點頭說：

「是啊。我本來以為是，不過好像認錯人了。真抱歉。」

「他是哪家公司的社長……之類的嗎？」

「不是喔，是醫生。」

老婦人表情愣愣地回答。

「以前是我們家附近一家口碑很好的診所醫生，可是卻突然關了。真的很可惜。」

狗兒——不知不覺間不叫了。牠沒有繼續吠叫，但憋著咆哮似地，口中發出模糊的低吼聲，彷彿瞪視地看著神桑消失的方向。

◆

鈴井跟丟的神桑在一段距離之外的公園裡，坐在長椅上。

「神桑。」

鈴井出聲，他便轉頭看這裡：

「啊……抱歉，鈴井，我實在很怕狗。」

「真意外。」

鈴井笑著，也在長椅上坐下來。神桑吐出一口氣：

「不好意思讓你見笑了。不過比起我來，你真的好厲害。你剛才的說明，讓客戶的課長很吃驚呢。課長說雖然沒辦法下訂，但你簡報的表現，實在很想讓他們員工學習一下。」

「咦，真的嗎？」

鈴井純粹驚訝地反問。

剛才的簡報，鈴井自己覺得表現很差。所以簡報期間，客戶的課長聽得意興闌珊，結束後冷冷地塞回資料說「我們應該不會訂」，鈴井都覺得這也難怪。雖然最後勉強讓對方收下了資料，但客戶對他的印象一定很不好。

「咦，真的啊。」

這次換成神桑驚訝地說。

「你和對口人員暫時離開的時候，組長對我說的。說你的簡報明瞭易懂，就算沒有資料，內容也讓人印象深刻。說現在雖然沒辦法下訂，但以後有需要，一定會想到我們公司，跟你連絡。」

「啊，所以……」

說不需要資料，是這個意思嗎？鈴井正這麼想，神桑說：

「一定也是因為你的聲音很好聽。所以由你說明，內容讓人格外印象深刻。」

「哪有……」

鈴井覺得神桑的聲音也很悅耳。站姿又風度翩翩，有種演員般的風采。被這樣的神桑誇獎，鈴井真心感到高興。但他不習慣被稱讚，支吾地回應：「謝謝。」

神桑對人觀察入微。剛才的老婦人用別的姓氏叫神桑，應該是認錯人了，但神桑在進來現在的公司以前，到底是做什麼的呢？

他一定擁有比我更豐富的人生歷練，經歷過許多事吧——這麼一想，鈴井不由得接著說了下去：

「神桑這樣誇我，我很高興……可是其實我自己明白，為什麼客戶今天不願意訂購那樣商品。」

神桑默默地看著鈴井。鈴井回想起手中公事包裡的資料商品照片，告白說：

「今天簡報的那樣商品，其實是我在企畫部參與到一半的商品。我想要推出冷掉也一樣酥脆好吃的春卷，做為便當配菜，是我進公司以後第一次通過企畫的產品，開發也很想參與到最後……」

但因為突然的人事命令，鈴井被調到營業部，就此無疾而終。企畫商品就像是自己的孩子，而且最重要的是，那是鈴井第一個負責的商品。他希望後繼人員能夠負起責任，完成和他的理想相近的成品。

然而——試吃完成的新商品後，鈴井大失所望。吃不出和舊有的商品有任何差別。得知新商品沒有採用他提議的製法，即使現在他是在營業部推銷產品的立場，依然無法去喜歡那樣商品。

「我實在不覺得好吃。可是聽到其他人說『變得比之前的更好吃了』，我會想：只是包裝變了，表面上這麼感覺罷了，還是覺得很不甘心。無法真心覺得好的東西，不可能在向客戶推銷的時候確實傳達出它的魅力啊。」

「鈴井。」

神桑開口。鈴井抬頭，注視著他的神桑，眼睛清澈無比。

「你一定很難過。」

神桑以深深打動鈴井心胸的聲音說。

「你一定非常重視這個商品。這樣的你卻被逼得說出『實在不覺得好吃』這種話，表示你一定被傷得很深。」

啊——鈴井深受震動。神桑定定地看著鈴井的眼睛說：

「你真的很嚴肅地在思考這個商品呢。在今天的簡報上，包括你的這番心意在內，客戶一定都感受到了。」

「這樣嗎……？」

「嗯，我是這麼認為的。」

聽到神桑這話，一股暖意在心胸擴散開來。他覺得連自己都沒有察覺的真心獲得了肯定。

「我們走吧。」神桑說，從長椅站了起來。

「得在下班前趕回去，否則又要被課長罵了。」

「——是。」

鈴井苦笑著點點頭。

把以前親密稱呼的「睦姊」改口稱為「課長」，已經過了很久了。一開始睦美說「像以前一樣叫我就行了」，但眾人都很開心她當上課長，說「這種事還是要照規矩來」，刻意稱她「課長」。但老實說，鈴井還不習慣這個稱呼。而睦美成為新課長以後，還有其他尚不習慣的事，她準時下班回家的作法也是其中之一。

有小孩、有家庭的睦美，一定都會準時下班。所以如果有事要連絡課長，必須在她回家前處理——更不習慣的是，課長似乎希望鈴井這些部下也盡量減少加班和應酬。她並未公開強迫，完全只是表現出「希望大家這麼做」的態度，但這總教人覺得不舒服。

——真好，妳準時下班是天經地義嘛。

鈴井忍不住會這麼想。課長自己在營業部門做了這麼久，明明清楚業務的工作外務占了一大半，文書工作必須等回到公司以後再處理。可是身為上司的自己早早回家，讓她覺得心虛，所以她才會逼迫鈴井這些部下也配合她的生活節奏。

雖然拿照顧孩子當藉口，但既然成了課長，就應該陪部下一起加班才是道理吧？

「那個，神桑。」

鈴井遲疑地叫住神桑。這幾天他猶豫了很久，不曉得該不該說，但因為身在公司外面，少了幾分顧忌，不小心便脫口而出了：

「最近課長是不是對神桑特別嚴厲？」

——神桑，你過來一下。神桑，這個你覺得怎麼樣？這樣就行了吧？

在部下當中，課長似乎格外依賴年長的神桑。這一點鈴井這些部下也感覺到了。不過就算是這樣，這陣子課長叫神桑的頻率也太高了。

特別令人介意的是，前些日子鈴井偶然聽見課長在走廊對神桑這樣說：

——虧我那麼依靠你！我覺得你是個能幹的人，才會那樣說的啊！

那種口氣——似曾相識，所以鈴井忍不住介意。但睦美的話，鈴井覺得應該不會有事。

「不用擔心。」

神桑微笑，用那種鈴井總是覺得好溫柔——溫柔過頭的嗓音和口氣，搖了搖頭說。「可是——」鈴井正欲說下去，神桑接著說：

「一定是關係的問題吧。」

「咦？」

「不是課長有什麼不對，是周圍的關係、氛圍讓她變成這樣。所以沒事的。」

「是嗎？」

神桑沒必要替課長說話啊——鈴井懷著無法釋然的心情反問，神桑明確地點頭：

「是的，不是課長有什麼不對。」

「是神桑人太好，才會這樣想。」

「是嗎……？」
神桑就那樣站著，俯視鈴井。
暮色逼近了。
神桑背對著橘紅色變得更濃的夕陽站立，他的臉因為背光，看上去一片漆黑。因此看不到他的表情。瘦長的身軀腳下伸出細細長長的影子。
「每個人想聽到的話都是一樣的。」
神桑唐突地說，那聲音極為沉靜。
「咦？」
「希望對方說的話，每個人都希望別人肯定，肯定自己的正義才是對的。對於願意說出想聽的話的對象，任何人都會掏心掏肺，把自己交付給對方。」
沒錯——鈴井想。
所以大家都會去依賴神桑，不管是課長，還是之前的課長都是。
現任課長說前任課長和神桑是「關係成癮」，完全沒錯。少了神桑，前任課長就得不到任何人的肯定了。因為神桑肯定他，所以他有恃無恐，不管是對上司還是其他部下，就連對客戶，都擺出「我才是對的」的態度，積習難改。
明明這根本是錯的。

想要他的聆聽。然後不管是多難聽的埋怨，或是自以為是的成見，神桑都會像個黑洞一般，將它們全部吸收進去，完全不會否定「你錯了」。不會讓對方感到任何不舒服。對前任課長來說，糾正或許才是好心，但無法這麼做，果然是因為神桑太溫柔了。

鈴井心想：誰叫那些人不肯像我這樣與神桑對等交談，是他們咎由自取。我向神桑傾吐煩惱的時候，我們的關係也是平等的，所以我和他是「對話」，但課長他們卻是一廂情願的。

——怎麼能那樣一廂情願地向對方說一堆無關緊要的雞毛蒜皮小事？

現任課長自己也對前任課長說過一樣的話，所以其實她自己也心知肚明。如果說是兩人的關係蒙蔽了她的目光，那就太諷刺了。

他們一定是誤以為神桑打從心底喜歡他們吧，明明神桑只是配合他們而已。這麼一想，他們還真是可悲。

「好了，我們回去吧。得加緊腳步囉。」

神桑說，仍站在鈴井的正面。他的臉依舊漆黑，只能勉強從眼鏡的鏡框看出臉龐邊緣。

鈴井看著那張臉，忽然萌生疑問：他是長這樣的嗎？

他本來是什麼長相？

「不過說到很會說明，現任的丸山課長也很擅長說明呢。課長和你是不同的類型，但課長能當場理解聽不懂的人不懂的點在哪裡，確實地解開疑問。」

「是……嗎？」

聽到神桑的話，鈴井的內心爆出一道火花。

他覺得：啊，對嘛，就是因為神桑沒待過企畫部，所以才不懂。一股煩躁不由自主地衝上心頭。

「課長的確是只有說明的口氣很流暢啦，但那是因為她根本不了解產品，才能像那樣侃侃而談。如果從素材開始，每一個細節都掌握，有些地方一定會覺得抗拒，說不出口，但她只待過營業，所以才可以不負責任地信口開河——」

「咦！是這樣的嗎？」

「嗯，其實就是這樣。像我因為知道實際情況，所以有些事就絕對說不出口。」

「原來是這樣啊，我都不知道。」

神桑深深地點頭。他背對夕陽，看不見表情，也看不出感情，但鈴井知道那張臉笑了。

「所以你的簡報聽起來才會那麼真誠啊。我真是期待呢，以後不管你是調回企畫部，還是在營業部往上爬，一定都能成為我們公司的王牌。」

「哪裡……」

鈴井嘴上謙遜，其實心裡甜蜜蜜地都快融化了。然後他後悔在神桑面前微詞批評了一下課長，他再次覺得神桑這個人實在了不起。

神桑沒有附和鈴井的批評，也沒有全面支持他的說法。神桑沒有指責任何一方，毫無矛盾地繼續說下去。

「我們走吧，神桑——啊。」

鈴井站起來，打住了話。他苦笑之後對神桑說：

「稱呼的事，也被課長罵了呢。說不能老是叫你神桑。」

部門內稱他「神桑」，是前任佐藤課長起的頭。理由是想要讓一個人極端比其他人年長的他盡快融入部門內。鈴井當時覺得很受不了，認為以為換個稱呼就能拉近距離，這種思維根本就是和時代脫節——但進入新體制後，昨天新課長丸山提議：

「一直用神桑這個稱呼不好。」

鈴井目瞪口呆：事到如今再把已經熟悉的綽號改回去，未免太沒道理了，而且像這樣拘泥於稱呼，表示妳的觀念也跟前任課長一樣不是嗎？妳果然也是個落伍的人——他這麼想。

「走吧，神原大哥。」

聽到鈴井呼喚，神原慢慢地轉換身體方向。避開背對的夕陽殘照，側臉的輪廓便回來了。看見表情了。

「沒關係啦，叫我神桑就好。」

神原說。

——叫阿神有點俗，那就叫神桑好了。

前任課長這麼說，哈哈哈笑著決定了這個綽號。回想起當時，鈴井有種很奇妙的感受。他並不喜歡那種笑法，但那個成天酸言酸語的佐藤課長如此開朗地大笑，卻是好遙遠的記憶了。他居然曾經笑得那麼陽光，簡直就像個難以置信的謊言。

神原走在鈴井前方一步。

「可以和鈴井一起共事，我真的很幸運。」他說。

「企畫的事也是，我是外行人，完全不懂，所以你願意告訴我這些，真的讓我獲益良多。你不僅簡報做得很好，也真的很會教人呢。」

鈴井聽著這聲音，心想：

啊，要是他是課長就好了。

比起那種下班時間一到就跑回家的課長——這個年齡恰當，又細心關照身邊和我的這個人，更適合課長這個位置。

鈴井這麼想。

夕陽的顏色很美。鈴井低頭看自己的腳，看著鮮明地向後方延伸的自己的影子。看到那影子後，他跨步往前走。他只看到自己一個人的影子。

和鈴井並肩往前走的神原的影子，從腳下長長地、長長地拉出去，而且正搖搖晃晃，周圍卻沒有任何人發現。

第四章　組長

自從那孩子來到班上以後，事情就開始了。
草太暗自心想。

那孩子來到班上以前，區立楠道小學五年二班的中心人物是中尾虎之介。虎之介的爸媽都是律師，從一年級同班的時候成績就很好，是會在各種場合被大人稱讚「了不起」的孩子。

「了不起，因為父母都是律師嘛。」
「了不起，都是媽媽教得好呢。」

——虎之介的媽媽，在校內也是出了名的重視教育。她也積極參與學校活動，每年都在親師會擔任幹部，從一年級的時候開始，就像是整個學年的領袖人物，其他母親也經常和虎之介的母親連絡。草太的媽媽也常說：她工作一定也很忙，卻能為孩子做到這種地步，太厲害了。

虎之介確實功課很好。個子高，體型健碩，力氣也很大，因此也很擅長體育和球類運動。

但是草太討厭虎之介。雖然沒有說出來，但是和虎之介要好的小朋友裡面，是不是其實也有很多人討厭虎之介？

理由是虎之介很驕傲，又很粗暴。

因為成績和運動表現比其他孩子好，所以虎之介認為自己是最厲害的。

「學校的功課我都在補習班上過了，覺得程度實在很低啊。」

虎之介老是這樣說，所以經常不寫功課，或是忘記帶課本。「課本看了又沒用。」虎之介這麼說，但如果有人忘記帶課本，坐隔壁的同學就必須讓他一起看，結果總是附近的同學倒楣。虎之介或許很會念書，但是他就像這樣，生活沒紀律，邋里邋遢的。

而且性情反覆無常，會毫無來由地突然打人或踢人。明明別人一點過錯也沒有，完全就是沒頭沒腦突然動手。

草太也被虎之介踢過好幾次。

因為太常發生了，這要是平常，他應該也會覺得沒辦法，忍氣吞聲算了，但是去年有一次虎之介不曉得在發什麼火，把打掃時搬到桌上的椅子踢下來，草太剛好經過，椅子壓在他身上，害他撞傷了膝蓋。

這次實在無法息事寧人了，校方請草太的母親去學校，和導師講了很久。好像為了害草太受傷的事而道歉。

然而始作俑者的虎之介卻沒有向草太道歉。挨老師的罵，他只是露骨地不高興，臭著臉撇著嘴，背著牆默默站著而已。

老師好像也和虎之介說了很多，但那天結果虎之介堅持「我又不是故意的」，不肯向草太道歉。

老師答應草太和母親，說也會連絡虎之介的媽媽，要她在家裡跟孩子好好談談。

然而隔天早上——

「欸，你知道你媽傳這種東西給我媽嗎？」

虎之介突然跑來跟草太說話，他的手上握著智慧型手機，顯示某個畫面。草太總是得意洋洋地炫耀他的智慧型手機，對其他只有兒童手機的同學說：「你們還在用那種幼稚的東西喔？」當然，學校禁止學生帶智慧型手機。

撞到的膝蓋已經沒事了，但用力按還是會痛，而且變紅的地方開始轉成藍色的瘀青了。

虎之介繼續把手機螢幕對著這裡。草太拗不過那種「叫你看」的壓力，接過手機，發現上面是ＬＩＮＥ的畫面。草太自己沒有手機，但他看過幾次母親手機裡的ＬＩＮＥ畫面。

畫面上方顯示『草太媽媽（早智子女士）』，似乎是翻拍下來的。是草太的媽媽傳給虎之介媽媽的訊息。

『虎之介媽媽，抱歉在妳工作忙碌的時間突然傳訊息過去。

剛剛學校把我叫去接草太，好像是虎之介踢了教室的椅子，撞到了我家小孩的腳。不是什麼嚴重的傷，草太好像也還好，但我想虎之介媽媽等下就會接到學校連絡，所以先連絡妳一聲，免得妳嚇到。

剛才去學校的時候，我也看到虎之介了，但我知道虎之介不是會毫無理由做這種事的孩子，也知道他是個很活潑的孩子，所以我問他：「你為什麼這麼做？」結果虎之介說：「我不知道。」

我說：「這樣嗎？可是草太很喜歡你，我也不希望你們兩個受傷，所以下次要小心喔。」不曉得虎之介現在狀況怎麼樣？草太很喜歡虎之介，所以希望他們兩個以後還是好朋友。往後還請繼續指教。』

底下是虎之介媽媽的回覆。比草太媽媽的回覆更簡短，兩句而已。

『咦！對不起！早智子，虎之介居然做了那種事？』
『謝謝妳告訴我。我剛接到學校連絡，我這就去學校。』
畫面到這裡結束。
看到這內容，草太不知所措。他不知道該有什麼感受才對，歸還手機，看著虎之介。
虎之介臉上帶著賊笑，看著草太。
「你媽怎麼這麼可怕啊？」
虎之介說，嘴上的賊笑似乎比剛才更深了。
「昨天我媽給我爸看這個，說『欸你聽我說，虎之介在學校啊……』，把我念了一頓，可是我媽說妳媽『突然傳這樣一大串過來，有夠恐怖的。嚇死人』。」
草太聽著，想起媽媽的臉。
昨天媽媽探頭看他變紅的膝蓋，一臉憂心。「草太，還好嗎？」她再三追問：「不去醫院真的可以嗎？」草太說「我沒事」，媽媽便從冰箱拿出保冷劑，用毛巾包起來替他冰敷。草太想起媽媽的手的觸感──耳朵熱了起來。
媽媽是寫給虎之介的媽媽的。這麼說來，回家路上媽媽一直在用手機，他本來還以為是在通知爸爸。
「一大串」，雖然這說法有些陌生，但他知道是什麼意思。一大串。有夠恐怖的。嚇死人。

草太不知道該有何感受，也不知道該說什麼才好，但他明確地知道一件事：虎之介不打算道歉，虎之介的媽媽也瞧不起我媽媽，還有我。

對於我媽媽禮貌地拚命打出來的「一大串」，虎之介的媽媽只回了短短幾行字。

怎麼搞的好像不對的是我媽媽一樣？怎麼會這樣？我很討厭虎之介，這件事媽媽應該也隱約察覺了才對，然而卻寫什麼「草太很喜歡虎之介」，只顧慮對方的感受，媽媽幹嘛要低聲下氣成這樣啦？草太覺得不甘心極了。

為什麼？因為虎之介的媽媽是親師會成員，就像是媽媽們的老大嗎？就算是這樣……虎之介也是，為什麼要給草太看這種東西？耀武揚威似的。再說，這畫面是虎之介的媽媽讓兒子翻拍的嗎？

好不甘心、好不甘心、好不甘心。

後來老師來了，虎之介把手機收起來，虛應故事地對草太道歉說：「昨天對不起。」老師也一臉滿意地點點頭，說：「很好，虎之介跟爸爸媽媽談過以後，好像也知道錯了，草太也原諒人家吧。」

接下來國語課以「朋友」為主題寫的作文裡面，虎之介寫道：「我絕對不原諒欺負朋友的人」。

「欺負朋友的人是最糟糕的人。我聽說如果制止霸凌，反而會成為霸凌的目標，但我還是想要成為制止霸凌的人。我想要保護我的同學。」

讀到這內容，儘管氣得牙癢癢的，但草太什麼也不能說。他強烈地想：盡量別跟虎之介牽扯上比較好。

很快地，神原二子來到了班上。

聽到「二子」這個名字，草太以為是女生，但背對黑板站在講台旁邊的二子，是個瘦瘦小小戴眼鏡的男生。

「我的名字是我爸爸媽媽取的，和『微笑』同音，也就是『微笑』的意思。請大家叫我的名字就可以了。請多指教。」

二子說，低頭行禮。在轉學過來以前，搞不好他也曾因為這個名字而受到同學嘲弄。戴眼鏡看起來很認真的二子成績很好，喜歡閱讀，經常看到他在下課和放學後去圖書室。草太聽媽媽說，二子的媽媽好像也喜歡閱讀，加入了學校的「說故事委員會」。

「二子的媽媽好像有點奇特呢。小孩的名字個性十足，所以他們家可能有很多自己的堅持吧。」

草太的媽媽不是說故事委員會的成員，好像是從參加的其他媽媽那裡聽說的。媽媽沒有更進一步說明是怎樣的「奇特」，但她這麼問草太：

「二子有沒有什麼奇怪的地方？」

「唔……他很聰明，也很懂事，說起話來有時候滿特別的。」可能是讀了很多書，二子的遣詞用句很成熟。媽媽聽了點點頭說「是喔」，接著問：

「最近虎之介怎麼樣？」

「沒怎樣啊。」

「你說在班上，你們是同一組對吧？」

「嗯，二子也是同一組，二子是組長。」

聽起來像順道一問，但草太覺得媽媽真正關心的是虎之介。雖然沒有說出口，但感受得出來，媽媽也不希望那傢伙跟自己的小孩有瓜葛。

「這樣啊。」

媽媽點點頭。同樣態度輕鬆地，就像在說「媽媽沒在擔心喔」。接著她真的是「順道」一般，說：「希望可以跟二子變成好朋友呢。」

隔天，二子站在教室後面貼出來的「小花貼紙表」前面。

「草太，這是什麼？」

草太剛好輪到打掃值日生，在二子附近用掃把掃地。突然被這麼一問，他點點頭說：

「哦……那是小花貼紙。如果小組裡面每個人都記得帶東西，或是上課的時候踴躍舉手發言，老師就會貼一張鼓勵。」

框裡寫著一組到六組，旁邊排著貼紙。雖然號稱「小花」，但其實只是紅色的圓形貼紙。大家都很努力在蒐集貼紙，雖然就算累積了很多，也沒有獎品，第一名的小組也不會特別被表揚，但光是聽到「比賽」，大家就會幹勁十足，只為了不想輸給其他組，每一組都拚命努力。

「我們組的貼紙很少呢。」

二子看著五組的小花貼紙說。草太點點頭，心想：那當然了。

「因為我們組有虎之介啊。」

「他在我們組裡，有什麼不妥嗎？」

如果說二子哪裡奇怪，就是這種說話方式奇怪。草太確定周圍沒有虎之介和他的朋友後，回答：

「虎之介真的很常忘記帶東西，而且又完全不寫作業。他很聰明，上課經常舉手發言，所以靠這個賺了不少分數，但之前有一次虎之介舉手，老師卻指名其他同學，他就抓狂說老師偏心，後來就鬧起彆扭，上課中完全不舉手發言了。」

「這樣。」二子說，推起眼鏡說：「換言之——這張表是為了讓眾人追求累積這些貼紙，而遵守紀律、積極發言、努力向上，由班上設計出來的系統？」

「呃，嗯，大概就是這樣吧。」

草太點點頭，其實聽著二子的話，他內心恍然大悟：對耶，這個貼紙比賽，確實是基於這樣的想法設計出來的。雖然他努力想在比賽中得勝，卻沒細思過是為了什麼。

「原來如此，有意思。」

二子點點頭。他看著貼在牆上的表說：

「很有參考價值。謝謝你。」

很快地，草太便再次感覺二子是個「有點奇怪的孩子」。

對於虎之介，眾人不是像小弟一樣對他唯命是從，就是像草太那樣不想扯上關係而保持距離，但二子居然開始照顧起虎之介來了。

比方說，虎之介忘記帶橡皮擦或尺，就會向坐在附近的二子借。這要是草太或其他同學，就會覺得「討厭死了」「又來了」，不甘不願地借他，二子卻不會這樣。上課的時候，虎之介伸手要拿橡皮擦，二子便用相當大的音量斬釘截鐵地說：

「我不借，借你反而是害了你。別人一直用我的東西，我也覺得很不舒服。」

虎之介大吃一驚。可能是因為從來沒有人敢當著他的面說得這麼白，他整個人呆住，甚至連生氣的樣子也沒有。

正在上課的老師也嚇了一跳，但接著露出有些鬆了口氣的表情，只說：「就是啊，虎之介也要記得帶自己的文具來。」

二子不是這樣就完了。這天他在課後班會上提議：

「請大家不要借東西給忘記帶東西的人。今天我沒有借給虎之介，但不只是虎之介，借東西給忘記帶的人，就無法讓他們學到教訓。要讓他們體會到忘記帶東西的困擾，他們下次才會乖乖帶來。」

這席話贏得眾人掌聲，因為所有的人都受夠了虎之介的懶散。但虎之介本人在掌聲中仍像平常一樣吊兒郎當地笑，小小聲地喃喃：

「我是完全無所謂啦。就算不借我東西，也不會妨礙我學習，困擾的反而是老師跟你們吧。」

就像虎之介說的，他忘記帶東西的行徑依舊不改，而且也不向附近座位的同學借了。老師看到虎之介沒課本看，說「虎之介，跟隔壁同學一起看」，虎之介就故意大聲說：「沒有人要借我，因為借我看課本就是在害我！」酸味十足，顯然是刻意說給二子聽。

各組活動時，虎之介也說：「沒有人要借我剪刀，我可以不要做嗎？」自個兒跑去塗鴉，或是不參加活動。

二子——只是靜靜地看著。

後來過了一段日子，班上的每一個媽媽都接到了虎之介媽媽的連絡。

「欸，那個轉學生好像每天都去虎之介家耶，草太，你知道什麼嗎？」

「咦？」

草太愣住，不知道媽媽在說什麼。二子——跑去虎之介家？媽媽接著說：

「聽說他每天都跟虎之介一起回家，一起寫作業，準備隔天上學要帶的東西，然後才回家。就算虎之介想要一個人回家，轉學生也絕對會在後來自己去他家。」

「每天嗎？」

「好像是每天。」

媽媽似乎很驚訝，草太也驚訝極了。

這麼說來，這幾天虎之介都有好好寫作業，好像也沒有因為忘記帶東西而被糾正。教室後面的五組的小花貼紙不斷地增加。

媽媽側了側頭說：

「虎之介要補習的日子，聽說轉學生會等到補習班下課、虎之介差不多回家的時間過去。那時候已經很晚了，虎之介的媽媽也說小孩子這麼晚一個人跑出來太危險，二子卻說

『沒問題的，我和家長一起來的』。好像是叫他爸爸還是媽媽送他去。」

「因為虎之介老是忘記帶東西啊。二子是組長嘛。」

草太說明學校發生的事。教室的小花貼紙表、二子說「這樣會害到虎之介」，不借他東西這些事。但聽完後，媽媽的表情依舊難以釋然。

「可是——這未免太誇張了吧？」

「咦？可是虎之介老是忘記帶東西，給大家造成麻煩啊。」

「這我知道，但這種行為不會太過火了嗎？為了要對方遵守規矩，每天跟到別人家去，而且還跟家長一起。虎之介家一定也覺得很困擾。」

「可是……」

草太也同意媽媽的話，但造成大家麻煩的「麻煩精」是虎之介才對。二子的行為或許有些過火，但他做的事才是對的。結果媽媽說：

「虎之介的媽媽說她覺得很恐怖。」

恐怖——

這句話刺激了草太的記憶。

——突然傳這樣一大串過來，有夠恐怖的。嚇死人。

「才不恐怖呢。」

草太忍不住說。

「因為虎之介現在都會乖乖寫作業，也不會忘記帶東西了，我們小組也是，以前貼紙都好少，大家都很困擾，現在終於改善了。」

二子沒有錯。

二子大概是正義感很強。以前都沒有人敢對虎之介說什麼，卻只有二子一個人敢當面指正虎之介，他真的很了不起。

「是嗎？——可是，二子的爸爸媽媽不曉得是怎樣的人呢。就算小孩子那麼晚說想出門，也沒有阻止，反而帶他去，太奇怪了。」

「媽媽之前不是說二子的媽媽是個有點奇特的人嗎？」

「虎之介的媽媽說，不是『有點』，而是『相當』奇特。虎之介的媽媽好像說得很直接喔。她跟二子的媽媽說『這樣我很困擾』，二子的媽媽卻笑著說『就是啊，我也很困擾。其實我也是』。二子的爸爸也是，就算說重話，他也只是道歉說『這樣啊，不好意思』，完全沒有要糾正兒子的樣子，夫妻倆好像都是怪人。」

說著說著，「相當奇特」變成了「怪人」。草太只是點點頭：「這樣喔？」

隔天，草太在學校問二子：「你都去虎之介家嗎？」二子毫不遲疑地肯定：「嗯。」

「他不好好守規矩，對班上不好。」

二子說，望向虎之介的座位。虎之介默不吭聲，不看這裡。他看起來很煩躁，用美工刀在割桌子。嘴上已經看不到過去的那種賊笑了。

這天臨時換組了。

「今天的第一堂課預定變更，要重新換組喔。」

聽到老師宣布，教室裡喧嘩起來。因為現在不是學期初也不是學期末，卻在這種不上不下的時期重新編組。不過這時草太看到了。意興闌珊地邋遢靠在桌上的虎之介，嘴巴微微漾出笑意——搞不好是虎之介的媽媽拜託的：請讓二子和虎之介分到不同組。

換組之後，二子和虎之介變成不同組了。草太也和兩人不同組了。貼在教室後面的小花貼紙表也撕下來，沒有再重新製作新的組別表。

總覺得很沒意思，但草太覺得這也是沒辦法的事。或許虎之介也會稍微學到教訓，改正行為。

然而——

「欸，草太，媽媽想拜託你一件事。」

某天媽媽忽然對草太說。

「什麼事？」

「虎之介的媽媽拜託我，說能不能請你提醒一下二子，你可以幫忙嗎？」

「提醒什麼？」

「之前媽媽不是跟你說過？說二子會跑去虎之介家，監視他有沒有寫作業、有沒有忘記帶東西。」

「咦？太厲害了吧，他又跑去了嗎？明明已經不同組了啊。」

這是草太第一次聽到「監視」這個字眼，不過他想：原來如此，虎之介家覺得自己被二子監視了。

草太本來以為二子因為是同組的組長，是為了小花貼紙而那樣做，但二子確實是說「為了班上好」。也許從一開始，就和分組比賽那些無關。

「可是，虎之介的媽媽怎麼會拜託媽媽這種事？她不是跟優一郎還是阿豪的媽媽她們比較好嗎？」

優一郎和豪平常就跟虎之介很要好，就像是虎之介的小弟。這次分組後，他們也變成和虎之介同組，草太認為是虎之介的媽媽拜託老師這麼做的。他們三個人的媽媽也非常要好，學校活動等場合經常一起行動。至於自己的媽媽——就像以前虎之介給他看的LINE畫面那樣，若要說的話，感覺對那些媽媽們非常客氣。

媽媽搖頭：

「就是——她說現在來監視虎之介的不只有二子而已，優一郎和阿豪好像也會去監視，他們好像排好每天輪流去。」

「咦！」

這真的讓草太大吃一驚，忍不住叫出聲來。媽媽接著說：

「不光是這些孩子而已，還有女生，像由希、梨乃，好像會大家一起去。這些孩子的媽媽們好像也被虎之介的媽媽要求規勸自家小孩，但小孩都說『可是這是規定』、『這是為了班上好』，不聽大人的話。」

都是二組的成員——草太想。

和虎之介他們同一組。草太是不同組，所以都沒發現居然發生了這種事。

媽媽嘆氣：

「虎之介的媽媽覺得他們是被二子命令這麼做的。所以草太，你可以幫忙去跟二子說一下嗎？說他這樣太過分了。」

太過分——是否過分姑且不論，但草太覺得可以想像。也許是二子向大家呼籲說：你們都是同一組的，要好好矯正虎之介的行為。

草太還沒回話，媽媽放在桌上的手機忽然震動起來。草太也看得到螢幕。上面顯示「虎之介媽媽」。

以前好像都是用LINE連絡，但現在似乎都打電話，最近三天兩頭就打來。有時還會在很晚的時間或是晚餐時間打來，媽媽都一副很想趕快掛掉的樣子。爸爸也顯得很擔心。

「是那個太太打來的？不能掛掉嗎？」草太好幾次看到爸爸小聲在旁邊對媽媽說。

到底是哪來的那麼多事可以講？草太之前還在納悶，原來是為了這件事嗎？

媽媽把手機拉過去，就像要隱藏震動的手機。接著又嘆了一口氣：

「好嗎？草太，拜託你了。」

既然都會來拜託草太了，當然也已經拜託其他同學的媽媽了。或許虎之介媽媽打電話求助的對象，也不只有草太的媽媽而已。媽媽把手機拿到耳邊，接起來說：「喂？」很快地，電話另一頭傳來虎之介媽媽的聲音：『欸，妳聽我說。』

草太在客廳調小音量看著電視，但電話音量很大，還是會聽見。

『我都快神經衰弱了。』

『都沒有人願意幫我。』

神經質的話聲傳進耳中，讓他心頭一驚。媽媽插進這些話聲的空檔說「對不起，我得去煮飯了」，好不容易才掛了電話。

電話另一頭似乎還在說個不停——但媽媽掛了電話。

接著爸爸回來，草太洗完澡，已經到了要睡覺的時間，媽媽的手機又震動了。但媽媽只是嘆了一口氣看著。
「不接電話嗎？」
草太擦著濕髮問，媽媽尷尬地點點頭「嗯」了一聲。
「已經是睡覺時間了。」她只這麼應道，把震個不停的手機拿到胸口，不讓草太看到。

虎之介開始乖乖寫作業了。
也不會忘記帶東西了。虎之介毫無理由地踹東西、打人的話，當天放學就會召開班會，有人舉手指出這件事。
「虎之介今天踢了走廊的牆壁，這是為什麼？」
「虎之介在打掃時間用力亂丟掃把，這是為什麼？」
每個人的口吻都變得像二子一樣成熟。
一開始虎之介也笑鬧地說「因為我不爽」、「我又沒有」，但大家不肯放過他。
「就算不爽，也不應該這麼做。」
「虎之介說他沒有這麼做，但是大家都看到了。」
不只是單純地指出事實或打小報告，每個人都追問虎之介理由，要求他回答。就算虎之介敷衍地說「是是是，對不起」，大家也不肯罷休。

「如果覺得對不起，你認為應該怎麼改進？」

同學們窮追猛打地這麼問。虎之介似乎已經受夠了，悶不吭聲，結果另一個人舉手說：

「如果不爽，我覺得可以打自己的頭。自己打自己、踢自己怎麼樣？」

咦？草太一陣錯愕。虎之介張口結舌，眼睛瞪得老大。

可是那名同學──和虎之介同組的由希，似乎不是出於惡意或壞心眼而這麼說。她的語氣很平淡，完全是想到了某種「意見」，把它說出口而已。

緊接著──

整個班級炸開來了。沒錯！沒錯！眾人喊著。草太內心驚呼：「咦、咦？」錯愕不已。虎之介嘴巴半張，盯著黑板。草太反射性地轉頭看二子。班上的氣氛變得這麼詭異，顯然是二子來到班上以後的事。他覺得看到班上因自己的影響力而變成這樣，二子應該會一臉滿足，因此才轉頭看他，結果微微倒抽了一口氣。

二子面無表情，他只是靜靜地看著前方。

似乎也沒什麼特別的感慨或感想，在群情沸騰的班上，他一臉事不關己地聽著而已。彷彿毫無興趣。

同學在黑板寫下文字：

——如果覺得不爽，就打自己的頭。

正經八百地寫下這樣一句話。這時，某段文字忽然在草太的腦中復甦：

『欺負朋友的人是最糟糕的人。我聽說如果制止霸凌，反而會成為霸凌的目標，但我還是想要成為制止霸凌的人。我想要保護我的同學。』

他一時想不起來這是什麼文章。但他想起來了。是虎之介寫的作文。讀到的時候，他真的非常不甘心，心想「你明明就不是這樣想」，就是那篇作文。

他不知道為什麼會在這時候想起那篇作文。可是——那篇作文在腦中縈迴不去。

圍繞著低著頭的虎之介，同學們都嗨翻天了，只有草太一個人動彈不得。

「真不敢相信——」後來過了一陣子，草太在回家路上，聽到媽媽和凜子的媽媽在說話。

草太和媽媽買完東西走路回家的時候，偶然遇到了同學凜子的媽媽。兩個媽媽站著聊天，草太一個人去附近公園假裝玩耍，偷聽兩人說話。

「真不敢相信，可是現在中尾家跟二子的媽媽感情很好不是嗎？我聽到真是嚇死了。」

中尾是虎之介的姓氏。兩人好像在說虎之介媽媽的八卦。

「就是啊。我看到的時候也在想：中尾太太怎麼跟沒看過的人在一起？一開始我真認不出那是小孩同學的媽媽呢。怎麼說，年紀不是有點大嗎？還以為是誰的阿嬤，還是女傭，後來二子來了，我才發現原來是二子的媽媽，嚇死了。」

虎之介再也不會忘記帶東西，也會乖乖寫作業，上課變得認真，再也不會對同學使用暴力了。因為如果他生氣想要動手，所有的同學都會對他大叫：

「不是要打自己的頭嗎！」

自從那場班會以後，草太聽過好幾次這樣的起鬨聲──然後現在也已經聽不到了。因為虎之介整個人變成了病貓，再也不惹麻煩了。彷彿變了個人，現在完全不跟班上同學說話了。

「上次家長會的時候，中尾太太跟我說了。」

草太的媽媽壓低聲音說：

「她說因為妳們都不聽我說話，我能依靠的就只有神原太太她們家了！中尾太太的樣子怎麼說，有點不尋常，我實在很擔心呢。」

「我懂，中尾太太好像變憔悴了呢。我看到她的時候沒有化妝，頭髮也亂糟糟的，以前她不愧是職業婦女，不管什麼時候看到，都打扮得美美的，可是上次居然繫著一條髒兮兮的圍裙，跟二子的媽媽走在一起，怎麼說，兩個人看起來簡直一個樣，我真是嚇到了，她到底是怎麼了？好擔心啊。」

說著擔心擔心，媽媽們的八卦卻說了老半天，總覺得有點——樂在其中。或許是草太想太多了，但她們看起來很想永遠聊下去。

橘色的夕照傾灑在傍晚的路面上，兩個媽媽的腳邊拉出又濃又長的黑影搖曳著。

班上的氣氛不一樣了。

「草太，最近架奈經常忘記帶東西，你們是同一組，你是不是應該幫她一下？」

某天二子這麼對草太說，草太覺得冷汗流過背脊。因為草太也注意到這件事了。

坐旁邊同一組的架奈最近經常忘記寫作業。上課不專心，也經常忘記帶東西，草太有點擔心，問她怎麼了？她說母親住院，她要幫忙還小的弟弟妹妹收拾穿戴去幼兒園，或是照顧他們，非常辛苦。架奈不像在撒謊，好像也很晚睡，上課的時候看起來比以前睏倦許多。

雖然不知道為什麼，但草太當下就覺得「這下不妙」。他想起變得就像被拔掉利牙的老虎般安分的虎之介，想起後來針對虎之助群起批鬥的那場班會的盛況。

「妳要看嗎？」

草太忍不住這麼說，讓架奈抄自己的作業。這陣子每天早上，他都趁二子到校前讓架奈抄作業。

「啊……」草太回應二子的聲音有些沙啞。「架奈她媽媽好像住院了。可是她弟弟妹妹還小，所以她好像要幫忙照顧。」

「嗯。」

「家裡只有爸爸一個人，好像很辛苦。她要幫忙家事，最近好像也很晚睡。」

「嗯，我在上一所學校也失去了我哥，很辛苦。」

咦——草太差點驚呼。他忍不住回視說得滿不在乎、彷彿根本沒什麼的二子的臉。失去我哥——意思是他哥哥過世了嗎？因為意外或生病。二子會轉學進來，難道跟這件事有關？

一堆疑問浮上心頭，但草太不知道能不能問，回視二子。二子說：

「可是，所以呢？」

二子的眼睛就像玻璃珠一樣透明，毫無陰霾。

「這跟不寫作業、經常忘記帶東西有什麼關係？如果架奈有困難，你們應該去她家幫她。」

「幫她……」

「嗯，對，要不然我也可以一起去。」

「呃、嗯……」

「而且貼紙表也恢復了。」

「咦？」

草太反射性地回頭看教室後面。以前張貼小花貼紙表的位置，現在貼上了新的表，還沒有任何貼紙的全新的表。

草太困惑地看著二子。二子說：

「這是為了班上進步的優秀系統，廢除太可惜了。」

他又露出了看不出任何感情的眼神。

直到這時，草太才想到一件事。

二子的名字和「微笑」同音。

但是草太從來沒有看過二子微笑的樣子。

該不該去架奈家——如果要跟媽媽說，該怎麼說——草太猶豫萬分，這天決定先直接回家，結果在路上的公園，看到虎之介坐在長椅上。

和以前相比，虎之介的存在感薄弱了許多，彷彿連身體都縮小了一號。看到聳著肩膀一個人坐在長椅的虎之介，草太忍不住出聲叫他：

「虎之介。」

虎之介的反應很遲鈍，「哦……」他慢吞吞地轉頭看這裡。見他默默地把身體挪向長椅另一邊，草太心想：「意思是可以坐嗎？」在旁邊坐了下來。

片刻的沉默。

草太不曉得該說什麼——但完全不提也很不自然，因此主動問道：

「二子跟班上同學還會去你家嗎？」

虎之介眼神有些怨恨地看著草太，接著說「沒有」。

「已經沒來了，他們是覺得不用擔心我再忘記帶東西了吧。他們不來了，我爸媽好像覺得很寂寞。」

「寂寞？」

「我媽問說，班上同學是不是放棄我了？不理我把我當空氣，算不算是一種霸凌？還說其他家長都不幫她。所以二子雖然沒來了，但二子的爸媽會來。他們會聽我媽訴苦，對我媽說：我們很羨慕中尾太太啊、澤渡太太並不是中尾太太的敵人啊。」

「澤渡？」

「六年級兒童會長的媽媽。聽說是學校附近那個大得要命的集合住宅社區的持有人還是設計師——很好笑對吧？」

虎之介笑了，是一種自暴自棄的笑容。

「我媽一直把兒童會長的媽媽當成競爭對手。她從以前就會跟我爸說，上什麼雜誌，自以為了不起，看了就不爽。現在她只顧著跟二子的爸媽講那種無聊的壞話，一整天都在講電話。」

「媽媽們這個樣子，實在很傷腦筋呢。」

草太不知道該怎麼安慰，但他也想起自己的母親不久前在買東西回家的路上和其他媽媽八卦個沒完的事，所以這麼說，沒想到虎之介反應很大：「咦？」草太正要接著說「我媽也是」，虎之介打斷說：

「不只我媽而已。」

「咦？」

「還有我爸也是。我爸也跟二子家的爸爸說了很多事。他會抱怨公司裡沒用的部下，有時還會跟我媽一起，說什麼澤渡集合住宅的那個設計師爸爸看了就討厭，不停地講這些。」

連父親都——這讓草太也不禁驚訝地沉默了。

虎之介以疲倦的口吻繼續說：

「還說希望那個社區有人死掉。那樣一來就會出現不好的傳聞，房價會下跌。」

房價下跌這些事，草太只是似懂非懂，不過他覺得虎之介也是一樣的。因為大人在面前談論，所以會好奇記起來，而且面對同學的時候，會想要秀一些這類一知半解的詞彙。

那二子呢？草太尋思。

但二子那種說話方式，並不像是照搬別人的說法。他覺得是確實地從內在的詞彙中挑選出來說出口的話。到底要怎麼教育，才會教出那種小孩呢？

「……下次放假，要不要一起玩？」

注意到時，草太已經說出口了。虎之介驚訝地眨眨眼，看著草太。草太輕笑：

「我還不會後翻上槓。虎之介，你一年級的時候就會了對吧？下次可以教我嗎？」

「──可以啊。」

雖然虎之介說「可以啊」，但聽起來也像是在問草太：「可以嗎？」那次班會以後，虎之介變得安分許多，但身邊沒有半個朋友了。原本跟他很好的優一郎和阿豪已經不跟他在一起了，就彷彿從來不是他的好朋友一樣。

這時，草太又想起了虎之介的作文。

──我聽說如果制止霸凌，反而會成為霸凌的目標，但我還是想要成為制止霸凌的人。我想要保護我的同學。

雖然虎之介是個討厭鬼，而且自己超討厭他的，可是──草太這麼想。

放假的時候一起玩吧。

然而草太和虎之介的約定沒有實現。

因為隔天早上——虎之介的媽媽跳樓了。

從澤渡集合住宅。

在據說她視為競爭對手的兒童會長的媽媽設計的集合住宅。虎之介的媽媽根本不是那個社區的住戶，卻從戶外樓梯進入建築物，從高樓跳下去，然後——據說過世了。

這天虎之介在上課中被副校長叫出去教室，後來就沒有回來了。

導師也跟著虎之介一起離開，草太的班級變成自習。

自習的時候，因為沒有大人看管，平常大家都會鬧成一團，但這時全班都感受到非比尋常的壓力，沒有人吵鬧。大家只是默默地寫發下來的講義。

但草太覺得就算沒有虎之介的事，大家也不會吵鬧。

因為有二子在。

班上已經沒有半個人會去做減少小花貼紙的不認真行為了。

後來的五年二班——真的是眼花繚亂地發生了許多事。

虎之介過世了。

聽媽媽們說，虎之介的母親過世以後，他被送去奶奶家。然後父親突然去接虎之介。虎之介的爸爸——雖然不清楚，但好像為了媽媽的事被警察找去問話。說媽媽的死亡可能有「犯罪嫌疑」。

把虎之介帶離奶奶家的爸爸，在開車回來的路上出了車禍。他闖了紅燈，就像是主動去撞對方的車子一樣。

這場車禍，奪走了虎之介和虎之介爸爸的性命。

老師說，警方還在調查這場車禍，因為還不清楚狀況，叫同學們不要隨便到處亂說。全班同學都說不出話來。幾個女生問：「會辦葬禮嗎？」但老師說不知道。老師自己似乎也很沮喪，聲音十分微弱。

虎之介不在了。

已經不在了。

簡直就像發生在遙遠的地方的事，草太無法相信。

架奈經常忘記帶東西，大家是不是輪流去她家「幫她」比較好？——二子這樣的提議後來仍持續著。

草太都以為這種事已經結束了，當二子又問草太「你不去嗎？」的時候，老實說他驚訝極了。

「咦？可是虎之介都發生那種事了……」

草太忍不住說，二子愣住，露出打從心底不解的表情問：

「這兩件事有關係嗎？」

草太已經不知道該怎麼回話才好，沉默下去。

別組也發生了同樣的事。

老是偷懶不打掃的涼平。

疑似在小考作弊的朱音。

好像裝病請假的敬人——

「必須讓他們停止這種行為。」二子說，他向眾人呼籲：「大家互助合作，一起守規矩。」

「為了班上好」——用這樣的說詞。

草太——

不想去架奈家。他每天懷著祈禱的心情這麼想。架奈的媽媽快點出院啊——他如此祈禱著，懷著難受的心情看著組裡的其他同學去架奈家「幫忙」。但是他自己絕對不會去。

不只是班上而已。

他覺得整個學校的空氣，或是氛圍，扭曲成一種很不舒服的狀態。都是二子來了以後才變成這樣的，草太私下這麼想。不過他不敢說出口，所以絕對不會說。

但是，為什麼會無法說出口呢？草太思忖，發現因為二子是對的一方。二子太正確了，所以草太不敢說。因為只要一開口，自己就變成壞人了。

後來沒有多久，老師們就宣布兒童會長「出事」了。

據說兒童會長把自己的母親從自家陽台推下去。和虎之介過世那時候不一樣，這次可能因為是發生在學校附近社區的事，因此召開了全校集會。老師說明「發生了令人悲痛的事件」，學校停課，連開了好幾天的家長會——老實說，明明是發生在自己學校的事，但因為連續發生了太多事，草太的理解追趕不上。

草太一團混亂，但他的腦子裡只有一件事：

幸好學校停課了。這樣就不用監視同學了，也不用去同學家了。只有這一點，真的令人慶幸。

兒童會長「出事」那天以後，這次二子也不來學校了。

也沒有說是轉學還是生病請假，就是突然沒來了。也不像虎之介那時候，連個傳聞都沒有。班上還有二子的座位，只是他沒有來。

宛如大夢初醒般，班上同學不再監視彼此了。那究竟是怎麼一回事呢？真的就彷彿做了一場夢。但班上的虎之介和二子的兩個空位，述說著這幾個月發生的事並非夢境。

二子到底怎麼了？

草太耿耿於懷，這天媽媽剛好出門，他一個人在家。

門鈴響了。草太以為是宅配，未加留心地應著「來了」，打開玄關門。

結果——二子站在門外。就他一個人。

「嗨。」

二子用他一貫的聲調、成熟的氛圍打招呼，草太嚇到了。他眨巴著眼睛，好不容易擠出聲音：

「怎、怎麼了？」

二子看起來瘦了一些，身上的襯衫髒得不得了。草太有一堆問題想要問他。

「你都沒來學校，我還在想你怎麼了。」

「我要走了。」

二子冷不防說。他注視著草太。

「所以來跟你道別一聲。你這人有可取之處，所以我特別看上了你，真是可惜。我得走了。」

「走——你又要轉學了嗎？」

「嗯，因為換母親了。」

「咦……」

是父母離婚又再婚，所以換了新的母親——是這個意思嗎？

真不得了——草太這麼想，回視二子，但二子靜靜地搖頭：「這沒什麼。」

也許二子自己家狀況也非常複雜。這麼一想，草太感到一陣心痛。

二子說：

「草太，你每天都讓架奈抄作業對吧？」

「咦？」

「這是取巧，你這樣會害了架奈。」

草太一陣心虛。可是，這時二子微笑了。

自從認識之後直到今天，這是二子第一次展露符合名字的微笑。

「那個……」

雞皮疙瘩爬了滿身。雖然不知道為什麼，但全身毛骨悚然。感覺以二子的微笑為中心，周圍的空氣一口氣降溫了。

「——二子你把班上弄成那樣，是因為虎之介嗎？」

草太也非常討厭虎之介。可是他沒想到居然會就此天人永隔。他回想起最後在公園裡看到的、虎之介拱著肩膀的身影。

「因為你看不下去虎之介的行為嗎？」

「不是。要說的話，那種小孩到處都是，不管是虎之介還是澤渡集合住宅的人。」

「咦——」

「我本來也想要你來代替我。」

代替？草太正奇怪這是什麼意思，二子帶著那微笑，嘆了一口氣：

「有時候會有你這樣的小孩呢。我還在奇怪怎麼會這樣——原來你是被竹子保護著。」

「咦……」

竹子？是那個植物的竹子嗎？草太不懂二子在說什麼。

說到竹子，他們家每年春天，都一定會去鄉下的奶奶家挖竹筍，但也僅只有這樣而已——

「身邊有竹子、有狗這類非避開不可的人，偏偏愈容易吸引我們。這是我們的壞毛病。」

這話是什麼意思？

草太茫茫然地疑惑著，二子開口：

「再見。」

二子的臉看起來是純白的。就和冰冷的空氣一樣，是冰寒無比的白。微笑蒸發似地從那張臉上消失不見。臉和身體，二子的整個形姿愈來愈稀薄。逐漸失去色彩，彷彿融入空氣。他的腳下，影子長長地延伸而出。

這時是傍晚，應該早已沒有任何陽光，然而二子只留下了那道影子，不知不覺間從草太眼前煙消霧散。

最終章 家人

「已經不在這裡了。」

站在無人的圖書室中央、仰望著天花板的白石要唐突地說。

他就像鳥兒展翅那樣張開修長的雙手，閉著眼睛，就像在確定什麼一般，維持這個姿勢良久，彷彿在獻上某種祈禱。很像少年漫畫角色在封面擺出的帥氣姿勢。這要是同齡的男生做出這種姿勢和動作，一定會讓人退避三舍，但是由他來做——絕對笑不出來。

也許是因為看過一次他那敏捷的動作的關係。她已經見識過他舉著銀色的鈴鐺，迅捷地追逐逃離的目標，以媲美少年漫畫的戰鬥擊退「敵人」的場面。

「不在了？」

聽到要的話，原野澪反問。

要的說明還是一樣不得要領。說話方式不按條理，突然直指核心般切入要點，這應該就像是他的毛病吧。澪已經完全不在意了。

要慢慢地合攏張開的雙手，「嗯」地點點頭。

「之前好像在這裡——但已經不在了。」

區立楠道小學——這是這所圖書室所在的小學名稱。澪被要帶來這裡時，看到了校門上的校名。

小學？澪納悶，但要沒有任何說明，不斷地往校舍裡面走。隨便進來沒關係嗎？

「欸！」澪叫住要，要卻不回答，就這樣頭也不回、毫不猶豫地走到目的地——這間圖書室。

「欸，隨便進來沒關係嗎？校外人士不能跑進來吧——」

放學後的小學裡，已經看不到學童的身影，校舍中一片寂靜。橘色的夕照射入校舍，開始瀰漫出介於傍晚與黑夜之間的幻想氛圍，幾乎感覺不到人的動靜。玄關門開著，而且老師們應該也還留在學校裡，所以應該並非完全沒有人，然而建築物卻奇妙地感覺不到活力。

「沒關係。他們來過的地方，多半都會變得荒廢，沒心思去管外人那些。」

要頭也不回地應答。一如往常，是單方面的語氣。

澪問：

「你說不在，是指花果不在嗎？」

「——不，是所有的人。」

總覺得問題和回答有點文不對題。見澪不滿的樣子，要緩緩地搖頭。薄大衣底下的立領制服，異樣地適合這個場所。是因為這裡雖然是小學，但畢竟是「學校」嗎？

要放下仰頭對著天花板的臉，又默默地走出圖書室。偶爾停下腳步左右巡視，或是瞇眼，注視著走廊深處。接著彷彿循著透明箭頭記號般，腳步順暢地再次往前走去。

澪整個一頭霧水。但應該有什麼只有他才感應得到——看得到的東西吧，因為高二的那天應該也是如此。憑澪的常識無法捉摸的某種事物，那個時候只有白石要看見了。

他彷彿被吸入其中一間教室，走了進去。

「就是這裡。已經不在了，但本來在這裡。」

「咦？」

掛著五年二班牌子的教室裡，就如同小學這個場所，並排著相較於大人的低矮了許多的課桌椅。每一個座位都掛著像是手作的座墊和束口袋，牆上貼著小朋友的圖畫和書法字——印象就是隨處可見的小學生教室，澪看不出有任何特別之處。

要慢慢地走到教室後方。他細長的手臂慢慢地舉到教室後方的牆壁前面，直盯著一點。

到底是怎麼了？

澪從旁邊看過去，那似乎是一張表。上面寫著「小花貼紙表」。一組、二組、三組……各組旁邊貼滿了許許多多的紅色圓貼紙，幾乎要溢出表外。

◆

「原野同學。」

上個星期，澪突然被熟悉的聲音叫住。

周圍人這麼多，怎麼會聽得出來？——事後澪覺得很奇妙，但那是即使想忘也忘不了的聲音，所以一定是耳朵記住了那聲音，做出了反應。

當時是她就讀的大學的春季校慶，她來幫忙擺攤。

澪參加的教育系志工社團，這天製作可麗餅販賣。澪結束顧攤的值班，正要交接給二年級的學生。攤位生意很好，她離開排隊客人的隊伍，在帳篷角落正要解下圍裙和三角頭巾時，聽到了那聲音。

被叫到名字，澪驚訝抬頭，看到白石要就站在她面前。

她忍不住倒抽了一口氣。她自己也清楚地意識到，仰望的眼睛甚至忘了眨眼，完全靜止了。

但是她並不驚訝。要出現得確實唐突，但澪覺得只要是與他有關的事，她的心早已失去了驚訝這個概念。

「要同學……」

白石要。

在學期中來到澪以前就讀的高中的轉學生。

最後一次見到他以後，已經過了將近兩年。在同一間教室共學，大概只有不到一個月的短暫期間。

一看到他的臉，當時的記憶便在耳邊嘩嘩馳騁而過——看到要的臉，就好像實際聽到風吹過自家後院、自小玩耍的竹林時的嘩嘩聲。

——同一個社團裡崇拜的學長、第一次交到男朋友的歡喜——過去不斷地和姊妹們熱烈討論的快樂戀愛話題，沙穗、花果……消失不見的花果。

『我跟三年級的神原學長在一起，不用擔心我。』

看到留下的便條那句話時的衝擊和痛楚——

要在竹林前對神原一太說的話。雖然不知道要對神原做了什麼，但學長的臉在轉瞬間就變得傷痕累累、鮮血淋漓。神原一太的表情痛苦地扭曲，落荒而逃——

『聽說昨天在三重縣的深山裡，找到了一具身分不明的男屍——我覺得是神原一太。』

要如此告知，澪拜託他『帶我一起去』。如果你要去找花果她們的話。我是她的朋友，所以我也要一起去。

對於澪的要求，要停頓了幾拍，明確地點了點頭：

『好。』

隔月，白石要就從澪就讀的高中消失了。

他在學校裡待了一陣子。雖然不會積極地向澪攀談，但彼此都意識到對方的存在。在消失不久前，要對澪這麼說：

『往後不管妳去哪裡，都一定要把妳們家後面那片竹林的竹子帶在身上，竹葉也可以。千萬不能忘記。』

澪愣住不解，要又說：

『那片竹林很棒，和妳融為一體。』

雖然要並沒有微笑，但澪覺得他這麼說時，似乎第一次在他臉上看到像是表情的柔和感情，忍不住點了點頭。

如此交代的隔週——要就消失了，真的是不知不覺間就沒來學校了。一天沒來，澪猜想他是感冒了嗎？但隔天和再隔天也沒來，澪慌忙向導師南野詢問，老師說：「白石的話，他又轉學了。」澪茫然自失。被拋下了——她這麼想，但奇妙的是，內心某處似乎有著這樣的確信：

要一定會來接她。

澪錢包裡的鈔票夾層中，現在也夾著竹葉。

所以當要突然出現在大學校慶攤位時，澪並沒有太驚訝。

後來過了快兩年，澪已經從高中畢業，搬出千葉的老家，到金澤讀大學。就算要毫無前兆、理所當然地跑來找她——她也覺得總有一天會如此。

以前要種種唐突的言行、對話的方式，讓澪覺得「恐怖」、「噁心」，但現在已經不這麼感覺了。她很開心：他遵守諾言了。

要定定地注視著澪：

「我來接妳了，因為知道他們在哪裡了。」

「——原來你還記得我們的約定。」

「嗯。」

要應聲，沒有再說話。他還是老樣子，似乎很不擅長與人對話。

浮腫惺忪的眼皮、亂糟糟的頭髮。

以前完全沒有意識到，但人實在很現實，被他搭救之後再仔細觀察，澪發現要手腳修長，風采翩翩。包括那修長而過度纖瘦的不平衡感，都營造出一種奇妙的魅力，就像是讓人無法移開目光的獨特危險感覺。包括那圓滑的眉毛線條，澪覺得他的表情似乎比以前更沉穩了。

「找到花果了嗎？」

說出這個名字時，胸口一陣絞痛。

花果，以為是手帕交的我的朋友。這近兩年之間，自己不曉得想到她多少次。她好幾次看到花果的母親在車站和學校前面發傳單，請民眾提供失蹤女兒的消息。雖然別人都說花果是自己離家出走的，但花果的母親站在街頭，淚訴女兒不是那種會默默丟下家人的孩子。

如今澪認為，自己會選擇離家遙遠的大學做為第一志願，應該是因為想要離開故鄉。澪和沙穗放學回家去車站，或是在學校前面等公車時，都會看到花果的母親在發傳單。每回花果的母親用有些空洞的眼神說「大家差不多要大考了呢，真好」，就感覺內心冒出一片毛刺。

但是她沒想到從那之後，竟然經過了這麼久。

要回答：

「大概找到了。」

他瞇起眼睛，就像近視的人為了看得更清楚的動作。就和當時注視著神原一太時一樣，眼神看不出感情。

「妳還想一起來嗎？」

課。

「嗯。」

澪毫不猶豫。她一邊解開圍裙，一邊思考。現在剛好正值校慶期間，大學暫時沒有課。

笑意忽然湧上心頭，要的信守諾言讓她莞爾。他特地跑到金澤來接澪，但如果澪說她不去，要應該也不會介意。只是因為答應過澪了，所以他還是來了。雖然以前只在教室裡當過短暫的同學，但他這種異於常人的思維，還是讓澪感到懷念。

「咦，原野，妳要走了？」

澪折起圍裙，收起三角頭巾，背後忽然傳來聲音。是剛換班的三年級學長，正驚慌失措地看著她。剛加入這個社團的時候，澪就好幾次感覺到學長的這種態度。雖然沒有直接明說什麼，但也許是對自己自信十足，學長老是想要強硬地帶入那種氣氛，但每一次澪都委婉地閃躲。這次學長也用露骨猜疑的眼神看著突然現身的要。

「這個人是誰啊？啊，我知道了。」

學長不快的眼神突然變得開心：

「是妳弟弟對吧？妳說過妳有弟弟嘛。記得是叫雫？你來參加我們校慶嗎？」

「不是，是我高中的男朋友。」

澪說，同時心想：為什麼這種男生都會記住我弟的名字，愛把雫的名字搬出來呢？

聽到「男朋友」三個字，學長——還有意料之外地，要的眼睛瞪得老大。尤其是要，就像受驚嚇的貓一樣，眼睛睜得渾圓。澪第一次看到他這樣的表情。

澪覺得有點好笑，一口氣說下去：

「他特地來找我，不好意思我要走了。我的班到今天就結束了，明天開始也不會來校慶了，所以攤子就交給大家了。啊，還有我的份，我拿走了。」

澪拿起插在攤位前面架子上的一個可麗餅。社團規定，每個社員可以拿一份可麗餅當餐點。她把淋了巧克力醬的香蕉和鮮奶油滿出來的可麗餅塞進杵在原地的要手中。

「給你吃，如果你不討厭巧克力香蕉的話。」

「……我不討厭。」

澪留下呆呆地看著她的三年級學長走了出去，旁邊的要遲疑地咬了一口可麗餅。澪見狀忍不住說：

「原來你也會吃東西。」

「當然會啊。還有，我吃是因為鮮奶油快流下去了，我不想弄髒手。」

聽到這話，澪心想「什麼啊」，忍不住笑了出來，結果要看著澪問：

「怎麼了？」

「沒事，只是想說你意外地也會聊普通話題。」

「會啊。」

既然會回話，表示要也具備什麼叫「普通話題」的常識。所以澪順帶又問：

「我可以問件事嗎？」

「什麼事？」

「為什麼你還穿著制服？」

要突然現身，澪並不感到驚訝，但如果說有哪裡奇怪，就是那身制服。她們應該已經從高中畢業了，但是要那身米白色的薄大衣底下，穿著第一次見面時的同一套制服。轉學到澪她們的高中，還沒有換上西裝式的新制服就再次轉走的要，結果在同一間教室的期間，一直都穿著這套立領制服。

「哦——」

要慢慢地搖了搖頭。看到他這個動作，讓人感覺不到任何時光的流逝，教人身陷一種錯覺，彷彿只有他一個人不老不死，毫無變化地突然現身。——澪覺得就算他真的不老不死，她也不覺得驚訝，但是要回答了。十分簡短：

「我只有這套衣服。」

接著他忽然輕笑了一下——澪覺得。咦？他有「笑」這種感情嗎？澪驚訝地仰望要的臉。結果他說：

「妳好像變堅強了，原野同學。」

◆

隔天，兩人從金澤搭新幹線前往東京車站。接著換乘地下鐵，來到東京都內的這個地區，這裡是澪第一次造訪的地點。

感覺是個悠閒的街區。也有大型公園和超市，馬路旁的路樹也整齊美觀，感覺是也很適合家庭和小孩居住的地方。

可是——怎麼回事呢？

總覺得昏昏暗暗。明明有物理性的陽光，整個街區卻彷彿罩上了某些陰影。明明沒這個可能，但就像是天空罩著一片巨大的屋頂或是蓋子。

但是仰望天空，理所當然，沒有任何遮蔽物。

離開區立楠道小學後，要帶著澪，接著走向小學附近一處大型集合住宅社區。

那是個非常大、而且相當時髦的集合住宅，完全沒有「集合住宅」這個詞彙讓人聯想到的一群單調建築物的枯燥無味，發揮混凝土牆面的特色，部分改嵌玻璃牆等等，設計帶有適度的新潮。玄關、房門、建築物上的文字字體相當古典，看上去就好像在電影等看到的外國飯店。

房租一定也很貴吧——但是不知為何，來到入口時，澪裹足不前了。她不明白為什麼。這個社區非常棒，但自己不想住在這裡——絕對不會住在這裡，她強烈地湧出這樣的念頭。

夕陽餘暉照射下，建築物的牆面應該一片明亮，卻感覺昏昏暗暗。就和街上的印象一樣。

「妳在那裡等我一下。」

要指著社區中央的公園。澪依言坐在長椅上等待，要消失到南側的大樓去了。一會兒後他回來時，看到他手上提著的東西，澪忍不住驚呼：「咦？」

要提在手上的，是裝貓狗的那種寵物外出籠。澪忍不住站起來跑過去，要說：

「我借來的，接下來可能會需要。」

「借？借狗嗎？」

雖然可能是貓，但澪從外出籠的大小如此推測，這時籠裡傳來輕叫聲：汪！聽到那聲音，澪發出融化般的尖叫。一直到小學以前，澪的家裡也有養狗。她回想起狗兒的毛皮和興奮時快速的呼吸，覺得心動死了。

「這孩子好像有點興奮，可能平常很少進外出籠吧？我覺得牠不太習慣待在裡面。」

澪這麼說，要喃喃說：「也許吧。」籠裡不停地傳出急促的踏步聲，讓澪有些在意。

「不能把牠放出來嗎？」

澪問，要小聲喃喃了一聲「唔……」，思考片刻後說「等一下好了」。

「放出來也可以，但萬一跑掉就糟了，晚點好嗎？牠是室內犬，等去了我租的那一戶再放出來吧。」

「你租的那一戶？」

「嗯，我住在這裡。房間很多，妳也可以住。」

確實，澪正在擔心如果要待上很多天，住宿要怎麼辦？要不肯說明重點，澪也習慣他的步調了，所以也沒有特別詢問，但——

「你租這個社區的房子住嗎？居然做到這種地步？」

是為了尋找他說的「那些人」而這麼做嗎？要點點頭，彷彿理所當然。

「我租了幾個地方。這處集合住宅的持有人三角地產委託我，說我要住哪裡都行。」

「三角地產……」

三角地產是一家大型不動產公司，經常可以在大樓廣告和商業設施的電視廣告上看到它的名字。

「幾個地方……你是說幾戶嗎？你的意思不是一戶裡面有很多房間，而是我跟你住不同戶？」

雖然不同房間，但是要和同齡的男生在同一個家過夜，澪也覺得有些抗拒。對於這個問題，要乾脆地點點頭：

「嗯，很多戶都是空的，想睡哪裡都行。」

「這個社區是怎麼回事？」

「有個主婦失蹤了。」

要說。手上的外出籠裡不斷地傳出前腳輕快踏步的聲音。

「其他也死了好幾個人，如果要循線找到他們，我認為就要從這處社區開始。」

要表情不變地這麼說。

◆

「好囉～可以出來囉～」

澪把外出籠放到地上打開來，一隻褐色尾巴的小狗便從籠裡跑了出來。牠一副迫不及待的模樣，活力十足地在地上奔跑。

光是看到戴著紅色項圈的粗圓脖子，澪就已經滿心疼愛。她想起小學以前家裡養的柴犬洛庫。洛庫過世以後，母親難過死了，說不想再經歷這種悲傷，後來家裡沒有再養新的狗，但澪一直打定主意，等到哪天自己開始工作賺錢，還想再養狗。

應該也不是感應到她這種想法，以初次見面來說，放出來的小狗相當平靜，沒什麼提防澪和要的樣子。

那是一隻眼睛圓滾、感覺很親人的豆柴。

「牠叫什麼名字？」

「哈奇。」

要回答。

如果出借狗的人家也住在同一個社區，那麼就算格局有些不同，或許也有相同的建築物氣味，所以哈奇才能感到安心也說不定。意外的是，要似乎也很熟悉跟狗打交道，以自然的動作和哈奇相處。哈奇靠近要的手，抽動鼻子，對他似乎也沒有戒心。

雖然沒有微笑這麼大的反應，但是像這樣與哈奇相處的要，面露前所未見的沉靜表情。在金澤的大學重逢時，他穿著和以前一樣的立領制服，澪覺得就算他是不老不死之身，她也不會感到驚奇，但冷靜下來仔細觀察，比起高中那時候，要看起來成熟了許多，感覺確實增長了年歲。雖然穿起高中生的立領制服完全不突兀，但還是變得比那時候更可靠，更有氣勢。

他到底來自何方？是個怎樣的人？

要租的地方該說不出所料嗎？單調得近乎詭異。唯一看得出生活感的，就只有寢具和洗臉台周圍的牙刷和洗面乳，廚房裡連冰箱都沒有。不過似乎已經準備好哈奇使用的物品，廁所裡放著預先從飼主那裡要來的哈奇的飼料。

看到鏡子前面的牙刷和洗面乳，澪有種很奇妙的感受。

感覺毫無生活感的這個人，也是好好在過生活的啊——她為了奇妙的地方感動，環顧房間，一會兒後要說：

「準備給妳休息的地方，已經先請業者把寢具和窗簾送過去了。雖然其實也可以讓妳睡在家具都還留著的地方。」

「家具都還留著？」

「對，因為有很多住戶就像跑路一樣，丟下家當搬走了。不過我想妳應該不想睡在不認識的人留下的床上。」

聽起來實在太可怕了。澪忍不住閉口不語，這時要慢慢地站了起來。被抱起來的哈奇舔了舔要的手指。要應該是認為不必擔心狗會跑掉，沒有放進外出籠裡，而是抱著牠走向門口。

「趁今天再去看一戶吧。」

要接著帶澪去的地方，是社區另一邊的北棟——北棟的頂樓。

門上的門牌寫著「澤渡」，掛著乾燥花花圈。花圈上凋零的花朵和葉子散落一地。要似乎拿到了鑰匙，打開了「澤渡」家的門。

一踏進裡面，澪便無意識地屏住了呼吸。

這戶人家就像雜誌上看到的住家一樣時髦，品味絕佳，令人讚嘆。牆上的畫作、木紋美麗的大衣掛勾、餐桌、椅子、一點刮痕或汙漬都沒有的冰箱。而且室內非常寬敞，格局和其他戶顯然不同，一看就知道是特別的一戶。

哈奇從要的懷裡跳下來，小聲「汪！」了一聲。

這個家是怎麼回事？因為予人的印象就像型錄一樣完美，因此沒有任何人影，便顯得格外陰森。由於平常絕對不會隨便踏進不認識的人家裡，因此更覺得渾身不對勁了。

「這一戶的人呢……？」

「不是死了就是失蹤了——大家都說，可能和失蹤的主婦有關。」

要就像今天在楠道小學的圖書室做的那樣，雙手像翅膀一樣展開來。閉上眼睛，深呼吸。

「他們好像也在這個家出入。雖然傳聞真偽不明，但他們滲透學校活動和主婦之間，應該是一點一滴地，把黑暗加諸到別人身上。」

把黑暗加諸到別人身上，這句話刺激了記憶。

高中時期自己的手機，令她害怕的各種LINE訊息，對方無休無止的騷擾言論，陷入錯在自己的扭曲想法中，不斷地自我檢討反省的那種感覺——

『他們會把自己的黑暗加諸在別人身上。』

當時要注視著神原，這麼告訴澪。

『滅門——先對家庭中的其中一人下手，籠絡對方，不知不覺間滲透到整個家裡面。用你那套理論洗腦，讓對方相信自己是錯的，把你口中的正確套在對方頭上。滲透到家庭當中，不知不覺間支配所有的成員。』

那天聽到「滅門」兩個字，只覺得荒誕無稽、難以置信，但現在身處這個保留著家具和生活感的住處，重新回想起那些話，卻帶有逼真的重量。難道就像神原差點把她逼上絕路那樣，同樣的事也發生在這個家？

「你說把黑暗加諸於人，這到底是什麼意思？就像神原一太對我做的那樣，這戶人家還有你說的主婦，也遇到了一樣的事嗎？」

外頭已經開始暗下來了。要應該也不是第一次來這裡，他熟門熟路地打開玄關旁邊的鞋櫃，扳起上方的電源總開關。鞋架上擺著應該是小孩子的運動鞋。啊，這戶人家本來有小孩嗎？一想到這裡，胸口就一陣疼痛。

按下牆上的開關，燈亮了起來，室內變得明亮。要在燈光下為她說明：

「我在尋找的那夥人，他們會把自己的黑暗加諸於人，來引出對方內心的黑暗，將對方拖進相同的領域。他們逼迫對方，剝奪對方的思考和精力，讓對方無法辨別是非對錯。讓對方的視野變得狹隘，滋養心中的黑暗，讓盯上的對象也變成討厭的樣子。」

「討厭的樣子？」

「沒錯，討人厭、感覺很差、會攻擊別人、用自己內心的黑暗汙染別人的那種人。像這樣更進一步把周圍的人拖進死亡或黑暗的深淵。這處社區大概已經發生過這種事，都結束了。」

「是你說的『那些人』幹的嗎？」

「沒錯。神原香織。」

澪瞠目結舌。神原，和學長同姓——她正這麼想，只見要定定地回視著她。澪立下決心問：

「和一太學長同姓嗎？」

「沒錯，因為他們是一家人。」

澪的眼睛就這麼睜大著，忘了眨眼。

「要看嗎？」

這時，要取出手機，搜尋了一下，把螢幕轉向澪：

「妳知道整理凶宅資訊的網站嗎？這個網站把意外死亡或自殺過世的人家，和死因還有日期一起整理在上面。」

「……我聽說過，但沒有看過。」

「這是神原一家搬到這裡之前的這一帶的地圖。」

網站資料似乎是以數年為區間來顯示。螢幕上有許多蠟燭記號點點散布。每一支蠟燭，似乎意味著某個人的「死」。眾多的蠟燭確實讓人聯想到死者。只要點選其中之一，就能看到關於該物件的詳細死亡資訊。

「然後這是他們來到這裡之後。」

要滑動螢幕操作，結果畫面上出現特別巨大——大上好幾倍的蠟燭記號。格外碩大的蠟燭就插在這個社區上——點選其中一支大蠟燭，便顯示出密密麻麻的文字，列出一長串門號、門號、門號。『南棟五一五號前走廊，跳樓自殺』、『屋頂墜樓意外』、『北棟六〇一號，命案』、『北棟七〇一號陽台，命案』——

澪想起她們剛才進來的門上號碼。發生命案的「七〇一號」，難道……她忍不住差點轉頭要看陽台。「命案」二字令人胸口一涼。

不光是這處社區而已。

地圖各處顯示著許多小小的蠟燭。無數支蠟燭排列的景象，就宛如神社或祠堂執行的儀式。

無數支新的蠟燭出現在先前沒有的地點。

「那家人一來，就會死人。他們就是這樣的一家人。」

要斬釘截鐵地說。

◆◆◆

鈴井俊哉心情好極了。

最近公司的主管體制有了新變革，他們第一線人員的意見更容易往上呈了。在過去，公司充滿了封建的權勢欺壓風氣，有蠻橫的上司要求先會喝酒應酬再談溝通，也有無能的女上司認為要顧小孩沒辦法，想要極端縮短工時，導致現場遇到許多困難，壓力重重。

但現在不同了。

鈴井喜孜孜地哼著歌，心想「讓女人來當營業課的課長，果然還是太勉強了」，回想起幾個月前的事。

四宮食品史上第一個從基層一路爬上來的女性營業課長。鈴井這些營業二課成員對此非常興奮，也對她寄與莫大的期待，然而丸山睦美卻教人失望。也許是承受不了「第一個女課長」頭銜的壓力，她開始把隔壁的營業一課視為眼中釘，處處針鋒相對。
『我們也要這樣做，才不會輸給一課。』
『喂，你現在在做的事，搞到最後不是會變成一課的功勞嗎？』
『欸，神原和一課的課長很好嗎？大家，神原是一課的間諜，絕對不能把他當自己人！』
鈴井啞口無言。什麼間諜？這發言教人傻眼，但睦美本人卻是正經八百，好像真心認為二課的業績不振，都是神原和一課害的。
但一課和二課負責的產品根本不同。一課負責生鮮食品，二課負責冷凍食品這類加工食品。二課和客戶談生意的時候，受到對方要求，幫忙介紹一課人員，或是協助連繫其他部門，這類情況司空見慣，反之亦然。然而卻計較什麼「功勞」、指控部下是「間諜」，鈴井覺得真是夠了。
『神原，虧我還那麼相信你！你不是跟我說，我絕對不會有問題的嗎！』
在無人的會議室裡，睦美緊緊地抓住一臉困惑的神原逼問。那副景象很不尋常。神原個子挺拔，外表也是個紳士，因此看上去簡直就像兩人是男女關係，正為了不倫之戀而爭吵——鈴井覺得好像看到了什麼不該看的場面。
當時鈴井雖然尷尬，仍出面制止。課長，妳那樣說不好吧，這裡是公司啊，請冷靜下來——

看到鈴井制止，神原雖然不知所措，但露出了再溫柔不過的安心表情。啊，鈴井，太好了，讓課長休息一下吧——

看到那表情，鈴井回想起前任佐藤課長不停地打電話給神原，公司命令神原「不要再接佐藤課長的電話」的事。聽說當時神原露出大鬆一口氣的表情。

「老是遇上這種事，神原大哥也實在辛苦。」

「是啊，當時我真的打從心底鬆了一口氣。」

聽到鈴井的話，神原微笑地說。

「聽到不必再接課長的電話，我心想：啊，我的任務已經結束了，已經沒事了，整個人安心了。」

後來佐藤課長被調到旗下公司的倉庫，卻又犯下傷害案。可能是易怒的個性招來惡果，他為了工作與部下發生爭吵，打了對方，這回真的被公司開除了。可是後來不曉得是不是自暴自棄，跑到公司來向上司申訴是非法解雇，鬧了一陣，被警衛攆出去了。

後來佐藤課長在家裡自殺了。還帶著妻子一起上路，遺書裡似乎寫滿了對四宮食品的怨恨。

聽到佐藤課長這樣的死去，鈴井和公司同事都震驚極了，尤其是睦美，她氣急敗壞，在上班時間悲愴地大叫：

「意思是我逼死他的嗎？你們都這樣想對吧？你們都覺得是我害死他的！」

睦美的反應，公司高層也聽說了，勸她就醫休養，結果她大鬧說：「一口咬定我有憂鬱症，這是權勢欺壓！」然後可能真的是累了，在回家途中從車站階梯滑倒，撞到了頭——住院了。似乎傷得很重，意識尚未恢復。

「我們公司是被詛咒了嗎？」

同事濱田神情陰鬱地說，鈴井也點頭附和「就是說啊」，卻也覺得大快人心。因為他已經受夠在公司聽到睦美那些唉聲嘆氣了。

雖然希望由神原來擔任二課的新課長，但神原並非一畢業就進來的，而且公司作風老派，或許相當困難——明明這陣子二課的業績幾乎都不是睦美的功勞，而是神原掌握了客戶的心，才能拿到訂單——鈴井想到這裡，為神原抱屈不已。

在鈴井不知道的情況下，神原受到許多客戶的倚重。似乎也有許多人有著和佐藤課長相同的發想，不知不覺間，客戶會用「神桑」這個懷念的綽號叫他。神桑，上次跟你討論的店裡的事——關於我女兒啊——說到我丈夫啊——我那個男朋友啊——不知不覺間，許多人的知心話和祕密都集中到神原那裡了。鈴井覺得神原真是太得人心了。

仔細想想，鈴井自己也覺得神原可以信任，不知不覺經常向他傾吐私密的事，或向他求助。對現任上司的不滿、希望公司風氣改變、老家生病的祖母、忘不了學生時期分手的女友、女友不該甩了他——

「我懂，我完全理解。」神原都會聽他訴說，並鼓勵他。「你的前女友放棄你，真的是她的損失。」

即使是連自己都覺得一講再講的相同內容，神原也願意耐性十足、設身處地地聆聽。鈴井覺得神原真的就像個活菩薩。

「神原大哥也有煩惱嗎？」

問出口之後，鈴井後悔了。這麼說來，神原的妻子過世了，他驚覺自己問了個白痴問題，但神原柔和的微笑依舊。

「我上面的孩子現在變成繭居族了。說到煩惱，這確實是個煩惱吧。但我覺得只要時候到了，那孩子自己會想通，所以我也不打算催他就是了。」

他一定是個理想的父親——鈴井想。

就在前些日子，這個「理想的」神原獲得了破格的拔擢。

神原結束他基層員工的職位，即將以經營顧問的身分，成為四宮食品的常務。這驚人的升遷不只是鈴井跌破眼鏡，全公司都為之嘩然，但似乎是在社長熱烈的支持下實現的。

「也因為內子的事，我原本打算辭職，但受到社長大力慰留……」

神原既靦腆又為難地說。原來神原原本打算不告訴鈴井，默默離職嗎？想到這裡，內心掠過一抹疙瘩，但幸好神原願意留下來。

據說是社長從神原那裡聽說他以前在其他公司擔任經營顧問的經歷，親自拔擢他加入高層。

「你願意接受常務的職位，我太開心了。」

鈴井在公司裡看到社長這麼對神原說。進入公司以後，鈴井和社長沒說過幾句話，但神原似乎在不知不覺間，和社長變得相當熟稔。

鈴井不知道神原以前是當經營顧問的。神原沒有告訴他這件事，漸漸地發酵為不滿，在內心悶燒著。理智明白根本沒必要在乎這種事，但鈴井就是覺得神原被搶走了，很不是滋味。現在神原成了上司，值得欣喜，但他會離自己遠去，這樣下去不行，我希望他可以更多地傾聽我的煩惱啊！

——是不是有人說過他以前是醫生？

鈴井試著回想，但那是誰說的、是什麼時候的事，都變得一片模糊。

某天，一名女子拜訪成為董事的神原。似乎是來送中午的便當，女子看到鈴井，攀談說：「啊，你是不是鈴井先生？」

「是，我就是。」

「哎呀，我常聽說你的事。說有個還很年輕、卻很優秀的同事。如果你不嫌棄，請收下這個。請大家一起嘗嘗吧。」

女子遞過來一盒東西，打開來一看，裡面裝著漂亮地擠上鮮奶油的南瓜塔。糕點賣相完美，就像外面買來的一樣。

女子回去以後，鈴井問在辦公室擦身而過的神原：

「啊……神原大哥，剛才那位女士是？她拿了蛋糕請我。」

結果神原笑了。他沒什麼地說：

「喔，那是內子。」

◆◆◆

神原二子在新的班級，背對黑板打招呼：

「我的名字是我爸爸媽媽取的，和『微笑』同音，也就是『微笑』的意思。請大家叫我的名字就可以了。請多指教。」

他抬頭，環顧全班同學的臉。

他望向教室後方的公布欄，總共有六組。太好了，表格欄位足夠。

「老師，我有個建議。」
「哦？什麼建議，二子同學？」
「我建議可以做一張表格，把小組列在上面，表現優秀的組別就貼上貼紙獎勵。」
他推起銀框眼鏡，拿著做好帶來的「小花貼紙表」，開始向導師解釋。

◆◆◆

宮嶋翔子站在衣櫃前，為了無法決定穿哪件衣服而焦急。
這件不行，這件太正式了，好像要去教學參觀，這件洋裝很可愛，但是會被人以為是卯起來打扮，這件裙子又太土氣——
自從青少女時期和喜歡的男生約會以後，她就再也沒有像這樣為打扮苦惱了，但這陣子每星期都得像這樣絞盡腦汁。茶會開始前，從衣櫃裡挖出來的衣服都把房間裡鋪得連踏腳的地方都沒有。
看看時鐘，已經一點半了。差不多得開始正式準備茶會才行了——
烤箱傳來香蕉蛋糕烤好的香味。在充滿誘人甜香的住處裡，翔子卻一個人快哭出來了。

儘管怨對「為什麼會淪落到這種田地」，但理由一清二楚。

都是因為那個人——神原香織來了。

「同一個社區裡，有滿多同班同學的母親呢。大家願意的話，要不要一起辦個茶會？」

在以前，社區裡的媽媽朋友都是以翔子為中心聚會。

翔子的丈夫是大學醫院的醫生，她並沒有特別想要炫耀的心態，但都會在第一次見面的場合上，盡快把這件事告訴在場的人。因為如果不快點說，當其他人炫耀自己並不怎麼樣的丈夫或職業時，感覺就好像故意在讓她們出糗，那樣就太可憐了。

以前偶爾也有些媽媽朋友的丈夫也是醫生，但那些人說穿了就只是小診所的開業醫生，或即使是在綜合醫院上班，也是等級完全比不上她丈夫的醫院。丈夫上班的醫院不是一般的大學醫院，而是C大學附屬醫院，而且還是外科醫師。不僅如此，他更是下任主管候選人之一。同樣是醫生，等級也是天差地遠。

翔子天生爭強好勝，這一點她有所自覺。但是沒辦法，實際上她就是沒有任何一點輸人，這已經是翔子的天性了。只要進入新的環境或團體，第一件事就是告訴周圍的人「我是第一名」。因為這樣辦起事來比較方便，也不會讓其他人不必要地出糗。

所以她覺得那個叫神原香織的主婦是新來乍到，才會不知道。她不清楚我是何等人物，所以才敢邀我喝什麼茶。

因為她不知道她家跟我家地位相差多懸殊。

所以我反過來邀請她。

「啊，茶會的話，我家常辦喔。神原太太不嫌棄的話，請來參加吧。」

「這樣嗎？太謝謝妳邀請了。」

那個太太很像電視上看到的某某——身邊的人私下議論這件事，也讓翔子很不是滋味。但是看在翔子眼中，香織穿的衣服很老舊，人看起來也很憔悴、蒼老。頭髮也亂糟糟的，讓她覺得：怎麼不會打理一下外表？

在邀請神原香織的茶會上，翔子首先告訴她：

「不只是外子而已，其實我以前也是醫生。但因為生了小孩，所以現在暫時離開了職場。」

像王牌一樣亮出這個事實，每次都讓她爽快無比。不只是丈夫，我本人也是一號人物，妳們這些平凡的主婦一定無法想像吧——懷著這樣的心情宣告的這句話，卻未能引起香織任何驚訝的反應。

「啊，我也是。」

香織微笑說。

「這件事只跟妳說喔，其實我也是。」

咦？翔子錯愕。

怎麼可能？她細細打量香織，但香織喝著茶，沒有說話。

「妳在哪家醫院上班？」「是哪家大學的醫學院？」翔子追問，香織也只是含糊地應聲，打馬虎眼。那副態度，就彷彿想要追根究柢的翔子品性低俗，讓翔子火冒三丈。妳也是醫生？見鬼了。妳以為我一路以來付出了多少努力？妳以為那種露骨又牽強的謊言能行得通嗎？

內心雖然暴跳如雷，但更教人氣惱的是，翔子端出來的手工糕點，香織連一口都沒吃。

「好像很好吃呢。」香織只這麼說，卻完全沒碰。然而卻一直暗示自己喜歡做菜、也常做糕點。簡直就像在挑釁。

如果不爽這個人，不要再邀請她就好了——明明這麼想，為什麼卻一直邀請香織來家裡，翔子自己也搞不懂。

香織也不會說上什麼話，就只是坐在那裡笑，然而不知為何，卻搞得翔子方寸大亂。為什麼這個女人不稱讚我好厲害？為什麼不照我的心意走？或許就是為了讓她承認自己了不起、讓她見識自己的厲害，翔子今天才會又邀請她來家裡。

叮咚——玄關門鈴響了。

聽到那聲音，翔子一陣訝異。

這天的茶會成員都已經到齊了。那個讓人不爽的香織也已經來了，今天也把聲稱是她做的南瓜塔遞給翔子。

「這是用每年家裡收到的南瓜做的，請大家一起吃。」香織說。

翔子今天做了香蕉蛋糕，她就沒想到會跟主人家的蛋糕重複嗎？

天真無邪地歡呼「哇！好像很好吃！」的其他太太，也不曉得她們在想什麼。翔子煩躁地把香蕉蛋糕和南瓜塔都擺上桌。眾人盤子上的南瓜塔好像消失得比較快，這件事也讓她氣得牙癢癢的。

香織一臉裝模作樣，兩種糕點都沒吃。她不吃翔子做的東西。

「這麼說來，香織太太的先生是做什麼的去了？」

今天一定要問個水落石出！翔子懷著這樣的心情問，但香織沒有回答。其他太太替她回答：「我記得是在食品公司上班對吧？」

什麼啊，原來是上班族啊——翔子志得意滿地看香織，太太們繼續說下去：

「是四宮食品的董事對吧？好厲害。」

「還好啦。」

香織微笑。聽到「董事」，翔子有點不爽，但四宮食品只是捧下大公司排名的中堅小公司而已，不算什麼。而且，既然別人都稱讚妳「好厲害」了，妳也該禮貌地承認別人「厲害」吧？——翔子不耐煩地想。

「香織太太家，二子上面還有個哥哥對吧？」

「是啊。」

「哥哥多大了？聽說已經很大了，是不是已經讀大學，去外地念書了？」

「嗯，差不多。」

香織含糊地回應，不停地打開自己的手機操作著，不曉得是不是在傳簡訊。來參加別人家的茶會，那是什麼態度？這也教人不耐煩。

只要香織在場，她就會成為場子的話題中心，讓人很不是滋味。反正接下來一定會發展成那個「哥哥」在讀哪一所知名大學吧。不過反正不可能是醫學院。我已經決定我家小孩要讀醫學院了——

香織放下正在喝的紅茶杯，難得主動看向翔子。

「那個，我從以前就一直很好奇……」

「什麼？」

「那幅畫是原畫嗎？」

「咦？」

香織指的是貼在客廳牆上的一張海報。是翔子還在念書的時候，登上暢銷排行榜的書本封面。那幅海邊街景，記得是出自英國畫家筆下。是相當知名的畫作。

嗄？翔子詫異。這幅畫太有名了，有名到根本不會想到什麼「原畫」。她不知道原畫在哪裡，但不是畫家自己保存著，就是收藏在某家美術館吧。翔子家貼的是海報。

「不是原畫……是海報。」

「咦，這樣啊。原來不是原畫。」

翔子忍不住動氣了，還沒來得及思考，話便脫口而出：

「妳那樣說不會有點沒禮貌嗎？」

「哦，那位畫家是我朋友，所以我以為妳也是。」

「咦……？」

聲音——表情僵硬了，但翔子內心一部分雀躍起來。

終於被我等到了，她想。

我一直在等妳像這樣炫耀，以我為對手，使盡全力而滑稽地炫耀——我一直在等扳回一城的機會。欸，妳剛才那是露骨地自誇吧？大家都看到了吧？這個人向我炫耀了，對吧？
既然對方出招，我自然要接招。我就是不爽妳。翔子正要回嘴的時候——
「這幅畫對吧？」
不知何時，香織掏出了手機。不是智慧型手機，而是傳統手機。這年頭還有人在用這種手機？雖然很令人驚訝，但香織真的是用傳統手機，而且螢幕還裂開了。
香織亮出來的螢幕上，是張貼在翔子家的那幅畫。
「對了，還有這個。」
香織亮出別的畫面，上面呈現的是翔子現在身上穿的花朵圖案的裙子。不是多昂貴的衣服，是她喜愛的品牌這一季的新款式。香織打開了那個品牌的官網，模特兒穿著同一件裙子，底下甚至顯示了三萬七千圓的價格——
香織從剛才就一直在操作手機，原來是在查這種東西？
「那件裙子滿貴的呢，我覺得款式滿奇特的。我也來模仿看看好了。」
其他人都安靜下來了，翔子也目不轉睛地回視對方。這個人，是不是哪裡怪怪的？
叮咚——這時門鈴聲響起了。

聽到那聲音，翔子一陣訝異。

茶會成員都已經到齊了，應該不會再有人來了——到底是誰——她這麼想著抬起頭。

「來了。」她應著，按下對講機按鈕，想要看看訪客是誰，又再次一陣訝異。

沒有人。

螢幕另一頭沒有人影。

「咦，好奇怪。」

翔子刻意說出聲音歪起頭，下一秒——

她清楚地聽見在場所有的人倒抽一口氣的聲音。房間裡有個不認識的人。

穿立領制服的年輕男子。是高中生嗎？這個人不知道什麼時候跑進家裡來了。無聲無息，真的是一眨眼的工夫。

「咦？」

翔子瞪大了眼睛。

他看見男子站在午茶的桌子前，倏地舉起了右手。「鈴……」下一秒，一道清涼的鈴聲響徹了全場。在理解力無法跟上的翔子面前，鈴聲再次響起。

鈴……

男子手中拿著一個像銀色鈴鐺的東西。

依稀有股氣味。和翔子家玫瑰花香基底的室內芳香劑不同，是更青澀的——像竹子般的氣味。

在場所有的人都不知所措，尷尬地交互看著突然現身的他和屋主翔子。這時——

在場的人裡面，只有一個人整個僵硬，無法動彈。

神原香織瞪大了兩眼，凝視著年輕男子手上的鈴鐺，就好像看到了什麼無法置信的東西。

鈴……清涼的聲音再次響起，那聲音讓翔子回過神來，逼近男子。

「喂，你……」

怎麼隨便跑進來——說到一半，下文被另一道慘叫聲給蓋過去了。

嘎啊啊啊啊啊！是這樣的慘叫。

幾乎要撕裂空氣般、教人不敢相信真的聽到了這種聲音。

瞪著年輕男子一動不動的香織，突然用頭去撞桌子。紅茶杯破裂，附在蛋糕旁邊的鮮奶油沾滿了她的額頭和頭髮。

咦！咦！咦！周圍的人驚慌失措，喊著她的名字：「香織太太！」然而香織按著自己的頭，劇烈地甩頭，就像在強烈地表達抗拒。

目睹那駭人的情狀，坐在旁邊的一名主婦跑近香織，碰到她的肩膀，「噫」了一聲，縮起了手。是碰到滾燙的東西，怕被燙傷的反應。

「最好不要碰她。」

年輕男子高舉鈴鐺說。聲音從容平靜。

緊接著——

汪！

狗叫聲。

翔子都快暈了。她從小就討厭貓狗這些動物，怎麼會有狗跑進這個家？翔子才剛這麼想，除了狗以外，年輕男子後方又走進一個和他差不多年紀的年輕女子。女子不像男子那麼鎮定，提心吊膽地窺看著室內狀況。

狗從她的懷裡跳了下來，是一隻褐色的小狗。狗兒毫不怕生的樣子，迅速跑進屋內。牠戴著紅色的項圈。

小狗跳到桌上，穿過一片狼藉的餐具之間，目不斜視地奔向香織。

汪！汪！一次又一次高聲吠叫。

汪汪！

狗叫聲更大了。

牠一定是要攻擊趴在桌上的香織——翔子這麼以為，反射性地想要轉頭不敢看。然而小狗就這樣衝到香織的手邊，把臉湊近她的指頭。

汪！

汪！

汪……

狗兒吠叫著，就像在傾訴。吠叫聲聽起來像聲聲呼喚，不是要攻擊，而像是真切地在呼喚對方的名字。

香織仍痛苦萬分。從她手上掉下來的手機摔在地上，螢幕的裂痕可能又增加了。低著頭的香織頭髮亂成一團，狂甩的頭漸漸平靜下來。

一片死寂的客廳裡，只聽得到小狗的聲音，以及香織紊亂的呼吸聲。她痛苦地急促喘氣，小狗擔心地舔著她的手和頭髮。

「——三木島梨津女士。」

年輕男子忽然開口。

他是在叫誰？——翔子疑惑，但他的眼睛注視著倒伏在桌上的神原香織。他在對香織說話。

「梨津女士，請妳回來，梨津女士。」

鈴……鈴聲再次響起。

在呆若木雞的眾人面前，被稱為「梨津」的香織的側臉微微動了。她一邊臉頰貼在桌上，眼睛茫茫然地張著。頭髮沾滿了鮮奶油。

汪！

小狗又叫了。嗚……叫聲轉為微弱的低鳴，依偎在她的臉頰旁邊，不停地哼哼唧唧：嗚……嗚……

香織那雙睜大的眼睛捕捉到狗兒的身影，焦點總算凝結的雙眼滾出了淚水。

「……哈……奇……」

她對著狗兒這麼呼喚。

◆◆◆

「這個人——是誰？」

「三木島梨津，從那個集合住宅失蹤的主婦。」

聽到澪的問話，要表情不變，維持舉起鈴鐺的姿勢回答。

周圍——痛苦倒地的「她」的周圍，其他女人都睜大眼睛觀望著現場。

要不理會她們的視線，繼續說道：

「半年前，澤渡集合住宅有兩名女子在當天過世了。一個是澤渡博美，負責翻修那處集合住宅的設計師之妻。據信她是被兒子推落自家陽台。」

要沒有回頭看澪，淡淡地繼續說下去。

「另一個是——柏崎惠子。」

這個名字澪也不認識。

「澤渡博美過世的當天深夜，柏崎惠子從南棟走廊墜樓死亡。她墜樓的走廊正對的那一戶，同一天晚上，有一名主婦失蹤了。就是飼養這隻狗的五一五號的主婦，附近居民目擊到在她失蹤前，過世的柏崎惠子激烈地敲打她家的門，大聲叫喚。」

要深深地吸了一口氣：

「過世的柏崎惠子住在社區的南棟二〇一號，對周圍的人自稱『神原香織』。」

啊……一道聲音響起。聲音絕不算大，像是悄聲嘆息。是倒在桌上、哈奇湊近鼻子的「三木島梨津」口中傳出的聲音。一旁的哈奇在鳴叫。憐愛地、憂心地輕聲汪汪叫。

◆◆◆

——汪！

那天也聽到了這聲音。

她回想起來。

我——我是梨津。

三木島梨津。

丈夫是三木島雄基，兒子是三木島奏人。

在叫的這隻小狗是哈奇。

那天晚上，在我的眼前，神原香織翻越走廊扶手，墜落樓下。

丈夫和奏人外出吃飯不在家，我一個人在家休息，門鈴卻死纏爛打地響個不停。神原香織找上門來——

梨～津～

去～見～她～一～面～嘛～

咚咚咚、咚咚咚、咚咚咚、咚咚咚、叮咚、咚咚咚、咚咚咚、叮咚、咚咚、梨～津～、咚咚咚咚、這次總是妳認識的人了吧～、叮咚……

汪！

哈奇對著門叫。

汪！汪！

哈奇狂吠著。梨津很害怕，實在太害怕了，緊緊地抱住了哈奇小小的身體。

——梨～津～

在門外呼喊的聲音。

梨津按住頭。空氣變稀薄了，呼吸不過來。

香織的聲音繼續著：

「也得告訴奏人才行，畢竟朝陽的媽媽死掉了嘛。他一定很傷心，想要去跟阿姨道別。我可以去告訴他，我去說好了，梨津。我去說好了。」

不——！

聽到兒子的名字而發出的拉長慘叫聲，直到吐出聲音的胸口疼痛不已，才發現那是自己的聲音。梨津忍不住打開了屋門。開門，衝出通道——

赫然屏息。

香織不在那裡。下一秒，梨津驚愕地看向旁邊。

「哇！」

一聲大喊，香織——從門後衝了出來。梨津尖叫，閃身躲開，使盡渾身的力氣躲開。

結果香織收勢不住，身體衝向走廊扶手，接著——身體整個傾斜了。

啊！這聲驚叫是自己的聲音，還是香織的聲音？不知道。

梨津的腳軟了下來。接著——

磅！炸開來般的聲響。

墜落的聲音。

丈夫雄基形容為「咚」的聲音。聽到的瞬間，一切聲音都遠離了。聲音逐漸消失。

——啊，掉下去了。

神原香織——在眼前掉下去了。

梨津茫茫然地以全身承受著那衝擊。身體使不上力，也不想往下看。她想閉上眼睛，卻連這都辦不到。然而視野卻忽然落入一片漆黑。

啪噠啪噠、啪噠啪噠，什麼東西在拍打的聲音。在逐漸稀薄的意識當中，梨津得知了那是什麼。周圍是藍色的保護墊。

覆蓋了整個澤渡集合住宅的搬家用保護墊，同時在風中拍打起來。就彷彿一個巨大的生物在呼吸一般。

梨津聽著那聲音，意識一口氣遠離了。

——汪！墜入黑暗的最後一刻，她聽見哈奇吠叫的聲音。

而現在，她清楚地聽見哈奇的聲音。

還有鈴鐺的清脆鈴聲。

鈴……鈴……鈴……

感覺腦袋一直被迷霧所籠罩著。

只要試著去思考，或是回想自己是誰，那片迷霧就會變得宛如千斤重。迷霧本身不知不覺間變成彷彿具備質量的綿花般，只要稍加抵抗，那片霧就像吸了水似地變得更加沉重，緊緊地貼附在腦內和全身。

可是——

鈴鐺的聲音，讓那片迷霧燃燒起來。

迷霧中央爆出了火焰。從以為是空洞的綿花的芯開始，彷彿竹子般的東西爆裂一般，發出劈哩啪啦的聲響。燃燒的迷霧從體內開始，逐漸燒得焦黑。因為太痛太苦了，梨津發出慘叫，同時醒悟到：啊，這片迷霧和綿花，從一開始就是這種顏色，是黑色的。

是黑暗。

鈴……鈴……

隨著鈴聲和強烈的痛楚，迷霧逐漸消失。黑暗逐漸被祓除。

「三木島梨津女士。」

她聽到聲音。她第一次聽到這聲音，感覺卻非常懷念。

「梨津女士，請妳回來，梨津女士。」

好……梨津喃喃道。

自己的嘴唇總算可以靠著自己的意志，顫動般地微微掀動。

梨津拚命地點頭。她對著愛犬呼喚：哈奇。

我是三木島梨津。

我不是神原香織，我是三木島梨津。

◆◆◆

「這些傢伙會補充『家人』。」

要毅然宣告說。他沒有回頭看澪，不待她應聲又繼續說：

「只要家中成員少了一個，就會納入當時往來的外人之一，讓那個人來扮演缺少的『家人』角色。讓年紀相近的人扛起母親或小孩這些缺少的角色，繼續維持『一家人』。這家人就像這樣，更進一步散播黑暗與死亡。」

澪一時無法理解要所說的話。她拚命想要咀嚼，但感情追趕不上。要若無其事地說：

「那家人把這位女士變成了神原香織，以代替死在澤渡集合住宅的『神原香織』。」

哈奇仍擔心地看著倒下的女子的臉，不肯離開。就彷彿在保護她一般。看到牠那模樣，即使無法完全理解發生了什麼事，也忍不住為了牠的忠心耿耿而感動。

「梨津女士，已經沒事了。」

要說，總算停止搖鈴。他大大地舒了一口氣，伸出手掌覆蓋在倒下的女子眼部。

女子的眼睛倏地滑下兩行清淚。要以極盡溫柔的聲音呼喚：

「妳可以睡了。」

女子的嘴唇微微痙攣地動了。如果不是心理作用，她似乎是以沙啞的聲音在輕聲回應「好」。

「喂！」緊接著響起了急迫的聲音。

由於要和澪出現，圍在客廳桌旁的婦人們就彷彿時間停止了一般。其中站著一個神情格外險惡的女子。她穿著花朵圖案的裙子，是個五官鮮明的美女。

「你們是誰？怎麼會跑進我家？還有，神原太太，妳怎麼了？什麼失蹤、被推下樓，這是在說什麼？」

不知道是出於憤怒還是害怕，她的聲音顫抖著。可能是這一戶的主人。澪不知道該如何回答才好，要轉向婦人說：

「妳們得救了。」

那聲音冰冷到了極點，毫無感情，與上一刻對梨津說話的口氣截然不同。只說這樣，別人也覺得莫名其妙吧？——澪這麼想，然而那些太太們都嚇住了。所有的人都瞪大了眼睛看著要，彷彿被他所震懾。

她們心裡有底——澪想。

因為澪自己也是如此，所以明白。被神原一太要得團團轉的那時候，她確實感覺到有什麼一點一滴逐漸失常了。當時她確實有所預感：若是再這樣繼續下去，一定會陷入更恐怖的深淵。眼前這些人一定也是如此。

「我有事拜託各位。請告訴我這位神原女士現在的家人是哪些人，以及她家在哪裡。」

要說道。

◆

打開那戶人家門口的瞬間——澪明確地感受到，有什麼令人厭惡的東西流洩而出。

不是生物的氣息，硬要形容的話，是一股寒氣嗎？就像打開冷凍室的瞬間，冷氣外洩一般，彷彿可以看見那白霧狀的某種可厭之物——可厭到了極點的事物，滲透到外面來。這戶人家裡面充滿了這樣的氣息。

明明是澪自己拜託要帶她一起去、說想見證到最後的，她卻裹足不前，不敢入內。要默默地進入屋內。實際上不光是氣息而已，室內還彌漫著一股霉臭味。也許不光是霉味而已。戶外天氣晴朗，屋子裡卻彷彿一直下著綿綿細雨。

這荒廢的氛圍究竟是怎麼回事？

公寓樓上——剛才正在舉行茶會的婦人們說，「神原香織」兩個月前剛搬進這戶三〇二號。搬來應該還沒有多久，屋子裡卻亂成一團。明明東西也不多，怎麼會呢？——澪四下張望，發現了原因。

家具和物品都很少，但物品擺放的位置和內容都亂無章法。平底鍋、香草精、麵粉的空罐放在客廳桌上，像是從娃娃機夾來的大布偶從沙發上的紙箱裡露出來。應該是小學學童的文具類也沒有收在架子上，散落一地，衣物有男有女還有小孩子的，都掛在衣架上堆在房間角落。窗簾完全拉上，是個非常陰暗的空間。

感覺一片雜亂，卻奇妙地缺乏生活感。或者說完全無法想像住在這裡的人開著燈，在其中用餐聊天的景象。

剛才的主婦們說，神原家有兩個孩子。
約大學生年紀的哥哥，和讀小學的弟弟。哥哥讀哪所學校，從來沒聽說過所以不知道，也有傳聞說他是繭居族。弟弟則是讀附近的小學。聽到這些，要打電話到某處，這是澪第一次看到他打手機連絡什麼人。
──我需要支援。
要對電話另一頭這麼說時，澪在驚訝之餘，也有種恍然大悟之感，原來他也有同伴。要把弟弟就讀的小學校名，以及這處社區的名字告訴了某人。他立下決心似地告訴對方：
──從這裡一口氣解決。
要掛了電話，對澪說：
「走吧。愈快愈好。」
「快？什麼意思？」
澪問，要抿緊嘴唇：
「對方發現了。說來丟臉，但過去也好幾次在最後階段被他們逃走。」
儘管不解其意，但澪點了點頭。她和要一起來到社區的這一戶。
三〇二號，神原家。
客廳深處有一道關上的紙門，裡面似乎是和室。

要毫不猶豫。他彷彿被一道隱形的力量牽引，筆直朝紙門走去。手上不知不覺間又舉起了那個像鈴鐺的東西。

好可怕。

現場的緊張感透過空氣熱辣辣地傳來，澪好想拔腿逃走。她拚命地跟在要的後方一步，感覺稍一鬆懈，就會因為恐懼而抱住他的背，她拚命振奮這樣的自己。

要把紙門打開了。開門的瞬間，先前也感覺到的霉味和下雨的氣味變得濃烈無比，完全不是同一個等級。除此之外，其中還摻雜著某種像是零食的甜膩氣味。

看見室內景象的瞬間，澪尖叫出來：「呀！」因為她嚇了一大跳。

室內有人。

之前完全感覺不到屋內有任何生物，然而卻突然冒出了一個人。房間深處有一張低矮的床。床上有個坐起上半身的人，維持著相同的姿勢，一動也不動。瞬間，澪以為那不是人，而是擺了一尊人型模特兒之類的東西。那人的臉被一頭蓬亂的長髮覆蓋住，一動不動地只是瞪著虛空。澪不知不覺間抓住了要的立領制服衣袖。她使勁抓著，心跳卻逐漸加速。難道難道難道——這兩個字不停地在腦中打轉。難道那是——

「花果……」

說出聲音來了。在思緒一團亂的狀況下，不知不覺間脫口叫出了這個名字。一股錐心的痛楚強烈地衝上心頭。澪喊著那名字，膽戰心驚、一步一步地，確定對方不會動，同時慢慢走近。

「花果！」

直到上一刻，身體還因為恐懼和緊張而動彈不得，現在澪卻放開要的衣服了。她在近處探頭觀察那個人的臉。

長髮之間，茫茫然地注視著虛空的那張臉雖然變了許多，但她確實就是花果。澪呼喚，花果也不看她。雖然會眨眼，但也就只是眨眼，心思彷彿不在這裡。眼睛似乎焦點渙散，她的眼睛真的看得見嗎？澪擔心起來。

頭髮真的——真的很長。從她消失的那天開始，是不是就連一次也沒有剪過？澪唐突地想起童話故事裡的長髮公主。被囚禁在高塔的形象，和現在一動也不動的花果的形姿重疊在一起。

髮色是黑的，應該是黑的。眼中看到的確實是黑色，然而在房間的陰暗當中，花果的頭髮卻綻放出異樣的存在感，就彷彿頂著一頭發亮的白髮。感覺就像槁木死灰，一口氣老了好幾十歲。

對於澪的呼喚，花果沒有反應。看到那面目全非的容貌，澪也不曉得該對她說什麼才好。

明明有好多想說的話。

妳一直過著這樣的生活嗎？從妳消失的那一天開始、將近兩年的歲月裡。在我高中畢業，進入大學，展開新生活的期間。

——大家差不多要大考了呢，真好……

她忽然想起了花果母親的話，淚水幾乎奪眶而出。

床上的花果穿著睡衣，青色與黃色的格紋睡衣。澪覺得哪裡怪怪的，很快便察覺是哪裡不對勁。鈕釦的方向和澪所熟悉的不同，她發現花果身上的睡衣鈕釦不同邊，是男用睡衣。

澪不懂這是為什麼、又代表了什麼意義，不知所措地看向要。她幾乎快哭了。

「要，花果她……」

要輕輕點頭，搖動手中的鈴鐺，瞬間，花果面無表情的臉猛烈地扭曲，就彷彿裂開來似的。

接下來，轉瞬間發生了許多事。

花果大叫，原本一動不動的身體大大地彈跳起來，她抱住頭，撓抓胸口。聽到花果的慘叫聲，澪忍不住行動了。

「花果！」她呼喚名字，按住床上的身體。抱住那變成皮包骨、又硬又單薄的身體，一顆心都絞成了一團。反射性地抱住花果，是因為那道慘叫聲毫無疑問就是花果本人、是高中三年每天聽到的她的聲音。

花果的身體燙得像燒起來一樣，碰到的瞬間澪就後悔了。

和神原一太那時候一樣。當時學長的身體彷彿燒紅的鐵般灼熱。澪想起要當時的勸告：「不要碰他比較好。」

要喊道：「放開她！」澪也覺得必須放開花果才行。

然而自己的身體和花果的身體就像磁鐵的兩極般吸在了一起，無法分開。

啊——她忍不住反省。

對不起，要。

我老是這樣——

你都警告我了，我都叫自己不要拖累你了，明明不可以這麼做的，我卻老是——

因為妳很好心，因為妳是模範生，為什麼要做到這種地步？妳就是要對別人好，才會招來誤會——因為妳不知道拒絕——我說這些是為了妳好。

「澪，妳就是有這種壞毛病呢。」

神原一太的臉和聲音在腦海中復甦。對不起，學長。澪道歉說。她不由自主要道歉。

那樣可怕的遭遇，明明就只有短短幾天的時間而已，自己的心卻一直都忘不了他，還有他對自己的所做所為。對此，她卻是無能為力。

◆

恢復意識的時候，澪聞到酒精的氣味。不是酒，像消毒水般刺痛鼻腔深處的那種氣味逐漸消散。

緩慢地抬起沉重的眼皮。白色的天花板矇矓地映入眼中。往旁邊看去，白色的牆壁在搖晃。壁紙包住風似地膨脹起來——那動作讓她悟出是布簾。

白色的布簾。有這種布簾的地方——

是醫院。

眨了兩下眼睛。不知何時，澪躺在某處的床上。她連忙爬起來俯視身體，衣服和剛才一樣。

「妳醒了？」

聲音響起，布簾拉開了。探頭進來的是白石要。看到他不動如山、一如往常的模樣，澪鬆了一口氣。

「要同學——」

自己怎麼會在這裡？發生了什麼事？瞬間澪整個迷糊——但是一看到要的臉便想起來了。

主婦們的茶會、跑向痛苦掙扎的女子的哈奇，接著兩人拜訪女子在社區另一戶的住處「三〇二號」，打開紙門後看見的景象。

眼神空洞地坐在床上的花果。

「對不起，我——」

澪說到一半，驚覺了一件事。打開布簾俯視著這裡的要的背後——螢光燈刺眼的燈光另一頭，還有另一張床。看到躺在上面的人，這次澪真的跳了起來。

「花果！」

花果躺在那裡。

澪之所以敢跑過去，是因為花果的臉比剛才在那個房間看到時更安詳許多，看上去真的只是普通地睡著了一樣。長得異樣的頭髮依然蓬亂，人也消瘦了，彷彿變了個人，但蒼白的臉頰和剛才不同，稍微恢復了血色。感覺是活生生的，似乎變得和澪所認識的花果相當接近了。服裝也不是剛才的睡衣，換成了像是這家醫院的病人服。

澪望向要。要回視她，指著澪先前躺的床鋪下方。

「原野同學，鞋子。」

他指的方向擺著澪的運動鞋。被他這麼一說，澪才發現自己光著腳，向要道了聲謝。

她穿上運動鞋，重新環顧四周。

窗外是黑的，已經入夜了。

遠方傳來救護車的警笛聲。

「——這裡是哪裡？醫院嗎？」

「對，是這次協助我們的片桐綜合醫院。」

「是你把我送來的？」

「嗯。」

「抱歉，結果我礙事了——」

「不會。」

要簡短地回答。看到那張臉，澪決定還是要說。她看了一眼沉睡的花果比剛才平靜了許多的面容，說：

「謝謝你。」

「咦？」

「你信守承諾，讓我見到花果了。你救了她。」

「不會。」

要畏縮地回答。也不是害臊，似乎純粹是不知道該如何回應才好。

「花果已經沒事了嗎？」

「應該。」

「連絡花果的父母了嗎？」

「連絡了，但我請他們過一陣子再見面。因為今晚之前還有事情要辦。」

「有事情要辦？」

這話聽起來別有深意，澪追問，但要沒有更多的解釋。

站在花果父母的立場，他們一定想要盡快見到女兒吧。想到他們一直以來有多擔心，由於曾經目睹，所以澪也替他們焦急，但她認為現在只能照著要說的做。

她已經差不多明瞭了。光是今天，就已經發生了許多常識無法想像的事。

窗外看得到路燈，還有霓紅燈的店名和景色，澪想：不認識的地方。

是花果和其他人所在的剛才那處社區的附近嗎？或者是澤渡集合住宅的附近？要告訴她的「片桐綜合醫院」，她也沒有印象。

病房裡有兩張病床。花果躺的窗邊病床，和另一張剛才澪躺的病床。

看著病床上花果的臉，一股哀傷忽然湧上心頭。

「花果醒來後，還有辦法像以前那樣跟我說話嗎？」

「嗯，但應該需要一點時間。」

「她記得之前的事嗎？像是她做了什麼……」

澪說著，呼吸困難起來。啊……說起來……

「花果在那個家做什麼？」

「這只是猜想，但她應該一直都是那樣。」

澪默默地睜大了眼睛。那樣？她想起那個黑暗、瀰漫著雨水味、霉臭味，以及一絲零食氣味的房間。在孤單一人的房間裡，以相同的姿勢注視著虛空的那模樣——

「她一直一個人像那樣待在房間裡嗎？將近兩年的時間裡——」

「應該。」

「這……」

澪難受極了，接著說：

「這太殘忍了。這兩年之間，我們從高中畢業，或是上了大學，然而這段期間花果卻一直被關在那裡，就這樣白白糟蹋青春嗎？這太過分了，是無可挽回的損失啊！」

「——會嗎？」

咦！澪轉頭盯著要看。要還是老樣子，眼神看不出感情。

「她可以恢復過來吧？兩三年的時間罷了，不算什麼。」
「不算什麼——」
面對沉睡的花果，居然能滿不在乎地說出這種話，澪無法理解那種神經。但是——這或許是沒辦法的事。就算現在在這裡責怪他，或是為此爭執，也無濟於事，而且在這些方面，他的感性本來就有些異於常人。
但是澪無論如何都無法接受，也無法釋然。因為她覺得感同身受。因為一步差錯，現在的花果，可能就是澪自己。神原一太原本相中的目標是澪，因為要救了她，她才能僥倖無事，但自己也有可能落得花果的下場。
「神原學長為什麼要帶走花果？」
「花果同學應該是『神原一太』的替身。」
「替身？」
「我不是說了？那家人會補充失去的家人。就像他們把三木島梨津變成『神原香織』，當做妻子和母親，他們大概是把年紀相近的花果變成了家中的『大兒子』。」
「大兒子——」
要為她解釋：
那個家有兩個孩子。大學生年紀的哥哥，和讀小學的弟弟——

「這是我的推測，花果同學對神原家來說，也算是緊急狀況下的補充。因為我造成的創傷太大，神原家比預定中更早失去了『大兒子』，在無計可施之下，只好把花果同學帶走。他們想要的是『大兒子』，然而由於性別不同，肯定無法讓花果同學好好地扮演『神原一太』的角色。結果只好讓她關在家裡。」

「你說『家人』會改變，這是怎麼一回事？」

「哦——」

要長長地吸了一口氣。雖然回答總是簡短又冷淡，但只要問他，他還是願意回答。澪耐著性子等他開口，他終於說了：

「妳還記得在三重縣過世的之前的神原一太嗎？」

「——田徑隊的我的學長嗎？」

「對。」

澪為他吃足了苦頭，千鈞一髮之際被要搭救了。即使這麼想，但明確地聽到他「死了」，胸口深處依然一陣沉痛。已經不喜歡了，但聽到他的名字、想起他的臉，還是忍不住會難過。

「是我失敗了。」

要說。

「原本我打算從神原一太順藤摸瓜追溯上去，把那一家子斬草除根。那個時候，我讓他受了超出必要的重傷，而且我沒料到神原家竟會那麼迅速地逃亡。因為我預測失準，給妳和花果同學造成了麻煩。」

要走近花果的病床，注視著沉睡的她的臉。

外面的警笛聲仍持續著。

「我沒發現神原也盯上了妳以外的人。由於我造成的傷勢，神原一太應該是在逃亡途中就斃命了。因為他悟出死期將近，才會把花果同學一起帶走，為了讓她取代自己。」

「學長的死因是什麼？」

問出這個問題，讓心跳猛烈加速。澪只知道學長死在三重縣。就算聽到要剛才說的「斃命」，依然沒什麼真實感。

要默默地看著澪，接著取出自己的手機操作。他打開搜尋結果畫面，遞給澪讓她看。

上面是新聞網站的頁面：

『警方查明三重縣山中上吊自殺男子的身分』。

澪倒抽了一口氣：

「是自殺？」

「嗯。」

澪瀏覽報導內容。似乎是發現遺體後過了約一個月的報導。

——上月七日於三重縣山中發現的男屍，經警方追查，發現是七年前離家出走後下落不明的北海道小學男童（當時）安田雪哉——

澪的眼睛盯在「安田雪哉」這個陌生的名字上。

報導沒有附上死者照片，但她想像自己認識的「學長」應該還稚氣未脫的小學生時的長相。她幾乎快無法呼吸了。

「這個人就是學長？其實是安田雪哉的這個人就是學長？」

「沒錯，不知道第幾代的神原家大兒子——神原一太。」

「上面說自殺，可是怎麼會……？」

「——進入那一家，扮演自己以外的人，四處散播黑暗和死亡，這個角色非常累人。」要的視線落在花果的臉上說。「累人」這個詞，好似就這樣被眼眶凹陷、臉頰削瘦的花果的身影給吸了進去。

「把身邊的人拉近死亡，自己也會接近死亡。因此『他們』將身邊的人拉進黑暗和死亡的同時，也隨時在尋找可以『取代』自己的人。」

「為什麼？」

「只能說他們就是這樣的存在。」

要困惑地說，搖了搖頭：

「扮演神原家的一員，或許光是這樣就讓人疲倦，想要逃離。對於因為神原一太而吃足了苦頭的妳或許是無妄之災，但是雖然像那樣逼迫對方、把對方推進黑暗深淵、加諸語言暴力，但本人卻也是不由自主。那不是他的意志。他們像那樣被迫扮演『家人』，自己也不斷地靠近死亡。」

要看著連接花果的病床的點滴瓶，低聲喃喃道：

「比方說我今天祓除了黑暗的三木島梨津，在她成為『神原香織』以前，扮演『神原香織』的是柏崎惠子，她從澤渡集合住宅的走廊墜樓死亡。那應該是她自己跳下去的。她打算在自己死後，讓梨津女士代替她自己而這麼做。」

「也就是說，變成『家人』的人，原本也都是普通人嗎？」

澪盯著手機螢幕顯示的「安田雪哉」這個名字問，她刻意用了「普通人」這種說法。

要在彷彿遲疑的短暫沉默之後，點了點頭：

「我想妳遇到的『神原一太』，原本也是個普通的孩子。我聽說他之前的神原一太轉學到安田雪哉在北海道的住家附近的棒球隊，安田就是在那裡被趁虛而入。安田是隊長，原本個性開朗，卻漸漸地在隊上設下嚴格的規矩，愈來愈失控，在一年之間，包括隊上的教練和畢業隊友，他的身邊死了近十個人，最後安田雪哉從當地消失了。」

澪想起找到花果的那個徹底荒廢的大樓住處。她不認為在那個住處，會有「家人」的對話和時光。他們——據說是家人的他們，在那樣的空間裡，過著怎樣的每一天呢？

被這個想法觸發，澪忽然回想起來。

花果和學長消失後，去神原家查看的老師們提到，神原家裡似乎「亂成一團」。說屋內一片雜亂，實在看不出有人在那裡住過。每個人都說，是不是因為就像跑路一樣，東西隨便拿了就搬走了，才會變成那樣，但應該就和澪看到的那個家一樣，是那種狀態。

「原來他本來是打棒球的。」

說出口來，聲音有些顫抖，澪不知道自己為何會覺得想哭。

安田雪哉，本來是個普通的孩子。

那麼，她想聽聽他自己的故事。她回想起神原學長在社團裡運動神經也非常好，頓時難過痛苦到不行。

「嗯。」

要點了點頭。靜謐地。

「柏崎惠子——之前的『神原香織』，在秋田縣殺害生母，遭到警方通緝。旁人似乎認為她是受不了照護的辛苦，原本想要殺掉母親再自殺，但最後自殺未遂。」

「咦……」

「柏崎惠子這個人，似乎不管自己有多大的煩惱，都把自己的需要擺在最後，勉強自己，最後吃虧。她總是戒慎恐懼，看周圍的臉色過活，所以或許更是被逼到喘不過氣來了──當時的新聞報導這麼說，但是在她失蹤前，神原家也出現在她居住的地區。當時的神原家有個母親，對別人的任何煩惱，都會共鳴說『我也是』『其實我也是』，也有人說，那個母親對柏崎惠子這麼說：『其實我也是。我也殺了我媽，沒事的。』『只是掐脖子罷了，沒什麼啦。大家都是這樣的。安啦。我也是。』」

雞皮疙瘩爬滿了手臂。

「──那個家不斷地更換成員，一直延續著嗎？像那樣把一般人牽扯進來。」

強烈的憤怒湧上心頭。

「這豈不是把人當成免洗筷一樣嗎？這怎麼能夠原諒！」

明明強烈地憤慨不已，然而說出口來，感覺就像陳腔濫調，澪咬住下唇。

「『神原家』到底是什麼？有兩個孩子，還有母親和──」

「還有父親。」

要說。語氣斬釘截鐵。

「父親和母親，兩個孩子，總共四人。這就是神原家現在全部的家庭成員。」

「現在？」

「神原家一直延續著。不知道從什麼時候出現，有時家人之間也會生下孩子，他們就像普通的家庭換代那樣，也會年老、成長。神原家的孩子娶妻生子的話，生下來的嬰兒也會長大。長大之後，變成小學生、國中生、高中生，繼續把其他人牽扯進來，散播黑暗。讓身邊的人失常、死亡。」

澪一時無法理解要說的內容。與其說她陷入混亂，倒不如說這教人一時難以置信。

家人之間也會生下孩子——這句話讓她聽了耳朵一陣悚然。在被補充、操縱的狀態下生下的孩子，「娶妻」這個說法也讓人覺得赤裸裸。還有，自己差點被曾是「大兒子」的神原一太帶走這件事也是。

她回想起剛才聽到的內容。

曾是神原學長的安田雪哉，「神原家」裡面找上他的，是參加小學生棒球隊的小孩。

「家人」長大了。

「你說不知何時出現……」

「繼承神原家的人，從很久以前就存在了。神原家也有戶籍，一直延續著，在我們的周圍散播黑暗。」

「戶籍？怎麼可能，就算換了個人，也可以用別人的戶籍活下去嗎？」

「就算周圍的人覺得有些奇怪，他們也會硬幹到底。即使旁人心想：這太奇怪了，年紀不合，性別也不對，但他們仍會賣弄歪理，強迫別人接受他們的理論，說他們就是這樣的，把不通的硬是弄成通的。周圍也被他們扭曲，相信就是這樣的，所以才麻煩。」

要吸了一口氣，接著說：

「因為他們完全融入扭曲的環境，一旦追丟了，想要再次把他們揪出來，對我們也相當困難。」

要瞇起眼睛。聲音變得像在沉靜地細語：

「原野同學，我們差不多該離開這裡了。」

「咦？」

「今天下午，我們把梨津女士和花果同學從那處社區救出來的時候，我的同伴把『神原二子』從他就讀的學校帶出來了。」

神原二子這個名字，澪第一次聽到。但是她從聽到的名字聯想到數字的「二」，覺得和長男「一太」有共通之處。要說：

「二子是神原家的小兒子。負責這個角色的實際上也是男孩，但或許最早是女孩——若從二子這個名字來聯想的話。底下的孩子可能發生了和花果相反的狀況，妹妹就這樣變成了弟弟，繼續生活下去。他適應了那一家。」

要自言自語地喃喃說完後，隨即將浮現的笑容抹去，又正色說：

「我的同伴帶來的神原二子，現在也躺在這家醫院的其他病房，和梨津女士不同的病房，三個人現在都在這裡了。所以——他應該會來搶回他們。」

病房外面，救護車的警笛聲仍在作響。剛才好像也遠遠地聽見。警笛聲逐漸靠近。要筆直地看著澪的眼睛：

「這是神原家第一次一口氣失去三個人，所以那傢伙應該會來搶人。我們現在就在等他。」

「等誰？」

「等『父親』。」

他的聲音讓人感覺到氣魄和緊張。澪張大了眼睛，要接著說：

「若是照一般做法，可能又會讓他跑了。所以我們設了陷阱。」

「他就是一切的根源嗎？」

「根源」兩個字很自然地脫口而出，澪想到的是「萬惡的根源」這個說法。隨時補充缺少的家人，讓一家人永遠維繫下去，它的根源。

「都是那個父親幹的嗎？為什麼他這麼執著於要有『家』、要有『家人』？想要玩家家酒，為什麼不自己一個人去玩就好了！」

害花果和學長遇到那種事、支配他們的，就是那傢伙嗎？要的嘴唇微張，似要回話，但就在這個時候——

一道巨大的聲響同時竄過天空和地面。

咚！某種東西猛地往上衝的聲音。地板震動、搖晃，感覺到空氣在窗外搖晃的震動。就好像發生了大地震，但不太一樣。到底是怎麼回事——？

手機震動了。

不是澪的，是澪手上剛才要遞給她看新聞的手機在震動。

顯示安田雪哉名字的網路新聞消失，冒出通知來電的黑色畫面。上面出現「夢子」這個名字。

「要同學，電話——」

搖晃的衝擊仍在持續，還在搖晃嗎？還是已經停下來了？現在的狀況真的是「搖晃」嗎？還是別的什麼？到底發生了什麼事？衝擊太巨大了，澪搞不清楚狀況。就像坐了很久的船，平衡感一時無法恢復正常。

要迅速從澪手中取回手機接聽，很快地對著手機說起來：「我是要。是，是。」他的側臉變得險峻。

他打開病房裡澪先前躺的病床旁邊的電視機。看到要以毫不猶豫的動作按下遙控器按鈕，澪瞬間擔心會吵醒花果，但也只有一下子而已。
電視螢幕亮了起來。似乎正在播放晚間十點的新聞。
上面出現熊熊燃燒的大樓。
記者來到事發現場，現場就像各位觀眾看到的——火勢非常嚴重。
周圍化成了一片火海。
爆炸聲非常驚人，記者的耳朵到現在都還聽不見。
無法和現場攝影師取得連絡。
嘎嘎嘎——
螢幕上的畫面聲音中斷，像是實況轉播的影像斜歪著靜止了。
影像回到攝影棚。表情僵硬的主播在畫面正中央開口。「重複一次，」聲音非常緊迫。
『重複一次，今天晚上七點左右，神奈川縣橫濱市的食品公司，四宮食品的三樓被一名男性員工占據。消息指出男子持有爆炸物，是這家食品公司營業二課的員工。男子向前女友要求復合，遭到拒絕，打電話向警方和媒體威脅，若前女友不願意復合，就要殺害上司與同事。警方正在和男子持續溝通，但剛才三樓似乎突然發生爆炸。在現場進行轉播的節目小組當中，有些同仁仍無法取得連繫，安危不明——』

要切換頻道，其他電視台也以緊急轉播在報導事件。紅色的火舌衝上夜空。警笛聲傳來。

不只一道，而是許多道。

聽不出是救護車、消防車還是警車。許許多多的警笛聲在夜晚擴散開來，共鳴般響徹四下。

「——看到了。」

要對著電話另一頭說，點點頭應「是」，接著說：

「對，四宮食品是『父親』的公司。」

澪吃了一驚，驀地抬起頭看要。但要沒有看她，他看著窗外。遠方一片幽亮。不知為何，那顏色——窗外的光景，和電視畫面中熊熊燃燒的烈火，在澪的腦中無法合為一體。電視中燃燒的大樓，玻璃窗全部震破了。畫面上是抱著頭倒在路上的行人和電視台人員。

要掛斷電話，對著澪說：

「原野同學，抱歉，妳可以現在立刻回去澤渡集合住宅過夜的地方嗎？回去以後，今天晚上絕對不要再外出了。不管發生任何事，都不用擔心。我現在就安排車子。」

「這也是神原家的『父親』幹的嗎？」

要默默地點頭。窗外的警笛聲逐漸拔高。聽得出正在靠近。

「計畫生變了。原本要請這家醫院協助，但這裡接下來應該會需要收治許多傷者，所以妳先——」

要應該要接著說「回去吧」。

但他的聲音被蓋過了。

磅！一道巨響，視野瞬間陷入漆黑。澪不知道發生了什麼事，但感覺到頭頂有細碎的物體散落，反射性地閉上眼睛。

是房間螢光燈爆裂了。要的反應很快，將澪的身體摟進了懷裡。澪知道要以不容分說的強大力量，抱住她護住她的身體。

光線一口氣消失了，消失得太徹底了。

完全感覺不到窗外的光線。

她聽到尖叫聲，像是陷入恐慌的某人聲音，還有驚慌失措的說話聲。

螢光燈爆裂的不光是澪等三人所在的病房而已，整棟醫院的螢光燈都曝露在隱形的衝擊中，一瞬間同時爆裂了。

一道低悶的聲響後，緊急照明昏暗的橘紅色燈光照亮了澪和要的臉。其他病房似乎也切換成緊急照明了。窗外醫院前的馬路也一樣染成了橘色。

警笛聲中斷了。

「他來了。」

要抱著澪，在喘息之中說。

◆

要拉著澪的手，穿過陷入恐慌的醫院跑出走廊的人群間前進。緊急照明燈底下，許多護士和醫生四處在問：「沒事吧？」走廊上也有許多像是病患的人。

白袍職員手中射出的手電筒圓形光束，在橘色照明中雜亂交錯著。

要緊握著澪的手前進，腳步毫不遲疑。他左手牽著澪的手，右手打電話出去。

「喂，換房間吧，澤田花果同學可以交給你們嗎？」

花果。

離開陷入黑暗的房間，把花果一個人留在那裡，讓澪感到不安。她本來想對要說「不能丟下她」，但爆炸的新聞和停電讓她陷入混亂，一時沒能說出口。

掛斷電話的要旋即地說：

「沒事的。」

澪仰望他的臉，表情木然的那張臉只看著前方。

「花果同學應該不會有事。就算父親想要把人搶回去，花果同學的優先順位也很低。因為就算把她帶回去，她能不能再次扮演好『大兒子』的角色，也很難說。」

「——你不擔心你被帶去取代嗎？」

疑問反射性地脫口而出。因為才剛一口氣聽到「補充家人」「代替」這些內容，她忍不住擔心起來。雖然不知道正確的年齡，但要和花果還有澪年紀相仿，符合「大兒子」的年紀。

「咦？」

要打從心底吃驚似地看澪。他應該發現澪是真心在為他擔心，立刻又轉向前方，聲音嚴肅地回答：

「沒事的。謝謝妳為我擔心，但不會發生這種事。我變成兒子？這可不是開玩笑的。」

要握著澪的那隻手很溫暖。澪從剛才就一直在想，她一直以為要看起來感情淡泊，難以捉摸，但要確實是「這邊」的人。

他是活生生的人。

他怎麼會和那種黑暗的一家人對峙，並能夠袚除他們呢？這是他的職責嗎？如果能平安歸來，澪想要好好地向他問個究竟。這時的澪打從心底這麼想。

要準備前往的地點，似乎是另一棟大樓。

這是一家大醫院。穿過迷宮般的通道，走樓梯上去——經過靜止不動的電梯前，再手動穿過許多道自動門。

要總算停下腳步的那個房間，前面已經有幾個人了。

「要。」

一個人開口，是個年約五旬的男子。另一名女子招呼：「要。」這是個約四十五歲的女子——穿著護理師的白色制服。其他數人也看著這裡。在這樣的緊急狀況中，每個人卻都十分冷靜，看不出任何驚慌的樣子。

「我在裡面等。『父親』來了的話，通知我。」

聽到要這番話，眾人對望點點頭。

「自己小心。」一人簡短地說，拍了一下要的肩膀，讓要和澪進入房間。要說：

「三木島梨津女士和澤田花果同學就交給你們了。」

眾人點點頭說「好」。

這間病房沒有號碼，也沒有病患的名字，什麼資料都沒有。

房間比剛才花果休息的那間還要小，只有一張病床，躺著一個孩子，周圍沒有人陪伴。

臉龐稚氣未脫，雙眼緊閉，齊剪的瀏海格外地光澤滑順。枕邊放著鏡片很厚的眼鏡。看到附近的椅子上立放著書包，澪想：是小學生啊。

要總算放開澪的手了，被握了很久的手有點發麻。現在是緊急狀況，然而牽手的害羞和尷尬，還是讓澪一時開不了口。她做了個深呼吸，問：

「……這個男生就是『小兒子』？」

「對，神原二子。如果『父親』會來把人搶回去，應該會是這孩子。」

「為什麼？」

「除了『父親』以外，現在的『家人』裡面，這個孩子做得最久也最好。他很適合扮演『神原二子』，也讓周圍的人付出了大量的犧牲。是個難得的人才。」

人才——這個詞讓澪的心凍結了。

被黑暗纏身、被補充的家人，扮演角色，也有適合和不適合嗎？

砰！

一道聲音響起。

與此同時，地板再次震動。澪驚叫一聲，蹲下身體，看見窗外又爆出新的火焰。這次很近，比剛才更近。會不會是同一所醫院裡面？比方說花果所在的、他們剛才待的那間病房……

要的手機響了。

同時，又一道輕微的、什麼東西爆開來的聲音，尖叫聲響起。澪不知道發生了什麼事，但確實有什麼在逐步逼近。

明明聽得到騷動，房間裡、這個空間裡卻寂靜得嚇人，就彷彿與門外的世界徹底隔絕了一般。

叩。

她聽到這聲響。

也聽到喧囂和喊叫聲，警笛聲也連續不斷。但是，有一道與這些明確不同的聲音。澪的耳朵一清二楚地聽見了那腳步聲。

「我好怕……」

房間裡異常地寒冷。

明明是同一家醫院，氣溫卻和剛才截然不同了。冷到連牙關都咬不緊，不知道自己究竟身在何處了。

好冷——澪明明是想要這麼說的，她想說的明明是這句話，連自己都不知道怎麼會變成了「好怕」。

可是，這時候——

「別怕。」

她聽到聲音，轉頭一看，要就在她身邊。

要不知不覺間來到她的身旁，背對著陌生孩子沉睡的床鋪，站在肩膀幾乎相觸的距離。他陪在澪的身邊，以明確的聲音安撫著她。

叩，腳步聲再次響起。

叩，叩。

是皮鞋在走廊上一步一步、紮紮實實前進的聲音。

澪的身體猛地哆嗦了一下。冰冷的蛇在背部竄爬的想像唐突地擴散來，明明從來沒摸過蛇，卻連那乾燥的鱗片觸感都真實地傳遞到皮膚上。澪再也承受不住，好想搔抓背部，拔腿逃離——明明只是內心這麼想，要卻彷彿看透了一般，手輕輕地按了一下澪的背。

「別怕。那一家人確實超乎想像，但他們能運用的完全只有語言和行動，和我們能夠做到的事一樣。就算是他們，也並非無所不能。」

叩、叩。

叩、叩。

腳步聲彷彿正確地敲出四分音符，步步進逼。

身體動彈不得。

要的手仍扶在澪的背上，明確地說：

「停電應該是從變電室對所有的房間一口氣釋放出高壓電，螢光燈才會承受不住爆裂而已，只是用這種手法讓醫院跳電罷了。」

叩、叩。

「就算——」

叩、叩。

叩、叩。

「就算他已經找到了『家人』所在的每一個房間，也只是在停電前先查到的而已，並不是使用了什麼超能力辦到的。」

叩、

叩。

一聲大似一聲。腳步聲就像在凌遲耳朵一般，愈來愈慢。明明相當規則，然而那節奏的變化、音量，卻幾乎要教人發瘋。

澪無法停止想像，想像有上百隻什麼東西鑽進衣物袖口的景象。宛如鐵絲般、甲冑般蠕動的觸感——

好想放聲尖叫。

澪逼真地感受到有蜈蚣躲藏在衣物內側，腳在皮膚上爬來爬去。背上的蛇不知不覺間變成了兩隻。身體無法動彈。

上千隻蚰蚓從腳下鑽進我的體內——

要的手從澪的背部移動到衣服袖子。他用力抓住澪的兩邊手腕，就像要封住袖口一般，力道大得幾乎讓人疼痛。

「如果妳現在看到什麼可怕的幻覺，那是因為妳感受到的恐懼導致。是妳自己製造出來的。沒事的，別怕。」

叩，腳步聲停了。

病房異常的冰寒不知何時消散了。

房門打開來了。明明不是多重的門，卻發出誇張的聲響。

門縫間露出一名戴眼鏡的男子的臉。

穿著感覺陳舊的西裝。眼鏡反光，無法真切地看出眼神和表情。清瘦的身體散發出近乎奇妙的氣勢與壓迫感。

房間外的要的同伴們沒有制止他嗎？要說的陷阱沒有發揮功能嗎？雷鳴般的警笛聲在外頭響著。在那聲音的迴響中，房間裡的空氣猛地被劈裂開來。

要對那名看不出長相的男子開口了——伴隨著一道彷彿說著「總算見到你了」的沉重嘆

息。

「好久不見了——爸。」

閃電——乍然亮起。

應該無風無雨的天空劃過一道閃電。遲了一些，雷聲轟然響起。震耳欲聾。

一道宛如樹木被劈開的駭人巨響震動四下，窗外烈焰衝天，可能是附近的樹木被雷擊中了。但比起火焰，澪更無法從眼前的男子臉上移開目光。

隨著要那句話，眼前的男子的表情緩慢地扭曲了，眼鏡深處的表情顯露出來。

雖然與讓人想要逃離現場的威懾感互相矛盾，但——

——好普通的人，澪想。

——是個普通的、年紀和我父親差不多的人。

——就像個普通的、某人的慈父。

電視新聞進行街頭採訪時，記者在車站攔住喝得微醺的中高年男子問：這位爸爸，方便訪問一下嗎？這位爸爸，你這樣說，不會被太太罵嗎？這位爸爸，這位爸爸，這位爸爸——中高年男性稱呼的代名詞。符合這個代名詞的，普通的某人的「爸爸」——

澪睜大了眼睛。

身體總算能活動了，她轉頭看要。然後澪深深地、猛烈地倒抽了一口氣。

要臉上的表情，是她從未見過的。自從再會以後，澪以為比起過去，他有了更接近微笑的表情。然而她錯了。要的表情扭曲，似要哭泣。扭曲的同時，也充滿了憤怒。

鈴……鈴聲響起。

不是要製造的聲音。要的手扶著澪的雙肩，他只看著前方，瞪著現身的「父親」。

那是一種無以名狀的嚴峻眼神。是強烈的憤怒與哀傷。那雙眼睛凶狠地瞪著眼前的男子。

澪回想起來，逐漸回想出來。

想起要的話。

——稱對方為「父親」時的口氣。

『這是神原家第一次一口氣失去三個人，所以那傢伙應該會來搶人。我們現在就在等他。』

等誰？——澪問，要這麼回答：

『等父親。』

他還說過。

『對，四宮食品是「父親」的公司。』

『我在裡面等——「父親」來了的話，通知我。』

父親。

父親。

他剛才也說了。對這個突然現身的男子，他明確地這麼呼喚：

『好久不見了——爸。』

鈴聲在腦中作響。

鈴聲渾厚，音量愈來愈大。不只一道，而是許許多多道鈴聲重疊在一起，響起復又迸散，一度重疊在一起的鈴聲四散碎裂。

之前澪擔心地問要：你會不會變成『大兒子』？會不會被帶走？要是這麼回答的。他露出驚訝的表情後，正色說：

『謝謝妳為我擔心，但不會發生這種事。我變成兒子？這可不是開玩笑的。』

啊——

閃電強光的衝擊離去，站在房門口的男子睜大了眼睛。眼鏡底下的雙眼注視著要。他的嘴巴像金魚般張動，彷彿被透明的絲線操縱一般，呼喚：

要。

要的表情猛烈地扭曲了，彷彿就要哭出來了。

兩人的相貌非常、非常地相似。浮腫而有些沉重的眼皮、鷹鉤鼻、線條圓滑的眉毛。

因為他們是父子。

是如假包換的父子。

「爸。」

要出聲。手從澪的肩上放開，呼應病房外的鈴聲一般，身體猛烈地後仰。他仰起背脊，彷彿以全身進行深呼吸，再次直立時，手上已經握著鈴鐺了。

鈴……！

聲音響起。

一陣竹子在風中嘩嘩撓彎的聲響，是澪在老家無時無刻不會聽到的那聲音。

「爸！」

要大喊。

「回來！」

嘎啊啊啊啊啊啊啊啊啊啊啊啊啊啊啊——

慘叫迸發而出。

風震顫著。窗外的火焰在風的鼓動下，朝天空伸展。慘叫聲宛如垂死，撕心裂肺——

竹葉青澀的氣味，以及彷彿它燃燒般強烈的焦臭味籠罩了整間病房。

◇◇◇

醫院的庭院燒起來了。

警笛聲響個不停。

是送來那家食品公司爆炸事故的傷者的救護車警笛聲。但醫院自己今晚也發生了停電和火災等緊急狀況。有許多救護車正在尋找其他收容傷者的地方吧。夜晚的警笛聲連綿不絕。

現在這家醫院的警笛聲，是消防車的聲音。

院內廣播因停電而無法使用，所以有人取出災害時使用的大聲公通知眾人。

——大家注意！請不要離開醫院建築物！醫院外面的樹木被雷劈中，燒起來了。請不要離開建築物！醫院裡面很安全。剛才院內因為鍋爐爆炸，發生小火災，但火勢已經撲滅了，不會有更進一步的災情。請大家不要驚慌！戶外的火勢也很快就會撲滅了！

請不要離開醫院！請大家冷靜！——同樣的內容不斷重複。許多病房窗戶打開，病患探身出來觀看庭院燃燒的樹木。也有人指指點點，拿起手機拍照。被落雷劈中的大樹從正中央裂成了兩半，消防車正在噴水滅火，眾人興奮地看著這一幕。

「火勢很快就會撲滅」並非讓眾人安心的謊言，實際上就是如此。火焰逐漸消失無蹤。

結束了，澪心想。

她離開窗邊，回望病房，要仍守在「父親」身邊，寸步不離。

緊緊地守著父親——不是神原家的「父親」，而是自己的父親。

枕邊放著鏡片破裂、鏡框扭曲的眼鏡，房間裡的焦臭味仍未消散。或者這是外頭火災的氣味？

無法解釋的是，當時要的父親看起來只是發出了慘叫，他身上的西裝卻沾滿了煤灰，就彷彿燒焦了一般。就像是被看不見的火焰籠罩，猛烈灼燒過似的。

對於發出慘叫頹倒在地的「父親」，要好半晌只是茫茫然地注視著。

不久後，確定對方完全不動了，要奔近過去。把他抱起來的時候，虛脫的「父親」那張臉——已經不再可怕了。沒有開門進來時那種神祕的威懾感，澪覺得他真的變成了一個隨處可見的、單純的「普通人」。

「要。」

立刻有人從外面進來。是直到剛才還在房門前，請要「自己小心」的人。他們關心要的狀況，也詢問澪：「妳也沒事吧？」

跪在父親身邊的要擔心地開口詢問：

「大家都沒事嗎？」

聲音聽起來很迫切。他以急切的眼神看著周圍的人。

「沒有人逃走吧？『母親』和『大兒子』都在嗎？」

「都在，放心。」

最年長的男子如此回答時，澪看到要聞言全身頓時放鬆了。他長長地吁了一口氣：

「太好了。」

在依舊混亂的醫院裡，要的「父親」也和花果一樣，被安置在準備好的病房裡。要的同伴把要和「父親」留在那裡，再次回到混亂中的醫院某處。

情勢使然，澪也留在要的身旁。她不認為自己這個局外人可以留下，卻也想要了解內情——還有，這或許是她的自以為是，但這時她只是純粹地覺得不能把要一個人丟在這裡。她覺得必須有人陪著她。

「這個人是你的『父親』嗎？」

澪率先打破沉默問道。坐在椅子上一直看著「父親」的要總算抬起頭來。澪問他：

「我可以問是怎麼回事嗎？難道你曾經被抓進那個『神原家』，後來又逃走了？」

比方說，要是學長之前的「神原一太」？或是他們原本就有血緣關係，要是神原家真正的「大兒子」？

聽到澪的問題，要的表情忽然放鬆了。如此一來，就變成了符合年紀、半大不小、毫無疑問與自己同齡的男生表情。澪忍不住希望，他這樣的表情往後可以永遠持續下去。這麼一想，胸口忍不住抽痛了一下。

「不是，這個人是我真正的父親。他被神原家帶走了，他叫白石稔，原本是身心科的醫生。」

「醫生——」

「他和這家醫院的院長是大學同學——所以這次才能請院長協助我們。雖然也因此害醫院蒙受了損失。」

晚點得去道歉才行——要說，臉上浮現困窘般虛弱的微笑，但他立刻恢復嚴肅的表情。又變回來了。

「原野同學，」他對著澪說了起來。「『神原家』出現，是我剛上小學的時候。神原家的父親『神原仁』到我父親的醫院就醫，這就是一切的開始。」

空氣倏地變得稀薄。現在閉著眼睛昏睡的他的父親——白石稔，他的表情看起來彷彿充滿了苦悶。

「神原仁說他失眠，我父親為他治療，給他建議，接著他的妻子也開始來讓我父親看診了。半年的時間裡，結果我家裡，祖父母、姊姊和母親都死了，周圍也死了不少人，或是失蹤。雖然或許沒有這次災情這麼慘重。」

剛才打開電視看了一下，正在播報新聞。今晚四宮食品的爆炸事故，目前已經死了十一人，輕重傷者的正確數字還不清楚。引發爆炸的營業二課的鈴井俊哉已經確認身亡。

澪看了一下新聞，覺得鬱悶，馬上就關掉了。

那場爆炸和這個人——現在眼前沉睡的白石稔或許有關，一想到這裡，澪幾乎要呼吸不過來。

——他們能運用的完全只有語言和行動，並非超能力。剛才要這麼說明，但是剛才突然的落雷，澪依然不認為是巧合。澪清楚地知道，他們和要都是超越自己常識的存在。

院內的鍋爐火災又是怎麼回事呢？是「父親」動手腳引發的嗎？或者是向什麼人喃喃細語，逼迫、操縱對方去做的——？

「只有我一個人留下來了，在那個年紀。」

要低聲說道，觸摸父親無力地擱在床上、袖口焦黑的手。

「那樣下去，連我都性命難保，是剛才的夢子女士她們救了我。從那時候開始，他們就代替我的父母，教導我一切，並且鍛鍊我、栽培我。」

「他們是什麼人？」

「『祓闇者』。他們找出散播黑暗的那類『家庭』，從他們手中保護世人。有些原本是那類家庭出生的人，但現在也有不少人是因為失去了家人、未婚妻或未婚夫，而加入我們——就像我這樣，為了奪回自己的家人。」

要的眼神寂寞地陰翳。

「我的父親真的很厲害。」

他低聲喃喃說。

「那一家會補充成員，會更換『父親』和『母親』。他們這麼做，慢慢地融入那個人本身具備的原有個性和特徵，繼承下去。『神原仁』融入心理諮商醫生的我的父親以後，變得極為難纏。自從把我父親變成『父親』以後，神原家的犧牲者變得更多了，所以——我無論如何都想要阻止。」

要的父親還沒有醒來，注視著父親的要，表情讓人心痛。他說他的祖父母、母親和姊姊都死了。他一直想要搶回來的他的父親，是他唯一的親人。

「雖然花了許多時間，但我父親總算回來了。所以我打算和他重新開始。」

「對不起……」

澪低頭道歉說。她知道要正一臉愕忡地看著她，但她無法抬頭看他。她咬住下唇，接著說：

「剛才我——為了花果而說了很過分的話。」

回想起來，腦袋深處又熱得幾乎要沸騰。她羞慚得無地自容。

「我說了什麼失去了兩年寶貴的青春，不可挽回……」

——這太殘忍了。這兩年之間，我們從高中畢業，或是上了大學，然而這段期間花果卻一直被關在那裡，就這樣白白糟蹋青春嗎？這太過分了，是無可挽回的損失啊！

而要回應：「會嗎？」

——她可以恢復過來吧？兩三年的時間罷了，不算什麼。

什麼兩三年而已——？當時澪覺得啞口無言，但現在她完全了解要說這話時的心情。現在才終於了解了。

從剛上小學的年紀，一直到今天。即使要和澪同齡，單純地計算，也已經過了十二個年頭。父親被奪走了這麼漫長的歲月，而他終於把父親搶回身邊，打算開始重新來過。想像那漫長的歲月，澪這次真的啞然無語了。

「哦……」要喃喃道，接著緩慢地搖了搖頭：「妳為什麼要道歉？」

「因為……」

「一時半刻或許很難，但我們都會恢復過來的，花果同學應該也是。」

澪不知道該如何回答才好。淚水湧上眼眶，模糊了視野。視野一隅，只見要的手緊緊地按在父親的手上。

澪看著他的手問：

「可是——有件事我不明白。」

「什麼事？」

「神原家的『父親』本來是你的父親。他原本是普通人，卻被抓去那個家，扮演『父親』的角色。」

「嗯。」

「那樣的話，一切的元凶到底是誰？」

從剛才開始，澪就一直很好奇這個問題。難道——她想，不舒服的汗水滑落背脊。

「難道——神原家的中心，是那個孩子？」

要說，如果「父親」會來把人要回去，那就是這孩子。一起待在病房的那孩子，神原二子，小兒子。

童稚的臉、剪齊的瀏海、連一點痘疤都沒有的美麗睡容。

這麼說來，澪唯一不知道的就是那孩子是怎樣的人。神祕詭異，從來沒看過他張開眼睛說話的樣子。

那樣的話，事情是不是還沒有結束？一股寒意籠罩全身。後來那孩子怎麼了？要的同伴有好好監視著他嗎——？

「是那孩子嗎？不是『父親』，那孩子才是始作俑者，是他在補充缺少的家人，讓其他人扮演家人的角色嗎？」

那就不得了了——澪驚恐地抬頭一看，只見要點點頭應道：「哦……」接著他若無其事地說：

「不是。」

「咦？」

「不是。那孩子是在四年前被納入那一家的，只是這樣而已。剛才在場的其中一個女人，是他真正的母親。她一直後悔為了小學入學考失敗而不斷地逼迫兒子，才會遭到『神原家』趁虛而入，剛才她也抱著回來的兒子道歉，哭著說：對不起，你不用當好孩子也沒關係，只要你活著就好了。曾經是『神原二子』的那孩子，真正的名字是宮上大河。」

「那……」

「沒有所謂的『中心』或『元凶』。」

要說。

外面的警笛聲彷彿想起來似地又傳進房間裡。現在這一刻，也有救護車和警車的鳴笛聲在某處迴響。還有人身陷痛苦之中。

「那一家沒有特定的人做為中心，支配其他人。沒有誰是『元凶』或『中心』，是『一家人』本身擁有力量。只要有人離開，就會補充，如果少了誰，就再補充那個人。就這樣永遠持續下去，以『一家人』的形式彼此束縛。不是誰在支配這個家，勉強要說的話，是『家』和『家人』這樣的形式支配著他們。」

澪回想起毫無生活感的那處大樓房間。

雜亂而缺乏統一感的住處，霉味和雨水的氣味、甜膩的零食香味。澪覺得完全無法想像他們做為「一家人」，在其中聊天生活的景象。

毛骨悚然。

她想像回家後，彼此都在家中，但所有的人都只是呆呆地在「家」這個容器裡，眼神空洞地「存在」於其中的景象。就像花果坐在床上，處在漫漫無盡的時間裡，彷彿那就是她的使命般，只是注視著虛空。

「所以必須同時為所有的人袚除黑暗。否則會沒完沒了。只要留下任何一個人，就會再補充回去。再次形成『家庭』，所以我想要一口氣阻止所有的人，但過去一直都不順利。」

「你是說，被詛咒的是『神原家』這個容器本身嗎？」

要以奇妙的眼神看著澪。片刻後，他略為遲疑地點點頭：

「如果用『詛咒』來形容那個家的狀態，唔，就是這樣。」

「你說『神原家』從很久以前、不知道什麼時候就存在了。那麼你是說，『神原家』雖然是拼湊出來的、明明沒有任何人的意志，卻以『家庭』的形式存在嗎？每一個成員都是普通人，也不是有人為了什麼目的而這麼做，就只是『存在』——」

「是啊，就只是存在。」

澪按住胸口。怎麼會有這種事？心跳加速，呼吸變淺了。沒有目的，就只是存在。有一群人就只是這樣散播著黑暗，彷彿用黑暗騷擾著別人。黑暗的家族超越時代與世代，融入不同時刻不同人的個性與特質，自我更新，不斷地更新。

要深深地點頭：

「與其說沒有任何人的意志，勉強要說的話，就是『神原家的意志』。目的是以『家』這個形式存續下去，家本身支配了他們這些家人。」

「沒有方法可以逃離嗎？」

不斷更換的「家人」，這些家人散播著惡意，這些惡意把人逼入絕境、逼上絕路。不知從何而來的惡意和死亡以「家」為中心蔓延，透過人不斷地散播出去。

要搖搖頭：

「只能避免接觸他們。一旦接觸，想要全身而退，就相當困難了。」

「而這些現在總算都結束了？」

澪說著，一想到自己見證了這一刻，就有種目睹了驚人時刻的感覺。

從久遠以前就一直存在、沒有中心的空洞的「家」所製造出來的黑暗騷擾，這種狀況終於在今天被斬斷了。家庭成員一口氣消失，這個被詛咒的「家」總算解體了嗎？

要有些困惑地側頭，接著點點頭：

「嗯，結束了──『神原家』結束了。」

「『神原家』結束了？」

「嗯。」

「也就是說……？」

澪的眼睛睜大了。這時，要的手機忽然震動起來。要注意到震動，接起電話。放開父親的手，表情再次變得嚴峻無比。他聽著電話內容，神情逐漸緊繃。

「『──家』是嗎？」

他說了誰家？耳朵因為震驚而失焦，沒能清楚聽到。

戶外刺耳的警笛聲仍持續著。

自從那個女生搬來以後，一切都失常了。

胸口深處躁動難安。不知道為什麼就是這麼在乎她。

「欸欸欸妳聽我說，欸，妳說我到底做了什麼啊？妳幫我看一下那個女生傳給我的訊息。妳看，這明明就是她很奇怪吧？」

一開始我很開心。

我在班上沒有稱得上好友的朋友，而〇〇什麼都願意跟我聊，戀愛、成績，各種話題，我覺得她對我推心置腹，開心極了。而且我有什麼煩惱，她都願意跟我討論。

可是漸漸地，話題都被她的煩惱填滿了。

「那個男生喜歡我吧？」

「那個老師覺得我特別優秀對吧？」

「那個女生對我冷淡，絕對是嫉妒我吧？」

「我在班上孤立，是因為我太特別了，凡人無法理解對吧？」

不得不附和的電話、信件、ＬＩＮＥ，日復一日、日復一日——雖然很想逃走，卻無法忽略。

是啊，大家一定是羨慕妳，一定是不甘心，因為〇〇妳真的很——像這樣稱讚她，她的話更停不住了。

看我！看我！看我！

安慰我！

稱讚我！

聽我說聽我說聽我說——

——我本來以為可以控制的。

以為只要敷衍地稱讚附和就行了。可是怎麼會這樣呢？漸漸地，重要的不再是她說的內容本身了。

我沒有持續稱讚她，這件事在〇〇心中成了愈來愈嚴重的問題。

「妳為什麼不回應我——？」

「妳討厭我嗎——？」

「虧我把妳當成最好的朋友——」

「我對妳這麼好，妳這個忘恩負義的人——」

嗚嗚嗚嗚，聲音之間傳來直接的狀聲詞，而不是真的哭聲。

嗚嗚嗚嗚嗚、嗚嗚嗚嗚嗚、嗚嗚嗚嗚嗚、嗚嗚嗚嗚嗚、嗚嗚嗚嗚嗚、嗚嗚嗚嗚嗚、嗚嗚嗚嗚嗚、嗚嗚嗚嗚嗚、嗚嗚嗚嗚嗚、嗚嗚嗚嗚嗚、嗚嗚嗚嗚嗚——

我死給妳看。

妳這個殺人凶手。

她在電話另一頭喃喃細語。

我不是她正在交往的男友本人、不是好友、甚至不是朋友。

然而在她心中，最無法原諒的人變成了我。

◆

自從他來了以後，一切都變了調。

我真的很沒用。

因為我沒能好好保護妳。

明明說好要保護妳的，卻沒有實現諾言。
妳應該放棄我，去尋找更好的對象。
可是，這就是我。雖然我沒有自信，可是跟我在一起吧。
只要是為了妳，我可以去死，可是……
欸，這種男人哪裡好啊？
我根本就不喜歡妳。

被他的一言一語牽著鼻子走，等待著中斷的訊息回覆，只要一有回應，就算是語言暴力般的內容也好——儘管這麼想，卻等不到他的消息，毫無音訊。
萬一他遇到意外怎麼辦？他是不是出了什麼事？擔心地望眼欲穿，等到的卻是：
都是妳害的。
都是妳把我寵壞了，才會讓我變成廢物。
就算他這麼說，我也不知道該怎麼辦才好。被「喜歡」兩個字牢牢綁住，動彈不得。
和我一起墮落吧——這話撼動心弦。

跟我一起死吧。

明明眼前沒有任何敵人、沒有障礙，什麼都沒有，卻為了逃離什麼，邀我一起上路。

◆

自從那個老師來了以後，班上就變得很奇怪。

這個班上沒有霸凌情事。

當老師這麼一口咬定時，他的內心有什麼計畫展開了嗎？實際上，班上有人遭到排擠是家常便飯，被討厭的同學在上課中遭到惡搞也是稀鬆平常，可是在老師的心中，這些都不算霸凌嗎？

但是不管發生任何事，老師都說：這個班上沒有霸凌情事。

沒有人決定，就冒出一個班級目標「團結」，寫在紙上張貼出來。營養午餐時間不准分成小圈圈，所有的人一起吃。強調「友好」，不管發生任何事，都好像不曾發生一樣。在這個班上，別說霸凌了，不知不覺間，連吵架都被視為不存在，某天老師把我這個班長叫去辦公桌，給我看電腦螢幕。

看那篇標題是〈我們團結的這一班〉的文章。

老師要我讀那篇彷彿小說般描述如何將躁動的班級團結起來的文章，拍了一下我的肩膀：

「這篇故事要如何結尾，就看你們了。我準備把這篇報告在研討會上發表。你要好好鞭策班上同學。這是班上的故事。」

我完全不知道該說什麼才好，舌頭好像貼住了一般，發不出聲音。到底怎麼會變成這樣——

◆

自從收到那則私訊以後，一切都變了。

『你寫的內容，是在說我的作品對吧？太令人意外了。我好難過。你知道你把別人傷得有多深嗎？』

我都會在社群網站上心血來潮地寫些電影感想，不久前確實隱去片名，寫了幾部電影的感想。但是發表感想，本來就是個人的自由，再說，沒有證據證明這則訊息是來自參與電影製作的人，因此我沒有理會。

結果私訊接二連三。即使想要視而不見，數量驚人的訊息也如洪流般灌入，讓我無法忽視。

『與其那樣批評，你怎麼不自己創作？』

『如果你連文字有讀者在看的想像力都沒有，就不該那樣得意洋洋地寫什麼評論。』

『我也是賭上性命在創作小說的。』

看到「小說」兩個字，我心裡「啊」了一聲。我寫的都是影評，他完全誤會了。所以我回覆：

『不好意思，你搞錯了，我寫的都是電影的感想，從來沒有寫過小說的書評。』

然而——

『少扯謊了。』

『別想抵賴。』

『現在才想要我放過你？門都沒有。』

『我看過你以前的網站，找到這張照片。我可以丟到網路上吧？』

訊息附上以前我跟朋友拍的照片。但並不是我在這個帳號公開的照片。咦！我正茫然失措，又收到了訊息：

『你家地址是△△對吧？要我再肉搜得更仔細一點嗎？你必須為你的言論付出代價。』

我害怕起來，把對方封鎖了。結果立刻又接到陌生帳號的私訊：

『我是剛才連絡你的人。你逃不掉的，乖乖遭天譴吧！』

什麼叫天譴？我又沒做錯什麼事。怎麼會變成這樣……

◆

自從他點破那件事以後，一切便開始了。

打工的同事確實都覺得店長有點愛強迫別人、沒神經，但反正又不是要在這裡打工一輩子，因此每個人都覺得算了。也不是什麼值得斤斤計較的事，所以都沒有人刻意說出口。

然而……

——欸，不覺得那個店長真的很氣人嗎？

一旦被說出口，眾人就有了共同的默契，結果一眨眼之間——

因為已經說破，再也無法回到彼此祕而不宣那時候，但是明明不想做得那麼過分——

沒想到大家居然把店長——

◆

只要那個學妹在社辦，一切都不對勁了。

一開始覺得她是個很好的女生。她是社團經理，笑起來宛如春風吹拂，笑容迷人。大家都喜歡她，除了我以外的社員，每一個都卯起來較勁，看誰能把她追到手。可是後來我聽到，真是驚訝極了。因為不管是約會還是告白，她對所有的人來者不拒，所以——

不知不覺間，不知怎地，竟演變成這樣——

◆

自從那個男的來了以後，家裡就變了。

◆

自從那個人——

◆

——

【黑騷】「黑暗騷擾」的簡稱。

【黑暗騷擾】將個人因精神與心理處於黑暗狀態而產生的樣態、想法等一廂情願地加諸於對方，使其感到不快的言行舉止。無論本人是否有意為之，只要對方感到不舒服、自尊受到傷害、感覺受到威脅，即相當於「黑暗騷擾」。亦簡稱「黑騷」。

【黑暗騷擾一家】散播黑暗的人，及其集合體。無所不在，任何人身邊都有。

【闇祓】逃離散播黑暗的人的行為。祓除他們的黑暗。以及以此為業的人的總稱。

※本篇小說為虛構故事。
與任何團體或個人無關。
但每個人身邊都一定有「黑暗騷擾」情事，
因此請務必小心。

國家圖書館出版品預行編目資料

闇祓 / 辻村深月著 ; 王華懋譯 . -- 一版 . -- 臺北市 : 臺灣角川股份有限公司 , 2023.02
面 ; 公分
ISBN 978-626-352-174-2(平裝)

861.57 111018437

闇祓

原著名＊闇祓

作　者＊辻村深月
繪　者＊佳嶋
譯　者＊王華懋

2023年2月23日　一版第1刷發行

發 行 人＊岩崎剛人
總　　監＊呂慧君
總 編 輯＊蔡佩芬
特約編輯＊林毓珊
美術設計＊李曼庭
印　　務＊李明修（主任）、張加恩（主任）、張凱棋

台灣角川

發 行 所＊台灣角川股份有限公司
地　　址＊104 台北市中山區松江路 223 號 3 樓
電　　話＊（02）2515-3000
傳　　真＊（02）2515-0033
網　　址＊http://www.kadokawa.com.tw
劃撥帳戶＊台灣角川股份有限公司
劃撥帳號＊19487412
法律顧問＊有澤法律事務所
製　　版＊尚騰印刷事業有限公司
I S B N＊978-626-352-174-2